我的人生哲学

我对这个世界

没有什么

好说的

沈从文 著

国际文化出版公司
·北京·

图书在版编目（CIP）数据

我的人生哲学 / 沈从文著．—北京：国际文化出版公司，
2014.2

ISBN 978-7-5125-0661-9

I．①我… II．①沈… III．①散文集—中国—现代②杂文集—
中国—现代 IV．① I266

中国版本图书馆 CIP 数据核字（2014）第 028627 号

我的人生哲学

作　　者	沈从文
责任编辑	赵　辉
统筹监制	葛宏峰
策划编辑	福茂茂
美术编辑	秦　宇
出版发行	国际文化出版公司
经　　销	国文润华文化传媒（北京）有限责任公司
印　　刷	阳谷毕升印务有限公司
开　　本	880 毫米 ×1230 毫米　　32 开
	9.5 印张　　　　　　　218 千字
版　　次	2014 年 4 月第 1 版
	2020 年 1 月第 3 次印刷
书　　号	ISBN 978-7-5125-0661-9
定　　价	48.00 元

国际文化出版公司
北京朝阳区东土城路乙 9 号　　邮编：100013
总编室：（010）64271551　　传真：（010）64271578
销售热线：（010）64271187
传真：（010）64271187-800
E-mail：icpc@95777.sina.net
http://www.sinoread.com

"感情"若容许我们散步，我们也不可缺少方向的认识。一切散步即无目的，但得认清方向。放荡洒脱只是疲倦的表示，那是某一时对道德责任松弛后的一种感觉，这自然是需要的，可完全不是必需的！多少懒惰的人，多少不敢正视人生的人，都借了潇洒不羁脱然无累的人生哲学活着在世界上！我们生活若还有所谓美处可言，只是把生命如何应用到正确方向上去，不逃避人类一切向上的责任；组织的美，秩序的美，才是人生的美！生命可尊敬处同可赞赏处，全在它魄力的惊人。

出 版 说 明

为了保持作品原貌，又能给现代读者提供方便的读本，编者参考多个版本，并对照原文，重新做了校订，主要校订原则如下：

一、作者习惯遣词用字，如："做"之作"作"，"熟悉"之作"熟习"，"一律"之作"一例"，"哪"之作"那"，"必须"之作"必需"，"古董"之作"骨董"，"稀奇"之作"希奇"以及"佣人"与"用人"，"火伕"与"火夫"，"年轻"与"年青"等等并用，均保持原貌，不作任何改动。

二、编者根据编选需要，对一些文章进行了增删的，一律在文中添加注释进行说明。

序言：人生是一本大书 [a]

一

办事处小楼上隔壁住了个木匠，终日锤子凿子，敲敲打打，声音不息。可是真正吵闹到我不能构思不能休息的，似乎还是些无形的事物，一片颜色，一闪光，在回想中盘旋的一点笑和怨，支吾与矜持，过去与未来。

为了这一切，上帝知道我应当怎么办。

我需要清静，到一个绝对孤独环境里去消化消化生命中具体与抽象。最好去处是到个庙宇前小河旁边大石头上坐坐，这石头是被阳光和雨露漂白磨光了的。雨季来时上面长了些绿绒似的苔类。雨季一过，苔已干枯了，在一片未干枯苔上

---

a　本文节选自《沈从文全集》（北岳文艺出版社）第十二卷《烛虚之五》，原载一九四〇年九月十四日香港《大公报·文艺》，署名上官碧。题目为编者所取。

正开着小小蓝花白花，有细脚蜘蛛在旁边爬。河水从石罅间漱流，水中石子蚌壳都分分明明。石头旁长了一株大树，枝干苍青，叶已脱尽。我需要在这种地方，一个月或一天。我必须同外物完全隔绝，方能同"自己"重新接近。

黄昏时闻湖边人家竹园里有画眉鸣啭，使我感觉悲哀。因为这些声音对于我实在极熟习，又似乎完全陌生。二十年前这种声音常常把我灵魂带向高楼大厦灯火辉煌的城市里，事实上那时节我却是个小流氓，正坐在沅水支流一条小河边大石头上，面对一派清波，做白日梦。如今居然已生活在二十年前的梦境里，而且感到厌倦了，我却明白了自己，始终还是个乡下人。但与乡村已离得很远很远了。

二

我发现在城市中活下来的我，生命俨然只淘剩一个空壳。譬喻说，正如一个荒凉的原野，一切在社会上具有商业价值的知识种子，或道德意义的观念种子，都不能生根发芽。个人的努力或他人的关心，都无结果。试仔细加以注意，这原野可发现一片水塘泽地，一些瘦小芦苇，一株半枯柽柳，一个死兽的骸骨，一只干田鼠。泽地角隅尚开着一丛丛小小白花紫花（报春花），原野中唯一的春天。生命已被"时间""人事"剥蚀快尽了。天空中鸟也不再在这原野上飞过投个影子。生存俨然只是烦琐继续烦琐，什么都无意义。

百年后也许会有一个好事者，从我这个记载加以检举，判案似的说道："这个人在××年已充分表示厌世精神"。要那么说，就尽管说好了，这于我是不相干的。

事实上我并不厌世。人生实在是一本大书，内容复杂，分量沉重，值得翻到个人所能翻看到的最后一页，而且必须慢慢的翻。我只是翻得太快，看了些不许看的事迹。我得稍稍休息，缓一口气！我过于爱有生一切。爱与死为邻，我因此常常想到死。在有生中我发现了"美"，那本身形与线即代表一种最高的德性，使人乐于受它的统制，受它的处治。人的智慧无不由此影响而来。典雅词令与华美文字，与之相比都显得黯然无光，如细碎星点在朗月照耀下同样黯然无光。它或者是一个人，一件物，一种抽象符号的结集排比，令人都只想低首表示虔敬。阿拉伯人在沙漠中用嘴唇触地，表示皈依真主，情绪和这种情形正复相同，意思是如此一来，虽不曾接近真主，至少已接近上帝造物。

这种美或由上帝造物之手所产生，一片铜，一块石头，一把线，一组声音，其物虽小，可以见世界之大，并见世界之全。或即"造物"，最直接最简便那个"人"。流星闪电刹那即逝，即从此显示一种美丽的圣境，人亦相同。一微笑，一皱眉，无不同样可以显出那种圣境。一个人的手足眉发在此一闪即逝更缥缈的印象中，既无不可以见出造物者手艺之无比精巧。凡知道用各种感觉捕捉住这种美丽神奇光影的，此光影在生命中即终生不灭。但丁、歌德、曹植、李煜便是将这种光影用文字组成形式，保留的比较完整的几个人。这些人写成的作品虽各不相同，所得启示必中外古今如一，即一刹那间被美丽所照耀，所征服，所教育是也。

"如中毒，如受电，当之者必喑哑萎悴，动弹不得，失其所信所守。"美之所以为美，恰恰如此。

我好单独，或许正希望从单独中接近印象里未消失那一点美。温习过去，即依然能令人神智清明，灵魂放光，恢复情感中业已失去甚久之哀乐弹性。

三

宇宙实在是个极复杂的东西，大如太空列宿，小至蚍蜉蝼蚁，一切分裂与分解，一切繁殖与死亡，一切活动与变易，俨然都各有秩序，照固定计划向一个目的进行。然而这种目的，却尚在活人思索观念边际以外，难于说明。人心复杂，似有过之无不及。然而目的却显然明白，即求生命永生。永生意义，或为生命分裂而成子嗣延续，或凭不同材料产生文学艺术。也有人仅仅从抽象产生一种境界，在这种境界中陶醉，于是得到永生快乐的。

我不懂音乐，倒常常想用音乐表现这种境界。正因为这种境界，似乎用文字颜色以及一切坚硬的物质材器通通不易保存（本身极不具体，当然不能用具体之物保存）。如知和声作曲，必可制成比写作十倍深刻完整动人乐章。

表现一抽象美丽印象，文字不如绘画，绘画不如数学，数学似乎又不如音乐。因为大部分所谓"印象动人"，多近于从具体事实感官经验而得到。这印象用文字保存，虽困难尚不十分困难。但由幻想而来的形式流动不居的美，就只有音乐，或宏壮，或柔静，同样在抽象形式中流动，方可望能将它好好保存并加以重现。

试举一例。仿佛某时、某地、某人，微风拂面，山花照眼，河水浑浊而有生气，上浮着菜叶。有小小青蛙在河畔草丛间跳跃，远处母黄牛在豆田阡陌间长声唤子。上游或下游不知谁处有造船人斧斤声，遥度山谷而至。河边有紫花、红花、白花、蓝花，每一种花每一种颜色都包含一种动人的回忆和美丽联想。试摘蓝花一束，抛向河中，让它与菜叶一同逐流而去，再追索这花色香的历史，则长发、清瞳、粉脸、素足，都一一于印象中显现。似陌生，似熟习，本来各自分散，不相粘附，这时节忽拼合成一完整形体，美目含睇，手足微动，如闻清歌，似有爱怨。……稍过一时，一切已消失无余，只觉一白鸽在虚空飞翔。在不占据他人视线与其他物质的心的虚空中飞翔，一片白光荡摇不定。无声、无香，只一片白。《法华经》虽有对于这种情绪极美丽形容，尚令人感觉文字大不济事，难于捕捉这种境界。……又稍过一时，明窗绿树，已成陈迹。惟窗前尚有小小红花在印象中鲜艳夺目，如焚如烧。这颗心也同样如焚如烧。……唉，上帝。生命之火燃了又熄了，一点蓝焰，一堆灰。谁看到？谁明白？谁相信？

我说的是什么？凡能著于文字的事事物物，不过一个人的幻想之糟粕而已。

天气阴雨，对街瓦沟一片苔，因雨而绿，逼近眼边。心之所注，亦如在虚幻中因雨而绿，且开花似碎锦，一片芬芳，温静美好，不可用言语形容。白日既去，黄昏随来，夜已深静，我尚依然坐在桌边，不知何事必须如此有意挫折自己肉体，求得另外一种解脱。解脱不得，自然困缚转加。直到四点，闻鸡叫声，方把灯一扭熄，眼已润湿。看看窗间横格已有微白。如闻一极熟习语音，带着自得其乐的神气说："荷叶田田，露似银珠。"不知何意。但声音十分柔美，因此又如有秀腰白齿，往来于一巨大梧桐树下。桐荚如小船，中有梧子。思接手牵引，既不可及。忽尔一笑，翻成愁苦。

凡此种种，如由莫扎克用音符排组，自然即可望在人间成一惊心动魄佚神荡志乐章。目前我手中所有，不过一支破笔，一堆附有各种历史上的霉斑与俗气意义文字而已。用这种文字写出来时，自然好像不免十分陈腐，相当颓废，有些不可解。

四

上帝吝于人者甚多。人若明白这一点，必求其自取自用。求自取自用，以"人"教育"我"是唯一方法。教育"我"的事照例于"人"无损，扩大自我，不过更明白"人"而已。

天之予人经验，厚薄多方，不可一例。耳目口鼻虽同具一种外形，一种同样能感受吸收外物外事本性，可是生命的深度，人与人实在相去悬远。读万卷书，行万里路，自然有浩浩然雍雍然书卷气和豪爽气。然而识万种人，明白万种人事，从其中求同识差，有此一分知识，似乎也不是坏事。知人方足以论世。知人在大千世界中，虽只占一个极平常地位，而且个体生命又甚短促，然而手脑并用，工具与观念堆积日多，人类因之就日有进步，日趋复杂，直到如今情形。所谓知人，并非认识其复杂，只是归纳万汇，把人认为一单纯不过之"生物"而已。极少人能违反生物原则，换言之，便是极少人能避免自然所派定义务，"爱"与"死"。人既必死，即应在生存时知所以生。故孔子说，"未知生，焉知死？"多数人以为能好好吃喝，生儿育女，即可谓知生。然而尚应当有少数人，知生存意义，不仅仅是吃喝了事！爱就是生的一种方式，知道爱的也并不多。

我实需要"静"，用它来培养"知"，启发"慧"，悟彻"爱"和"怨"等等文字相对的意义。到明白较多后，再用它来重新给"人"好好作一度诠释，超越世俗爱憎哀乐的方式，探索"人"的灵魂深处或意识边际，发现"人"，说明"爱"与"死"可能具有若干新的形式。这工作必然可将那个"我"扩大，占有更大的空间，或更长久的时间。

可是目前问题呢，我仿佛正在从各种努力上将自己生命缩小，似乎必如此方能发现自己，得到自己，认识自己。"吾丧我"，我恰如在找寻中。生命或灵魂，都已破破碎碎，得重新用一种带胶性观念把它粘合起来，或用别一种人格的光和热照耀烘炙，方能有一个新生的我。

　　可是，这个我的存在，还为的是返照人。正因为一个人的青春是需要装饰的，如不能用智慧来装饰，就用愚也无妨。

目录

第一章 人生有何意义

第三章 一点精神

第四章 一些志趣

第 一 章

人生有何意义

自然既极博大，也极残忍，战胜一切，孕育众生。蝼蚁蚍蜉，伟人巨匠，一样在它怀抱中，和光同尘。因新陈代谢，有华屋山丘。智者明白"现象"，不为困缚，所以能用文字，在一切有生陆续失去意义，本身亦因死亡毫无意义时，使生命之光，煜煜照人，如烛如金。

一封未曾付邮的信 [a]

（生的欲望，似乎是一件美丽东西。）

阴郁模样的从文，目送二掌柜出房以后，用两只瘦而小的手撑住了下巴，把两个手拐子 [b] 搁到桌子上去，"唉！无意义的人生，——可诅咒的人生！"伤心极了，两个陷了进去的眼孔内，热的泪只是朝外滚。

"再无办法，伙食可开不成了！"——二掌柜的话很使他难堪。但他并不以为二掌柜对于他是侮辱与无理，他知道，一个开公寓的人，如果住上了三个以上像他这样的客人，公寓中受的影响，是能够陷于关门的地位的。他只伤心自己的命运。

"我不能奋斗去生，未必连爽爽快快去结果了自己也不能吧？"一个不良的思绪时时抓着他心头。

生的欲望，似乎是一件美丽东西——也许是未来的美丽的梦，在他面前不住的晃来晃去，他已注了意。于是，他又握起笔来写他的信了。他意思是要在这最后一次决定他的命运。

a 原载一九二四年十二月二十二日《晨报副刊》，署名休芸芸。
b 手拐子，湘西方言，即肘关节处。

A先生：

先生，在你看我信以前，我先在这里向你道歉，请原谅我！

一个人，平白无故，向别一个陌生人写出许多无味的话语，妨碍了别人正当事情；有时候，还得给人以心上的不愉快，我知道，这是一桩很不对的行为。不过，我为求生，除了这个似乎已无第二个途径了！所以我不怕别人讨嫌，依然写了这信。

先生对这事，若是懒于去理会，我觉得并不什么要紧！我希望能够像在夏天大雨中见到一个大水泡为第二个雨点破灭了一般不措意。

我很为难。因为我并不曾读过什么书，不知道要如何来述明我的为人以及对于先生的希望。

我是一个失业人——不，我并不失业，我简直是无业人！我无家，我是浪人——我在十三岁以前就成了一个无家可归的人了。过去的六年，我只是这里——那里无目的的流浪。

我坐在这不可收拾的破烂命运之舟上，竟想不出办法去找一个一年以上的固定生活。我成了一张小而无根的浮萍，风是如何吹——风的去处，便是我的去处。湖南——四川——我如今竟又到这死沉沉的沙漠北京了。

经验告我是如何不适于徒坐。我便想法去觅相当的工作，我到一些同乡们跟前去陈述我自己的愿望，我到各小工场去询问；我又各处照这个样子写了好多封信去，表明我的愿望是如何低而容易满足。可是，总是失望了。生活她正同弃我而去的女人一样：无论我是如何设法去与她接近，到头终于失败。

一个陌生少年，在这茫茫人海中，更何处去寻同情与爱？我怀疑：这是我方法的不适当。

人类的同情，是轮不到我头上了。但我并不怨人们给我的刻薄。我知道，在这个傲扰争逐世界里，别人并不须对他人负有什么应当必然的义务。

生活之绳，看看是要把我扼死了！我竟无法去解除。

我希望在先生面前充一个仆欧。我只要生！我不管如何生活方式都满意！我愿意用我手与脑终日劳作来换每日低限度的生活费。我愿……我请先生为我寻一生活法。

我以为："能用笔写他心同情于不幸者的人，不会拒绝这样一个小孩子，"这愚陋可笑的见解，增加了我持笔的勇气。

我住处是……，倘若先生回复我这小小愿望时。

……

愿先生康健！

……

"伙计！——伙计！"他把信这样写就了，叫伙计付邮。

"什么？——有什么事？"在他喊了六七声以后，才听到一个懒惰的应声。从这声中，可以见到一点不愿理会的轻蔑与骄态。

他生出一点火气来了。但他知道这时发脾气的结果，于事情并不什么利益——简直是有害的；依然按纳着性子，和和气气的，"来呀，有事！"

一个青脸庞——二掌柜兼伙计——气呼呼的钝猪一般立在他面前。他把刚写好的封套放了信进去，"请你，发一下！……本京一分……三个子儿就得了！"

"没得邮花怎么发？……是的，虽然一分也不有！——你不看早上洋火夜里的油是怎么来的。"

"……"

"一个子不有如何发？——那里借？"

"……"

"谁扯诳？——那无法……并不是。"

"那算了吧。"他实在不能再看二掌柜青色脸给怪样子他看了，打发了他出去。

这时，从窗子外面，送了一个小小冷笑声到他耳朵边来。

他，粗暴的，同疯狂一样：全身战栗，头失了知觉。从桌上取过信来，就势一撕，扯成两半。那两张信纸，轻轻的掉了下地，他并不去注意；只将两个半边信封，叠做一处；又是一撕，向字篓中尽力的掼去。

流　光 [a]

（也许生活的结束才是归宿。）

　　上前天，从鱼处见到三表兄由湘寄来的信，说是第二个儿子，已有了四个月，会从他妈手上做出那天真神秘可爱的笑样子了，我惘然想起了过去的事。

　　那是三年前的秋末。我正因为对一个女人的怀恋而得到轻蔑的报复，决心到北国来变更我不可堪的生活，由芷江到了常 [b]。三表兄正从一处学校辞了事务不久，住在常城一个旅馆中。他留着我说待明春同行，本来失了家的我，无目的的流浪，还有什么不可？自然就答应他了！我们同在一个旅馆，又同在一间房，并且还同在一铺床上睡觉。

　　无钱也正同如今一样。不过衣衫比这时似乎阔绰一点了，我还记着我身上穿的那件蓝绸棉袍，初几次因无罩衫，竟不大好意思到街上去。脚下那英国式尖头皮鞋，也还是新从上海买的。小孩子的天真，也要多一点，我们还时常斗嘴哭脸呢。

　　也许是还有别种原故吧，那时快乐的心情，比如今便要高兴

---

a　原载一九二五年三月二十一日《晨报副刊》，署名休芸芸。

b　指湖南常德。

到多了。在并不很小的一个常城，大街小巷，几乎被我俩走尽。尤其感生兴味而不觉厌倦的，便是熊伯妈家中与 F 女校了。熊家大概是在高山巷一带，这时印象稍稍模糊了。她家有极好吃的腌莴苣，四季豆，醋辣子，大蒜；每次于我们到时，都会满盘满碗从大覆水坛内取出给我们尝。F 女校却是去看望三表嫂——那时的密司易而常常走动。

我们同密司易是同行。但在我未到常以前却没有认识过。我们是怎么认识的，这时想不起了！大概是死去不久的漪舅母为介绍过一次。……唔！是了！漪舅妈在未上轮过汉口以前，原是住到伊校中！而我们同三表兄到伊校中去会过伊。当第一次见伊时，谁曾想到这就是半年后的三表嫂呢！这在他两人本身上，也许已发现了一种特别足以注意的处所！我们在归途路上时，似乎就说到伊身上去。

伊那时是在 F 女校充级任教员。

我们是这样一天一天的熟下去了。在两个月以后，我们差不多是每天要到伊处一次。其实我们旅馆去 F 校，有三里远近距离。间或因有一点别的事情——如有客，或下雨，但那都很少，——不能于下午到 F 校同上课那样按时看望伊时，伊每每会适如其来的从校役手中送来一封信。信中大致是有事相商，或请代办一点……事情当然是真。不过，事情总不是那么很急应得即时办就的，就是再延缓一天两天——到一礼拜也还不至于误事！不待说，他们是在那里创造永远的爱了。

不知为甚，我那时竟会这样愚笨，单把兴味放在一架小小风琴上面去了，完全没有发现自己已成了别人配角。

三表哥是一个富于美术思想的人。他会用彩色绫缎或通草粘出各样乱真的花卉，又会绘画，又会弄有键乐器；性格呢，是一个又细腻、又懦怯，极富于女性的、搅合粘液神经二质而成的人。虽说是几年来常到外面跑，做一点清苦教员事业，把先时在凤凰充当我小学校教师时那种活泼优美的容貌，用衰颓沉郁颜色代去了一半，然清癯的丰姿，温和的性格，在一般女性看来，依然还是很能使人愉快满意的丈夫啊！

在当时的谈话中，我还记着有许多次数不知其所以便到了恋爱线上去。其实这也不过很自然的一回事！然而这时想来，便又不能不令人疑到两方的机锋上都隐着一个小小针。我们谈到婚姻问题时，伊每每这样说：

"运用由书本上得来一点理智——虽然浅薄——便可以吸引异性虚荣心，企慕心，为永远或零碎的卖身，成了现代婚姻的，其实同用金钱成交的又相差几许？……我以为感情的结合，两方各在赠与，不在获得。……"

她结论必是："我不爱，……其实独身还好。"这话用我的经验归纳起来，其意正是：

——我没有满意我过去所见的男性，故不愿结婚。

一个有资格为人做主妇，为小孩子做母亲，却寻不到适意对手的女人，大凡都是这么说法。这正是一点她们应有的牢骚。伊当然也不是什么例外。

凡是两方都在那里用高热力创造爱时，是谁也会承认这是非常容易达到"中和"途径的！于是，不久，他们便都以为可以共同生活下去，好过这未来的春天了。虽然他俩总也会在稍稍冷静时，偷偷的察觉到对方不足与缺憾，不过那时的热情狂潮，却已自动的流过去弥缝了。所以他们就昂然毅然……自然别人没法阻间也不须阻间。

这消息传出后，就有许多同伊同学过的姐姐妹妹，不断的写了些她以为是尽忠告的信来劝伊应当再思三思：这不过是一些不懂人情不明事理的蠢话罢了！那能听的许多？

在他们还没有合居之前，我为着不可抵抗的命运之流又冲到别处去了，虽然也曾得到他们结婚照片，也曾得过他夫妇几次平常的通讯。

不久，又听到三表兄已为一个孩子做父亲了；不久，又听到小孩子满七七时得惊风症殇掉了！……在第一次我叫三表嫂，三表兄觑着我做出会心的微笑，而伊却很高兴的亲自跑进厨房为我蒸清汤鲫鱼时，那时他们仍在常住着，我到她寓中候轮。——这又是去年夏天的事了！

在这三四年当中，她生命上自必有许多值得追怀，值得流泪，值得歌咏的经过；可是，我，还依然是我！几年前所眷念的女人，早安分的为别人做二夫人养小孩子了！到最近便连梦也难于梦见。人呢，一天一天的老去了！长年还丧魂失魄似的东荡西荡，也许生活的结束才是归宿。……

甲辰闲话 ^a

（我的兴味同最高的人就距离得那么远，我的忧郁，什么人会知道？）

我预备在我活着的日子里，写下几个小说，从三十岁起始到五十岁止，这二十年内当把它继续。成，我将用下述各样名字，作为我每个作品的题名。

一、黄河，写黄河两岸北方民族与这一条肮脏肥沃河流所影响到的一切。

二、长江，写长江中部以及上下游的革命纠纷。

三、长城，写边地。

四、上海，写工人与市侩对立的生活。

五、北京，以北京为背景的历史的社会的综集。

六、父亲，纪念我伟大的爸爸。

七、母亲，纪念我饱经忧患的妈妈。

八、我，记述我从小到大的一切。

011

九、她，写一切在我生活中对我有过影响的女人。

十、故乡，故乡的民族性与风俗及特殊组织。

---

a　原载一九三一年七月一日《创作月刊》第一卷第三期，署名沈从文。

十一、朋友，我的债主和我的朋友，如何使我生活。（这是我最不应该忘却的一本书。）

但是，看看这一篇生活的账目，使我有点忧郁起来了。我已经写了许多文章，还要写那么些文章，我到后是不是在死时还得请朋友去赊一具棺材？同时我在什么时候死去，是不是将因为饥饿或同饥饿差不多的原因？我曾答应过一个在北京协和医科大学学医的朋友，在我死后把尸身赠给他，许可意随他处置，我是不是到那时还能好好的躺在北京一个公寓里或协和的地下室咽那最后的一口气？想到这些，我又觉得我最相宜的去处，倒是另外一个事业了。

我最欢喜两件事情，一种是属于"文"的，就是令我坐在北京琉璃厂的一个刻字铺里，手指头笼上一个皮套儿，用刀按在硬木上刻宋体字，因为我的手法较敏捷活泼，常常受掌柜的奖励，同时我又眼见到另一个同伴，脸上肮脏，把舌子常常掉在嘴角上，也在那里刻字。我常常被奖励，这小子却常常得到掌柜大而多毛的巴掌。还有我们做手艺是在有白白的太阳的窗下做的。我仿佛觉得那些地方是我最相宜的地方，同时是我最适当的事业。另外我还想到一种属于"武"的生活，上海民国路有些小弄子里，有些旧式的铜匠铺，常常有几个全个身上脸上黑黝黝的小子，嘴唇皮极厚，眼睛极小，抿着嘴巴，翻动白眼，伸出瘦瘦的胳膊，蹲身在鹤嘴口旁捶打铜片，或者拿着铜杆儿，站立在镀镍的转轮边，一条长长的污浊的皮带，从屋梁上搭下来，带着钢轮飞动，各处是混杂的声音，各处是火花。这些地方也一定能作我灵魂的住宅。

如今这两种生活都只能增加我的羡慕，他们的从容，在我印象中，正如许多美丽女子的影子在许多年青多情的男子的头脑中，保留着不能消失，同时这印象，却苦恼到灵魂的。

　　我的文章，是羡慕这些平凡，为人生百事所动摇，为小到这类职业也非常的倾心，才写出的。记得在上海时，有一个不认识的人，给了我一个信，说是十分欢喜我也同情我作品的人，要约我见一次面。我自然得答应，把回信寄去，不久这个朋友就来了。来时出我意外的，还带了他一个风致楚楚的太太同来。我的住处楼下是一个馆子，自然在方便中我就请他们喝汤吃菜。（这太太的美貌年青，想起来很有点使我生气。）两夫妇即刻同我那么熟习，我还不大明白这个理由，便是我文章作成了这友谊。到后他们要我带他们到一个最有趣的地方去玩，我记起了爱多亚路萨坡赛路口一个铜作铺的皮带同转轮同那一群脏人了，就带着这年轻夫妇到那里去，站到门外看了半天。第二天，这朋友夫妇以为我"古怪有趣"，又来我住处。这一次我可被他们拉到另外一个好地方吃喝去了。回家时，我红着脸说，我不习惯那个派头，我不习惯在许多体面男人女人面前散步或吃喝。他们更以为我"古怪有趣"。我们的友谊，到现在还保持得很好，上面那些话，这朋友见到，他是不会生气的。不过我的兴味同最高的人就距离得那么远，我的忧郁，什么人会知道？

时　间 [a]

（一个人活下来真正的意义同价值，不过是占有几十个年头的时间罢了。）

一切存在严格的说都需要"时间"。时间证实一切，因为它改变一切。气候寒暑，草木荣枯，人从生到死，都不能缺少时间，都从时间上发生作用。

常说到"生命的意义"或"生命的价值"。其实一个人活下来真正的意义同价值，不过是占有几十个年头的时间罢了。生前世界没有他，他是无意义价值可言的。活到不能再活死掉了，他没有生命，他自然更无意义无价值可言。

正仿佛多数人的愚昧与少数人的聪明，对生命下的结论差不多都以为是"生命的意义同价值是活个几十年"，因此都肯定生活，那么吃，喝，睡觉，吵架，恋爱，……活下来等待死，死后让棺木来装殓他，黄土来掩埋他，蛆虫来收拾他。

生命的意义解释得既如此单纯："活下来，活着，倒下，死了"，未免太可怕了。因此次一等的聪明人，同次一等的愚人，对生命的意义同价值找出第二种结论，就是"怎么样来耗费这几十个年

---

a　原载一九三五年十月二十八日《大公报·文艺》第三十三期，署名炳之。

头"。虽更肯定生活，那么吃，喝，睡觉，吵架，恋爱，……然而生活得失取舍之间，到底也就有了分歧。这分歧是一看即明白的。大别言之，聪明人要理解生活，愚蠢人要习惯生活。聪明人以为目前并不完全好，一切应比目前更好，且竭力追求那个理想。愚蠢人对习惯完全满意，安于习惯，保证习惯。（在世俗观察上，这两种人称呼常常相反，安于习惯的被呼为聪明人，怀抱理想的人却成愚蠢家伙。）

两种人既同样有个"怎么样来耗费这几十个年头"的打算，要从人与人之间找寻生存的意义和价值，即或择业相同，成就却不相同。同样想征服颜色线条作画家，同样想征服乐器声音作音乐家，同样想征服木石铜牙及其他材料作雕刻家，甚至于同样想征服人身行为作帝王，同样想征服人心信仰作思想家：一切结果都不会相同。因此世界上有大诗人，同时也就有蹩脚诗人，有伟大革命家，同时也有虚伪革命家。至于两种人目的不同，择业不同，那就更容易一目了然了。

看出生命的意义同价值，原来如此如此，却想在生前死后使生命发生一点特殊意义同价值，心性绝顶聪明，为人却好像傻头傻脑，历史上的释迦，孔子，耶稣，就是这种人。这种人或出世，或入世，或革命，或复古，活下来都显得很愚蠢，死过后却显得很伟大。屈原算得这种人另外一格，历史上这种人并不多，可是间或有一个两个，就很像样子了。这种人自然也只能活个几十年，可是他的观念，他的意见，他的风度，他的文章，却可以活在人类记忆中几千年。一切人生命都有个时间限制，这种人的生命又似乎不大受这种限制。

话说回来，事事物物要时间证明，可是时间本身却是个极其抽象的东西。从无一个人说得明白时间是个什么样子。"时间"并不单独存在。时间无形，无声，无色，无臭。要说明时间的存在，还得回头来从事事物物去取证。从日月来去，从草木荣枯，从生命存亡找证据。正因为事事物物都可为时间作注解，时间本身反而被人疏忽了。所以多数人提问到生命的意义同价值时，没有一个人敢说"生命意义同价值，只是一堆时间"。

"前不见古人，后不见来者，"这是一个真正明白生命意义同价值的人所说的话。老先生说这话时心中很寂寞！能说这话的是个伟人，能理解这话的也不是个凡人。目前的活人，大家都记着这两句话，却只有那些从日光下牵入牢狱，或从牢狱中牵上刑场的倾心理想的人，最了解这两句话的意义。因为说这话的人生命的耗费，同懂这话的人生命的耗费，异途同归，完全是为事实皱眉，却胆敢对理想倾心。

他们的方法不同，他们的时代不同，他们的环境不同，他们的遭遇也不相同，相同的他们的心，同样为人类而跳跃。

昆明冬景 [a]

（"美"字笔画并不多，可是似乎很不容易认识。"爱"字虽人
人认识，可是真懂得他意义的人却很少。）

新居移上了高处，名叫北门坡，从小晒台上可望见北门门楼
上"望京楼"的匾额。上面常有武装同志向下望，过路人马多，
可减去不少寂寞！住屋前面是个大敞坪，敞坪一角有杂树一林。
尤加利树瘦而长，翠色带银的叶子，在微风中荡摇，如一面一面
丝绸旗帜，被某种力量裹成一束，想展开，无形中受着某种束缚，
无从展开。一拍手，就常常可见圆头长尾的松鼠，在树枝间惊窜
跳跃。这些小生物又如把本身当成一个球，在空中抛来抛去，俨
然在这种抛掷中，能够得到一种快乐，一种从行为中证实生命存
在的快乐。且间或稍微休息一下，四处顾望，看看它这种行为能
不能够引起其他生物的注意。或许会发现，原来一切生物都各有
心事。那个在晒台上拍手的人，眼光已离开尤加利树，向虚空凝
眸了。虚空一片明蓝，别无他物。这也就是生物中之一种"人"，
多数人中一种人，对于生命存在的意义，他的想象或情感，正在
不可见的一种树枝间攀援跳跃，同样略带一点惊惶，一点不安，

017

---

a　原载一九三九年二月六日香港《大公报·文艺》，署名沈从文。

在时间上转移，由彼到此，始终不息。

敞坪中妇人孩子虽多，对这件事却似乎都把它看得十分平常，从不曾有谁将头抬起来看看。昆明地方到处是松鼠，许多人对于这小小生物的知识，不过是把它捉来卖给"上海人"，值"中央票子"两毛钱到一块钱罢了。站在晒台上的那个人，就正是被本地人称为"上海人"，花用中央票子，来昆明租房子住家过日子的。住到这里来近于凑巧，因为凑巧反而不会令人觉得希奇了。妇人多受雇于附近一个织袜厂，终日在敞坪中摇纺车纺棉纱。孩子们无所事事，便在敞坪中追逐吵闹，拾捡碎瓦小石子打狗玩。敞坪四面是路，时常有无家狗在树林中垃圾堆边寻东觅西，鼻子贴地各处闻嗅，一见孩子们蹲下，知道情形不妙，就极敏捷的向坪角一端逃跑。有时只露出一个头来，两眼很温和的对孩子们看着，意思像是要说："你玩你的，我玩我的，不成吗？"有时也成。那就是一个卖牛羊肉的，扛了方木架子，带着官秤，方形的斧头，雪亮的牛耳尖刀，来到敞坪中，搁下架子找寻主顾时。妇女们多放下工作，来到肉架边讨价还钱。孩子们的兴趣转移了方向，几只野狗便公然到敞坪中来。先是坐在敞坪一角便于逃跑的地方，远远的看热闹。其次是在一种试探形式中，慢慢的走近人丛中来。直到忘形挨近了肉架边，被那羊屠户见着，扬起长把手斧，大吼一声"畜生，走开！"方肯略略走开，站在人圈子外边，用一种非常诚恳非常热情的态度，略微偏着颈，欣赏肉架上的前腿后腿，以及后腿末端那条带毛小羊尾巴，和搭在架旁那些花油。意思像是觉得不拘什么地方都很好，都无话可说，因此它不说话。它在等待，无望无助的等待。照例妇人们在集群中向羊屠户连嚷带笑，加上各种"神明在上，报应分明"的誓语，这一个证明实在赔了本，那一个证明买下它家用的秤并不大，好好歹歹作成了交易，过了秤，数了钱，得钱的走路，得肉的进屋里去，把肉挂在悬空钩子上。孩子们也随同进到屋里去时，这些狗方趁空走近，把鼻子贴在先前一会搁肉架的地面闻嗅闻嗅。或得到点骨肉碎渣，一口咬住，就忙匆匆向敞坪空处跑去，或向尤加利树下跑去。树上正有松鼠剥果子吃，果子掉落地上。上海人走过来拾起嗅嗅，有"万金油"气味，微辛而芳馥。

早上六点钟，阳光在尤加利树高处枝叶间，敷上一层银灰光泽。空气寒冷而清爽。敞坪中很静，无一个人，无一只狗。几个竹制纺车瘦骨凌精的搁在一间小板屋旁边。站在晒台上望着这些简陋古老工具，感觉"生命"形式的多方。敞坪中虽空空的，却有些声音仿佛从敞坪中来，在他耳边响着：

"骨头太多了，不要这个腿上大骨头。"

"嫂子，没有骨头怎么走路？"

"曲蟮有不有骨头？"

"你吃曲蟮？"

"哎哟，菩萨。"

"菩萨是泥的木的，不是骨头做成的。"

"你毁佛骂佛，死后会入三十三层地狱，磨石碾你，大火烧你，饿鬼咬你。"

"活下来做屠户，杀羊杀猪，给你们善男信女吃，做赔本生意，死后我会坐在莲花上，直往上飞，飞到西天一个池塘里，洗个大澡，把一身罪过，一身羊臊血腥气，洗得个干干净净！"

"西天是你们屠户去的？做梦！"

"好，我不去让你们去。我们做屠户的都不去了，怕你们到那地方肉吃不成！你们都不吃肉，吃长斋，将来西天住不下了，急坏了佛爷，还会骂我们做屠户的，不会做生意。一辈子做赔本生意，不光落得人的骂名，还落个佛的骂名。你不要我拿走。"

"你拿走好！肉臭了看你喂狗吃。"

"臭了我就喂狗吃，不很臭，我把人吃。红焖好了请人吃，还另加三碗烧酒，怕不有人叫我做伯伯、舅舅、干老子。许我每天念《莲花经》一千遍，等我死后坐朵方桌大金莲花到西天去！"

"送你到地狱里去，投胎变一只蛤蟆，日夜哇哇呱呱叫。"

"我不上西天，不入地狱，忠贤区区长告我说，姓曾的，你不用卖肉了吧，你住忠贤区第八保，昨天抽壮丁抽中了你，不用说什么，到湖南打仗去。你个子长，穿上军服排队走在最前头，多威武！我说好，什么时候要我去，我就去。我怕无常鬼，日本鬼子我不怕。派定了我，要我姓曾的去，我一定去。"

"××××××××××"

"我去打仗，保卫武汉三镇。我会打枪，我亲哥子是机关枪队长！他肩章上有三颗星，三道银边！我一去就要当班长，打个胜仗，我就升排长。打到北京去，赶一群绵羊回云南来做生意，真正做一趟赔本生意！"

接着便又是这个羊屠户和几个妇人各种赌咒的话语。坪中一切寂静。远处什么地方有军队集合下操场的喇叭声音，在润湿空气中振荡。静中有动。他心想：

"武汉已陷落三个月了。"

屋上首一个人家白粉墙刚刚刷好，第二天，就不知被谁某一个克尽厥职的公务员看上了，印上十二个方字。费很多想象把字认清楚了，更费很多想象把意思也弄清楚了。只就中间一句话不大明白，"培养卫生"。这好像是多了两个字或错了两个字。这是小事。然而小事若弄得使人胡涂，不好办理，大处自然更难说了。

带着小小铜项铃的瘦马，驮着粪桶过去了。

一个猴子似瘦脸嘴人物，从某人家小小黑门边探出头来，"娃娃，娃娃"，娃娃不回声。他自言自语说道："你那里去了？吃屎去了？"娃娃年纪已经八岁，上了学校，可是学校因疏散下了乡，无学校可上，只好终日在敞坪煤堆上玩。"煤是那里来的？""地下挖来的。""作什么用？""可以烧火。"娃娃知道的同一些专门家知道的相差并不很远。那个上海人心想："你这孩子，将来若可以升学，无妨入矿冶系。因为你已经知道煤炭的出处和用途。好些人就因那么一点知识，被人称为专家，活得很有意义！"

娃娃的父亲，在儿子未来发展上，却老做梦，以为长大了应当作设治局长，督办——照本地规矩，当这些差事很容易发财。发了财，买下对门某家那栋房子。上海人越来越多了，到处有人租房子，肯出大价钱，押租又多。放三分利，利上加利，三年一个转。想象因之而丰富异常。

做这种天真无邪的好梦的人恐怕正多着。这恰好是一个地方安定与繁荣的基础。

提起这个会令人觉得痛苦，是不是？不提也好。

因为你若爱上了一片蓝天，一片土地，和一群忠厚老实人，你一定将不由自主的嚷："这不成！这不成！天不辜负你们这群人，你们不应当自弃，不应当！得好好的来想办法！你们应当得到的还要多，能够得到的还要多！"

于是必有人问："先生，你这是什么意思？在骂谁？教训谁？想煽动谁？用意何居？"

问的你莫名其妙，不特对于他的意思不明白，便是你自己本来意思，也会弄胡涂的。话不接头，两无是处。你爱"人类"，他怕"变动"。你"热心"，他"多心"。

"美"字笔画并不多，可是似乎很不容易认识。"爱"字虽人人认识，可是真懂得他意义的人却很少。

谈 人 [a]

（人各有所蔽，又各易为物诱，因之各有是非爱憎。）

凝眸人间，我们看到人的活动比较深广时，总不知不觉会发生悲悯心。百物万汇，如此不同，朱紫驳杂，光色交错，论复杂，真是不可思议。然而人各有所蔽，又各易为物诱，因之各有是非爱憎。虽贤愚巧钝，智力悟性相去甚远，思想感情，归纳出来，还不外某几种方式。

人与人似乎不可分。"同情关心"与"敌视对立"，实二为一，同为生命对于外物的两种反应。恰好如春天和冬天，寒暖交替，两不可缺。苦乐乘除，方能够把人格扩大，情感淘深。生命中若仅有嘻嘻哈哈，这人一定变傻，若仅有蹙眉忧愁，这人一定会迂而疯。

俨若上帝派定，人都极自然的对于某事发生同情，某人感到敌对。人最怕淡漠，怕不理会，怕当他或她在你面前有所表现时，不问好意或恶意，你总视若无睹，听若无闻，行动若无所谓。不反对，不赞同。尤其是某一种人，正存心盼望你注意，而你伪不

023

---

a　原载一九四〇年一月一日香港《大公报·文艺》第七六三期，署名沈从文。

注意，或所作所为，他人已俨然看得十分重要，你却表示毫不关心。你这种对人对事极端淡漠的态度，实在很容易伤他们的心。在某种情形下，譬如说，同在写文章的情形下吧，对人淡漠将引起多少不必有的怨恨和误会，就个人十年来的经验，说起来真是不胜举例，感慨系之，只看看和淡漠相反的"关心"，对人对事"同情"或"敌对"产生什么现象，就可明白过半了。

如鲁迅，可说是个对人充满同情也充满敌对心的人，不特得过他的好处益处或可以利用利用他的作家，书店经理，对于他的死亡，感到极大的损失。便是玩政治的，帮闲跑龙套的漠不相干的，甚至于被骂过的，如《二丑艺术》所提到的几种人，不是也俨然对于他的死亡，说是感到极大的损失吗？他逝世二周年时，四川某处地方，曾举行一个纪念会，开会行礼如仪后，有个商会执行委员，洋货店老板，上台去作了一点钟的演讲。语气激昂中肯，博得台下许多次鼓掌。凡熟习纪念会的，自然都明白话应当怎么说，方能有效果。属于丧吊总不外"这人是我先觉，是为我们民族而死，我们一定要照他所作的作去，完成未竟之功"。措词尽管十分笼统，还是无妨。因为这商会委员话说得极有道理，下台后于是就有几个年青朋友去向他请教，问他"如何学习鲁迅。鲁迅写了些什么书，那一本书写得最好，最值得取法？"那大老板这一来可给愣住了。完全出他意料以外。他结结巴巴的说："这个这个慢慢的讨论吧。这位鲁先生我实在不认识，他会写小说？我以为他是个革命家。"真料想不到的是鲁迅生前常常骂过这种人，这种人却来演讲，当他姓鲁，一口气说了一点钟！博得旁人许多次数鼓掌。他自己也异常开心。这个笑话说起来并不可笑，实在使人痛苦。因为这种事不仅四川发生过，上海或香港另外一个地方，也可能发生。不仅鲁迅纪念会有这种情形，别的什么会也必然常常有相似情形。记得数月前朋友×××女士追悼会，有个人讲到艺术家，就把梅兰芳、李惠堂、张恨水和"在场各位"拉在一处。事实上"在场各位"都是另外一种人。大家都不明白他说的是什么意思。我们这个社会，本来即充满痛苦的现象，许多人间喜剧若从深处看，也都令人油然生悲悯心。好像心中会发生一个疑问："难道这就是人生吗？"同时心上还将回答："是的，这就叫作人生，真正原样的人生。但并不是全部，是一部分。"

因为人最怕淡漠，对淡漠不能忍受，所以易"轻信"与"疑心"。有此人你平时对他不大熟，或有意无意逃避过他，使他感到你不会同他相熟时，你若写点什么文章发表，说的虽是人类极普遍的弱点或优点，一种共通的现象，他总容易附会到自己头上去。话说得好，他终生受用，说得不好，他以为你骂了他，钉在心子上永拔不去。你倘若说真话："这并非骂你，正因为我不论何时都并无机会想起你！"这只有使他更不高兴，就为的是你对他"淡漠"。你不过淡漠而已，他以为是"敌对"。

……a

---

a 此处有删节。

烛　虚 [a]

（自然既极博大，也极残忍，战胜一切，孕育众生。）

　　自然既极博大，也极残忍，战胜一切，孕育众生。
蝼蚁蚯蚓，伟人巨匠，一样在它怀抱中，和光同尘。因
新陈代谢，有华屋山丘。智者明白"现象"，不为困缚，
所以能用文字，在一切有生陆续失去意义，本身亦因死
亡毫无意义时，使生命之光，煜煜照人，如烛如金。作
烛虚二。

　　上星期下午，我过呈贡去看孩子，下车时将近黄昏，骑上了
一匹栗色瘦马，向西南田埂走去。见西部天边，日头落处，天云
明黄媚人，山色凝翠堆蓝。东部长山尚反照夕阳余光，剩下一片
深紫。豆田中微风过处，绿浪翻银，萝卜花和油菜花黄白相间，
一切景象庄严而兼华丽，实在令人感动。正在马上凝思时空，生
命与自然，历史或文化，种种意义，俨然用当前一片光色作媒触剂，
引起了许多奇异感想。忽然有两匹马从身后赶上，超过我马头不

a　《烛虚》五篇文章，发表于不同时期，本书只节选第二篇《烛虚之二》，原
载一九四〇年四月一日《战国策》第一期，署名沈从文。

远，又依然慢下来了。马上两个二十岁左右大学生模样女子，很快乐的一面咬嚼酸梨，一面谈笑，说的是你吃三个我吃五个一类的话语。末后在前面一个较胖一点的，忽回头把个水淋淋的梨骨猛然向同伴抛去。同伴笑着一闪，那梨骨就不偏不斜打在我的身上。两个女学生一声不响，却笑嘻嘻的赶马向前跑了。那马夫像嘲笑又好像安慰我，"那是学生"。我知道，这是学生——把眼前自然景物和人事情形两相对照，使我感觉一种极其痛苦的印象，许多日以来不能去掉。一个人天生两只眼睛一张嘴，意思正似乎要我们多看少吃。这些近代女子做的事，竟恰恰像有意在违反自然的恩惠！

　　××也是一个大学生，年纪二十二岁，在国立大学二年级。关于读书事，连她自己也不大明白，为什么就入了大学英文系。功课还能及格，有一两门学科教员特别认真，就借同学笔记抄抄，写报告时也能勉强及格。家庭经济情况和爱好性情来说，她属于中产阶级的近代型女子，样子还相当好看，衣服又能够追随风气，所以在学校就常有男同学称她为"美人"。用"时代轮子转动了，我们一同漂流到这山国来"一类庸俗句子起始，写一些虽带做作气还不失去青春的热与香的信件。可是学校的书本和同学的殷勤都并不引起她多少兴趣。她需要的只是玩一玩，此外都不大关心。出门时也欢喜穿几件比较好看时兴的衣服，打扮得体体面面，虽给人一个漂亮印象，宿舍中衣被可零乱而无秩序。金钱大部分用在吃食，最小部分方用来买书。她也学美术，历史，生物学，这一切知识都似乎只能同考试发生关系，决不能同生活发生关系。

也努力学外国文，最大目的，只是能说话同洋人一样，得人赞美，并不想把它当成一个向人类崇高生命追求探索工具。做人无信心，无目的，无理想，正好像二十年前有人为她们争求解放，已解放了，但事实上她并不知道真正要解放的是什么。因此在年龄相差不多的女同学中，最先解放了一个胃口，随时都需要吃，随处都可以吃。俨若每天任何一时都能够用食物填塞到胃囊中，表示消化力之强，同时象征生命正是需要最少最少的想象，需要最多最多实际事物的年龄。想起她们那个还待解放或已解放的"性"，以及并无机会也好像不大需要解放的"头脑"，使人默然了。若想起这种青年女子，在另一时社会上还称她们为"摩登女郎"，能煽起有教养绅士青春的热，找回童年的梦，会觉得这个社会退化的可怕。

这正是另外一种类型，大凡家中有三五个子侄亲友的，总可以在其中发现那么一个女孩子，引起感想是这些女人旧知识学不了，新知识说不上，一眼看去还好，可不许人想想好在那里。

从这种类型女子说来，上帝真像有点草率处，使人想要询问，"老天爷，你究竟拿的是个什么主意，你是在有计划故意来试验训练男子？还是在无目的而任性情形中改造女人？"如果我们不宜把这问题牵引到"上帝"方面去，那就得承认这是"现代教育"的特点，只要她们读书，照二十年前习惯读书。读什么书？有什么用？谁都不大明白。作教育部长或大学教授的，作家长的，且似乎也永远不必需对这问题明白，或提出一些明智有益的意见。科学工作方面，我们虽然已经承认了豆类栽培可以发现遗传定律，稻棉可以用杂交法育种，即在犬与鸽子身上，也知道采取了一个较新观点，加以训练。对于人的教育，尤其是和民族最有关系的女子教育，一直到如今还脱不了在因习的自然状态下进行。这并不是人的蠢笨，实在是负责者懒惰与无知的表现！

这种现代教育的特点，如果不能引起当局的关心，有计划的来勇敢改造，我们就得自己想办法。这同许多问题差不多，总得有个办法，方能应付"明天"和"未来"。对妇女本身幸福快乐言，若知道关心明天和未来，也方能够把生命有个更合理更有意思的安排。

现代教育特点事实上应当称为弱点，改造运动必需从修正这个弱点着手。修正方法消极方面是用礼貌节制她们的"胃部"，积极方面是用书本训练她们的"脑子"。一个"摩登女郎"的新的含义，应当是在饮食方面明白自制，在自然美方面还能够有兴致欣赏，且知道把从书本吸收的一切人类广泛知识，看成是生命存在的特别权利，不仅仅当作学校或爸爸派定义务。扩大母性爱，对人类崇高美丽观念或现象充满敬慕与倾心，对是非好恶反应特别强，对现社会堕落与腐败能认识，又能避免，对作人兴趣特别浓厚也特别热诚，换言之，就是她既已从旧社会不良习惯观念中解放了出来，便能为新社会建立一个新的人格的标准。她不再是"自然"物，于人类社会关系上，仅仅注定尽生育义务，从这种义务上讨取生活，以得人怜爱为已足。她还应当单为作一个"人"，用人的资格，好好处理她的头脑，运用到较高文化各方面追求上去，放大她的生命与人格，从书本上吸收，同时也就创造，在生活上学习，同时也就享受。

我们是不是可以希望这种新女性，在这个新社会大学校学生群中陆续发现？形成这个五光十色的人生，若决定于人的意志力，也许我们需要的倒是一种"哲学"，一种表现这个优美理想的人生哲学，用它来作土壤，培植中国的未来新女性。

云南看云 [a]

（云南的云给人印象大不相同，它的特点是素朴，影响到人性情也应当挚厚而单纯。）

云南因云而得名。可是外省人到了云南一年半载后，一定会和本地人差不多，对于云南的云，除却只能从它变化上得到一点晴雨知识，就再也不会单纯的来欣赏它的美丽了。

看过卢锡麟先生的摄影后，必有许多人方俨然重新觉醒，明白自己是生在云南，或住在云南。云南特点之一，就是天上的云变化得出奇。尤其是傍晚时候，云的颜色，云的形状，云的风度，实在动人。

战争给了许多人一种有关生活的教育，走了许多路，过了许多桥，睡了许多床，此外还必然吃了许多想象不到的小苦头。然而真正具有深刻教育意义的，说不定倒是明白许多地方各有各的天气，天气不同还多少影响到一点人事。云有云的地方性：中国北部的云厚重，人也同样那么厚重。南部的云活泼，人也同样那么活泼。海边的云幻异，渤海和南海云又各不相同，正如两处海边的人性情不同。河南的云一片黄，抓一把下来似乎

---

a　原载一九四〇年十二月十二日香港《大公报·文艺》第九八七期，原题为《看云》。署名上官碧。

就可以作窝窝头，云粗中有细，人亦粗中有细。湖湘的云一片灰，长年挂在天空一片灰，无性格可言，然而桔子、辣子就在这种地方大量产生，在这种天气下成熟，却给湖南人增加了生命的发展和进取精神。四川的云与湖南云虽相似而不尽相同，巫峡峨嵋夹天耸立，高峰把云分割又加浓，云有了生命，人也有了生命。

论色彩丰富，青岛海面的云应当首屈一指。有时五色相煊，千变万化，天空如展开一张锦毯。有时素净纯洁，天空只见一片绿玉，别无它物，看来令人起轻快感，温柔感，音乐感，情欲感。一年中有大半年天空完全是一幅神奇的图画，有青春的嘘息，煽起人狂想和梦想。海市蜃楼即在这种天空下显现，海市蜃楼虽并不常在人眼底，却永远在人心中。

秦皇汉武的事业，同样结束在一个长生不死青春常在的美梦里，不是毫无道理的。云南的云给人印象大不相同，它的特点是素朴，影响到人性情也应当挚厚而单纯。

云南的云似乎是用西藏高山的冰雪，和南海长年的热风，两种原料经过一种神奇的手续完成的，色调出奇的单纯，惟其单纯反而见出伟大。尤以天时晴明的黄昏前后，光景异常动人。完全是水墨画，笔调超脱而大胆。天上一角有时黑得如一片漆，它的颜色虽然异样黑，给人感觉竟十分轻。在任何地方"乌云蔽天"照例是个沉重可怕的象征，惟有云南傍晚的黑云，越黑反而越不碍事，且表示第二天天气必然顶好。几年前中国古物运到伦敦展览时，有一个赵松雪作的卷子，名《秋江叠嶂》，净白如玉的澄心堂纸上用浓墨重重涂抹，给人印象却十分秀美。云南的云也恰恰如此，看来只觉得黑而秀。

可是我们若在黄昏前后，到城郊外一个小丘上去，或坐船在滇池中，看到这种云彩时，低下头来一定会轻轻的叹一口气。具体一点将发生"大好河山"感想，抽象一点将发生"逝者如斯"感想。心中一定觉得有些痛苦，为一片悬在天空中的沉静黑云而痛苦。因为这东西给了我们一种无言之教，比目前政治家的文章，宣传家的讲演，杂感家的讽刺文，都高明得多，深刻得多，同时还美丽得多。觉得痛苦原因或许也就在此。那么好看的云，教育了在这一片天底下讨生活的人，究竟是些什么？是一种精深博大的人生理想？还是一种单纯美丽的诗的感情？若把它与地面所见、所闻、所有两相对照，实在使人不能不痛苦！

在这美丽天空下，人事方面，我们每天所能看到的，除了官方报纸虚虚实实的消息，物价的变化，空洞的论文，小巧的杂感，此外似乎到处就只碰到"法币"。大官小官商人和银行办事人直接为法币而忙，教授学生也间接为法币而忙。最可悲的现象，实无过于大学校的商学院，近年每到注册上课时，照例人数必最多。这些人其所以习经济、习会计，可说对于生命无任何高尚理想可言，目的只在毕业后能入银行作事。"熙熙攘攘，皆为利往，挤挤挨挨，皆为利来。"教务处几个熟人都不免感到无可奈何。教这一行的教授，也认为风气实不大好。社会研究的专家，机会一来即向银行跑。习图书馆的，弄古典文学的，学外国文学的，工作皆因此而清闲下来，因亲戚、朋友、同乡……种种机会，不少人也像失去了对本业的信心。有子女升学的，都不反对子弟改业从实际出发，能挤进银行或金融机关作办事员，认为比较稳妥。大部分优秀脑子，都给真正的法币和抽象的法币弄得昏昏的，失去了应有的灵敏与弹性，以及对于"生命"较深一层的认识。其余无知识的脑子，成天打算些什么，也就可想而知了。云南的云即或再美丽一点，对于多数人还似乎毫无意义可言的。

近两个月来，本市在连续的警报中，城中二十万市民，无一不早早的就跑到郊外去，向天空把一个颈脖昂酸，无一人不看到过几片天空飘动的浮云，仰望结果，不过增加了许多人对于财富得失的忧心罢了。"我的越币下落了"，"我的汽油上涨了"，"我的事业这一年发了五十万财"，"我从公家赚了八万三"，这还是就仅有十几个熟人口里说说的。此外说不定还有个把教授之流，终日除玩牌外无其他娱乐，会想到前一晚上玩麻雀牌输赢事情，聊以解嘲似的自言自语："我输牌不输理。"这种教授先生当然是不输理的，在警报解除以后，还不妨跑到老同学住处去，再玩个八圈，证明一下输的究竟是什么。

一个人若乐意在地下爬，以为是活下来最好的姿势，他人劝他不妨站起来试走走看，或更盼望他挺起脊梁来做个人，当然是不会有什么结果的。

就在这么一个社会这么一种情形中，卢先生却来展览他在云南的照相，告给我们云南法币以外还有些什么。即以天空的云彩言，色彩单纯的云有多健美，多飘逸，多温柔，多崇高！观众人数多，批评好，正说明只要有人会看云，就能从云影中取得一种诗的感兴和热情，还可望将这种可贵的感情，转给另外一种人。换言之，就是云南的云即或不能直接教育人，还可望由一个艺术家的心与手，间接来教育人。卢先生照相的兴趣，似乎就在介绍这种美丽感印给多数人，所以作品中对于云物的题材，处理得特别好。每一幅云都有一种不同的性情，流动的美。不纤巧，不做作，不过分修饰，一任自然，心手相印，表现得素朴而亲切，作品成功是必然的。可是得到"赞美"不是艺术家最终的目的，应当还有一点更深的意义。我意思是如果一种可怕的实际主义，正在这个社会各组织各阶层间普遍流行，腐蚀我们多数人做人的良心、做人的理想，且在同时还像是正在把许多人有形无形市侩化，社会中优秀分子一部分所梦想所希望，也只是糊口混日子了事，毫无一种较高尚的情感，更缺少用这情感去追求一个美丽而伟大的道德原则的勇气时，我们这个民族应当怎么办？大学生读书目的，不是站在柜台边作行员，就是坐在公事房作办事员，脑子都不用，都不想，只要有一碗饭吃就算有了出路。甚至于作政论的，作讲演的，写不高明讽刺文的，习理工的，玩玩文学充文化人的，办党的，信教的，……特别是当权做官的，出路打算也都是只顾眼前。大家眼前固然都有了出路，这个国家的明天，是不是还有希望可言？我们如真能够像卢先生那么静观默会天空的云彩，云物的美丽景象，也许会慢慢的陶冶我们，启发我们，改造我们，使我们习惯于向远景凝眸，不敢堕落，不甘心堕落，我以为这才像是一个艺术家最后的目的。正因为这个民族是在求发展，求生存，战争已经三年。战争虽败北，虽死亡万千人民，牺牲无数财富，可并不气馁，相信坚持抗战必然翻身。就为的是这战争背后还有个庄严伟大的理想，使我们对于忧患之来，在任何情形下都能忍受。我们其所以能忍受，不特是我们要发展，要生存，还要为后来者设想，使他们活在这片土地上更好一点，更像人一点！我们责任那么严重，而且又那么困难，所以不特多数知识分子必然要有一个较坚朴的人生观，拉之向上，推之向前，就是作生意的，也少不了需要那么一分知识，方能够把企业的发展与国家的发展放在同一目标上，分途并进，异途同归，抗战到底！

举一个浅近的例来说说：我们的眼光注意到"出路"、"赚钱"以外，若还能够估量到在滇越铁路的另一端，正有多少鬼蜮成性阴险狡诈的敌人，圆睁两只鼠眼，安排种种巧计阴谋，预备把劣货倾销到昆明来，且把推销劣货的责任，派给昆明市的大小商家时，就知道学习注意远处，实在是目前一件如何重要的事情！照相必选择地点，取准角度，方可望有较好效果。做人何尝不是一样，明分际，识大体，"有所不为"，敌人即或花样再多，劣货在有经验商家的眼中，总依然看得出，取舍之间是极容易的。若只图发财，见利忘义，"无所不为"，把劣货变成国货，改头换面，不过是翻手间事！劣货推销不过是若干有形事件中之一种。此外各层统治阶级中不争气处，所作所为，实有更甚于此者。

　　所以我觉得卢先生的摄影，不只是给人看看，还应当给人深思。

水　云 [a]

（名誉、金钱，或爱情，什么都没有，那不算什么。我有一颗能为一切现世光影而跳跃的心，就很够了。）

青岛的五月，是个希奇古怪的时节。自从二月起从海上吹来的季候风，饱吹了一季，忽然一息后，阳光热力到达了地面，天气即刻暖和起来。山脚树林深处，便开始有啄木鸟的踪迹和黄莺的鸣声。公园中分区栽种梅花、桃花、玉兰、郁李、棠棣、海棠和樱花，正像约好了日子，都一齐开放了花朵。到处都聚集了些游人，穿起初上身的称身春服，携带酒食和糖果，坐在花木下边草地上赏花取乐。就中有些从南北大都市官场或商场抽空走出，坐了路局的特别列车，来看樱花作短期旅行的，从外表上一望也可明白。这些人为表示当前为自然解放后的从容和快乐，多仰卧在软草地上，用手枕着头，被天上云影、压枝繁花弄得发迷。口中还轻轻吹嘘唿哨，学林中鸣禽唤春。女人多站在草地上和花树前，忙着帮孩子们照相，不受羁勒的孩子们，却在花树间各处乱跑。

就在这种阳春烟景中，我偶然看到一本小书，书上有那么一段话，"地上一切花叶都从阳光挹取生命的芳馥，人在自然秩序中，

---

a　原载一九四三年一月《文学创作》第一卷第四期，署名沈从文。

也只是一种生物，还待从阳光中取得营养和教育。美不能在风光中静止，生命也不能在风光中静止，值得留心！"俨若有会于心，因此常常欢喜孤独伶俜的我，带了几个硬绿苹果，带了两本书，向阳光较多无人注意的海边走去。照习惯我是对准日出方向，沿海岸往东走。夸父追日我却迎赶日头，不担心半道会渴死。我的目的正是让不能静止的生命，从风光中找寻那个不能静止的美。我得寻觅，得发现，得受它的影响或征服，从忘我中重新得到我，证实我。我走过了惠泉浴场，走过了炮台，走过了建筑在海湾石岨上俄国什么公爵用黄麻石堆就的堡垒形大房子，一片待开辟的荒地，……一直到太平角凸出海中那个黛色大石堆上，方不再向前进。这个地方前面已是一片碧绿大海，远远可看见多蛇水灵山岛的灰色圆影，和海上船只驶过时在浅紫色天末留下那一缕淡烟。我身背后是一片马尾松林，好像一个一个翠绿扫帚，倒转竖起，扫拂天云。矮矮的疏疏的马尾松下，到处有一丛丛淡蓝色和黄白间杂野花正任意开放，花丛间常常可看到一对对小而伶俐麻褐色野兔，神气天真烂漫，在那里追逐游戏。这地方原有一部分已划作新住宅区，还无一座房子，游人又极稀少，本来应该算是这些小小生物的特别区，所以当它们与陌生人互相发现时，必不免抱有三分好奇，眼珠子骨碌碌的对人望定。望了好一会，似乎从神情间看出了点危险，或猜想到"人"是什么，方憬然惊悟，猛回头于草树间奔窜。逃走时恰恰如一个毛团弹子一样迅速，也如一个弹子那么忽然触着树身而转折，更换一个方向继续奔窜。这聪敏活泼小生物，终于在绿色马尾松和杂花乱草间消失了。我于是好像有点抱歉，来估想它受惊以后跑回窝中的情形。它们照例是用山道间埋在地下的引水陶筒作窝的，因为里面四通八达，合乎传说上的三窟意义。逃进去后，必互相挤得紧紧的，为求安全准备第二次逃奔。（因为有时很可能是被一匹顽皮的小狗所追逐，这小狗却用一种好奇好事心情，徘徊在水道口。）过一会儿心定了些，才小心谨慎从水道口露出那两个毛茸茸的耳朵和光头，听听远近风声，明白"天下太平"后，才重新出到草丛树根间来游戏。

我坐的地方八尺以外，便是一道陡峻的悬崖，向下直插入深海中。若想自杀，只要稍稍用力向前一跃，就可坠崖而下，掉进海水里喂鱼吃。海水有时平静不波，如一片光滑的玻璃，在阳光下时时刻刻变换颜色。有时又可看到两三丈高的大浪头，戴着绉折的白帽子，排列成行成队，直向岩石下扑撞，结果这浪头即变成一片银白色的水沫，一阵带咸味的雾雨。我一面让和暖阳光烘炙肩背手足，取得生命所需要的热力，一面即用身前这片大海教育我，淘深我的生命。时间长，次数多，天与树与海的形色气味，便静静的溶解到了我绝对单独的灵魂里。我虽寂寞却并不悲伤。因为从默会遐想中，体会到生命中所孕育的智慧和力量。心脏跳跃节奏中，俨然有形式完美韵律清新的诗歌，和调子柔软而充满青春狂想的音乐。

"名誉、金钱，或爱情，什么都没有，那不算什么。我有一颗能为一切现世光影而跳跃的心，就很够了。这颗心不仅能够梦想一切，还可以完全实现它。一切花草既都能从阳光下得到生机，各自于阳春烟景中芳菲一时，我的生命，也待发展，待开放，必有惊人的美丽与芳香!"

　　我仰卧时那么打量,一起身有另外一种回答出自中心深处。这正是想象碰着边际时所引起的一种回音。回音中见出一点世故,一点冷嘲,一种受社会挫折蹂躏过的记号。

　　"一个人心情骄傲,性格孤僻,未必就能够作战士!应当时时刻刻记住,得谨慎小心,你到的原是个深海边。身体从不至于掉进海里去,一颗心若掉到梦想荒唐幻异境界中去,也相当危险,挣扎出来并不容易!"

　　这点世故对于当时环境中的我并不需要,因此重新躺下去,俨若表示业已心甘情愿受我选定的生活选定的人所征服。我正等待这种征服。

　　"为什么要挣扎?倘若那正是我要到的去处,用不着使力挣扎的。我一定放弃任何抵抗愿望,一直向下沉。不管它是带咸味的海水,还是带苦味的人生,我要沉到底为上。这才像是生命。我需要的就是绝对的皈依,从皈依中见到神。我是个乡下人,走到任何一处照例都带了一把尺,一把秤,和普遍社会权量不合。一切临近我命运中的事事物物,我有我自己的尺寸和分量,来证实生命的价值和意义。我用不着你们名叫'社会'为制定的那个东西,我讨厌一般标准,尤其是伪'思想家'为扭曲压扁人性而定下的庸俗乡愿标准。这种思想算是什么?不过是少年时男女欲望受压抑,中年时权势欲望受打击,老年时体力活动受限制,因之用这个来弥补自己并向人们复仇的人病态的行为罢了。这种人照例先是显得极端别扭表示深刻,到后又显得极端和平表示纯粹,本身就是一种矛盾。这种人从来就是不健康的，那能够希望有个健康人生观。一般社会把这种人叫做思想家，只因为一般人都不习惯思想，不惯检讨思想家的思想。一般人都乐意用校医室的磅秤称身体和灵魂。更省事是只称一次。"

"好，你不妨试试看，能不能使用你自己那个尺和秤，来到这个广大繁复的人间，量度此后人我的关系。"

"你难道不相信吗？"

"人应当自己有自信，不必担心别人不相信。一个人常常因为对自己缺少自信，总要从别人相信中得到证明。政治上纠纠纷纷，以及在这种纠纷中的广大牺牲，使百万人在面前流血，流血的意义，真正说来，也不过就为的是可增加某种少数人自己那点自信！在普通人事关系上，且有人自信不过，又无从用牺牲他人得到证明，所以一失了恋就自杀的。这种人做了一件其蠢无以复加的行为，还以为是追求生命最高的意义，而且得到了它。"

"我是如你所谓灵魂上的骄傲，也要始终保留着那点自信！"

"那自然极好，因为凡真有自信的人，不问他的自信是从官能健康或观念顽固而来，都可望能够赢得他人相信的。不过你要注意，风不常向一定方向吹。我们生命中到处是'偶然'，生命中还有比理性更具势力的'情感'。一个人的一生可说即由偶然和情感乘除而来。你虽不迷信命运，新的偶然和情感，可将形成你明天的命运，还决定后天的命运。"

"我自信我能得到我所要的，也能拒绝我不要的。"

"这只限于选购牙刷一类小事情。另外一件小事情，就会发现势不可能。至于在人事上，你不能有意得到那个偶然的凑巧，也无从拒绝那个附于情感上的弱点，由偶然凑巧而作成的碰头。"

辩论到这个时候，仿佛自尊心起始受了点损害，躺卧向天的那个我，于是沉默了。坐着望海的那个我，因此也沉默了。

试看看面前的大海，海水明蓝而静寂，温厚而蕴藉。虽明知中途必有若干岛屿，可作候鸟迁移时的栖息，鸟类一代持续一代而不把它的位置记错，且一直向前，终可达到一个绿芜照眼的彼岸，有一切活泼自由生命存在。但缺少航海经验的人，是无从用想象去证实的。这也正与一个人的生命相似。未来一切无从由他人经验取证，亦无从由书本取证。再试抬头看看天空云影，并温习另外一时同样天空的云影，我便俨若重新有会于心。因为海上的云彩实在华丽异常。有时五色相渲，千变万化，天空如张开一张锦毯。有时又素净纯洁，天空但见一片明莹绿玉，别无它物。这地方一年中有大半年天空中竟完全是一幅神奇的图画，充满青春的嘘息，煽起人狂想和梦想，看来令人起轻快感、温柔感、音乐感、情欲感。海市蜃楼就在这种天空中显现，它虽不常在人眼底，却永远在人心中。秦皇汉武的事业，同样结束在一个长生不死青春常驻的梦境里，不是毫无道理的。然而这应当是偶然和情感乘除，此外是不是还有点别的什么？

我不羡慕神仙，因为我是个从乡下来的凡人。我偶然厌倦了军队中平板生活，撞入都市，因之便来到一个大学教书。现实生活中我还不曾受过任何女人关心，也不曾怎么关心过别的女人。我在缓缓移动云影下，做了些青年人所能做的梦。我明白我这颗心在情分取予得失上，受得住人的冷淡糟蹋，也载得起从人取来的忘我狂欢。我试重新询问我自己：

"什么人能在我生命中如一条虹，一粒星子，在记忆中永远忘不了？世界上应当有那么一个人。"

"怎么这样谦虚得小气？这种人并不止一个，行将就要陆续侵入你的生命中，各自保有一点虽脆弱实顽固的势力。这些人名字都叫做'偶然'。名字有点俗气，但你并不讨厌它，因为它比虹和星还无固定性，还无再现性。它过身，留下一点什么在这个世界上；它消失，当真就消失了。除留在你心上那个痕迹，说不定从此就永远消失了。这消失也不会使人悲观，为的是它曾经活在你或他人心上过。凡曾经一度在你心上活过来的，当你的心还能跳跃时，另外那一个人生命也就依然有他本来的光彩，并未消失。那些偶然的謦笑，明亮的眼目，纤秀的手足，有式样的颈肩，谦退的性格，以及常常附于美丽自觉而来的彼此轻微妒嫉，既侵入你的生命，也即反应在你人格中，文字中，并未消失。世界虽如此广大，这个人的心和那个人的心却容易撞触。况且人间到处是偶然。"

"我是不是也能够在另外一个生命中保留一种势力？"

"这应当看你的情感。"

"难道我和人对于自己，都不能照一种预定计划去作一点安排？"

"唉，得了。什么叫做计划？你意思是不是说那个理性可以为你决定一件事情，而这事情又恰恰是上帝从不曾交把任何一个人的？你试想想看，能不能决定三点钟以后，从海边回到你那个住处去，半路上会有些什么事情等待你？这些事影响到一年两年后的生活，又可能有多大？若这一点你猜测失败了，那其他的事情，显然就超过你智力和能力以外更远了。这种测验对于你也不是件坏事情。因为可让你明白偶然和情感将来在你生命中的种种势力，说不定还可以增加你一点忧患来临的容忍力，和饮浊含清的适应力——也就是新的道家思想，在某一点某一事上，你得保留信天委命的达观，方不至于……"

我于是靠在一株马尾松旁边，一面随手采摘那些杂色不知名野花，一面试去想象下午回住处时半路上可能发生的一切事情。我知道自然会有些事情。

……[a]

---

[a] 此处有删节。

一个传奇的本事 [a]

（水教给我粘合卑微人生的平凡哀乐。）

> 我情感流动而不凝固，一派清波给予我的影响实在
> 不小。我幼小时较美丽的生活，大都不能和水分离。我
> 受业的学校，可以说永远设在水边。我学会思索，认识
> 美，理解人生，水对于我有极大关系。

> （自传一章）

水和我的生命不可分，教育不可分，作品倾向不可分。这不
仅是二十岁以前的事情。即到厌倦了水边城市流宕生活，改变计
划，来到住有百万市民的北平，饱受生活的折磨，坚持抵制一切
腐蚀，十分认真阅读那本抽象"大书"第二卷，告了个小小段落，
转入几个大学教书时，前后二十年，十分凑巧，所有学校又都恰
好接近水边。我的人格的发展，和工作的动力，依然还是和水不
可分。从《楚辞》发生地，一条沅水上下游各个大小码头，转到
海潮来去的吴淞江口，黄浪浊流急奔而下直泻千里的武汉长江边，

---

a　原载一九四七年三月二十三日天津《大公报·星期文艺》，署名从文。

天云变幻碧波无际的青岛大海边，以及景物明朗民俗淳厚沙滩上布满小小螺蚌残骸的滇池边。三十年来水永远是我的良师，是我的诤友，给我用笔以各种不同的启发。这分离奇教育并无什么神秘性，却不免富于传奇性。

水的德性为兼容并包，从不排斥拒绝不同方式浸入生命的任何离奇不经事物！却也从不受它的玷污影响。水的性格似乎特别脆弱，且极容易就范。其实则柔弱中有强韧，如集中一点，即涓涓细流，滴水穿石，却无坚不摧。水教给我粘合卑微人生的平凡哀乐，并作横海扬帆的美梦，刺激我对于工作永远的渴望，以及超越普通个人功利得失，追求理想的热情洋溢。我一切作品的背景，都少不了水。我待完成的主要工作，将是描述十个水边城市平凡人民的爱恶哀乐。在这个变易多力取予复杂的社会中，宜让头脑灵敏身心健全的少壮，有机会驾着最新式飞机向天上飞，从高度和速度上打破记录，成为新时代画报上的名人。且尽那些马上得天下还想马上治天下的英雄伟人，为了寄生细菌的巧佞和谎言繁殖迅速，不多久，都能由雕刻家设计，为安排骑在青铜熔铸的骏马上，在永远坚固磐石作基的地面，给后人瞻仰。也让那些各式各样的生命，于爱憎取予之际各得其所，各有攸归。我要的却只是能再好好工作二三十年，完成学习用笔过程后，还有机会得到写作上的真正自由，再认真写写那些生死都和水分不开的平凡人的平凡历史。这个分定对于我像是生存唯一的义务，无从拒绝。因为这种平凡的土壤，却孕育了我发展了我的生命，体会经验到一点不平凡的人生。

我有一课水上教育受得极离奇，是二十七年前在常德府那半年流宕。这个城市从地图上看，即可知接连洞庭，贯串黔川，扼住湘西的咽喉，是一个在经济上军略上都不可忽略的城市。城市的位置似乎浸在水中或水下，因为每年有好几个月城四面都是一片大水包围，水线且比城中民房还高。保护到二十万居民不至于成为鱼鳖，全靠上游四十里几道坚固的长堤，和一个高及数丈的砖砌大城。常德沿河有四个城门，计西门、上南门、中南门、下南门。城门外有一条延长数里的长街，上边一点是年有百十万担"湖莲"的加工转口站。此外卖牛肉狗肉、开染坊糖坊和收桐油、朱砂、水银、白蜡、生漆、五倍子的大小庄号，生产出售水上人所不可少的竹木圆器及大小船只上所必需的席棚、竹缆、钢钻头、大小铁锚杂物店铺，在这条河街上都占有一定的地位，各有不同的处所。

　　最动人的是那些等待主顾、各用特制木架支撑，上盖罩棚，身长五七丈的大木桅，和仓库堆店堆积如山的作船帆用的厚白帆布，联想到它们在"扬扬万斛船，影若扬白虹"三桅五舱大船上应用时的壮观景象和伟大作用，不觉更令人神往倾心。

　　这条河街某一段是什么样子，有什么东西，发出什么不同气味，到如今我始终还记得清清楚楚。这个城市在经济上和军事上都有其重要意义，因此抗日战争末两年，最激烈的一役，即中外报刊记载所谓"中国谷仓争夺战"的一役中，十万户人家终于在所预料情形下，完全毁于炮火中。沅水流域竹木原料虽特别富裕，复兴重建也必然比中国任何一地容易。

不过那个原来的水上美丽古典城市，有历史性市容，有历史性人事，就已早于烈烈火焰中消失，后来者除了从我过去作的简单叙述，还能得到个大略印象，此外再也无从寻觅了。有形的和无形的都一律毁掉了。然而有些东西，却似乎还值得用少量文字或在多数人情感中保留下来，对于明日社会重造工作上，有其长远的意义。

常德既是延长千里一条沅水和十来条支流十多个县份百数十万人民生产竹、木、油、漆、棉、麻、烟草、药材原料的集中站，及东南沿海鱿鱼、海带、淮盐及一切轻工业品货物向上转移的总码头，船只向上可达川东、黔东，向下毗连洞庭、长江，地方人事自然也就相当复杂。城门口照例有军事机关和税收机关各种堂皇布告，同时也有当地党部无效果的政治宣传品，和广东、上海药房出卖壮阳、补虚伪药，及"活神仙""王铁嘴"一类看相算命骗人的各种广告，各自占据城墙一部分。这几乎也是全国同类城市景象。大街上多的是和商品转销有关的接洽事务的大小老板伙计忙匆匆地来去，更多的是经营最古职业的人物，这些人在水上虽各有一定住处，在街上依然随地可以碰到。责任大，工作忙，性质杂，人数多，真正在维持这个水边城市的繁荣，支配一切活动的，还是水上那几千只大小船只和那几万驾船人。其中"麻阳佬"占比例特重，这些人如何使用他们各不相同各有个性的水上工具，按照不同的行规、不同的禁忌挣扎生活并生儿育女，我虽说不上十分清楚，却有一定常识。所以，抗战初期，写了个关于湘西问题的小书时，《常德的船》那一章，内中主要部分，便是介绍占据一条延长千里沅水的麻阳船只和驾船人的种种，在那一章小文结尾说：

> 常德本身也类乎一只旱船，……常德县沿沅水上行九十里，即到千五百年前武陵渔人迷路问津的桃源。……那里河上游一点，有个省立女子第二师范学校。五四运动影响到湖南时，谈男女解放，自由平等，剪发恋爱，最先提出要求并争取实现它的，就是这个学校一群女学生。

这只旱船上不仅装了社会上几个知名人士，我还忘了提及几个女学生。这里有因肺病死去的川东王小姐，有芷江杨小姐，还有……一群单纯热情的女孩子，离开学校离开家庭后，大都暂时寄居到这个学校里，作为一个临时跳板，预备整顿行装，坚强翅膀，好向广大社会飞去。书虽读得不怎么多，却为《新青年》一类刊物煽起了青春的狂热，带了点点钱和满脑子进步社会理想和个人生活幻想，打量向北平、上海跑去，接受她们各自不同的命运。这些女孩子和现代史的发展，曾有过密切的联系。另外有几个性情比较温和稳定，又不拟作升学准备的，便作了那个女学校的教员。当时年纪大的都还不过二十来岁，差不多都有个相同社会背景，出身于小资产阶级或小官僚地主家庭，照习惯，自幼即由家庭许了人家，毕业回家第一件事即等待完婚。既和家庭闹革命，经济来源断绝，向京沪跑去的，难望有升大学机会，生活自然相当狼狈。一时只能在相互照顾中维持，走回头路却不甘心。

犹幸社会风气正注重俭朴，人之师需为表率，作教员的衣着化妆品不必费钱，所以每月收入虽不多，最高月薪不过三十六元，居然有人能把收入一半接济升学的亲友。教员中有一位年纪较长，性情温和而朴素、又特别富于艺术爱好，生长于凤凰县苗乡得胜营的杨小姐，在没有认识以前，就听说她的每月收入，还供给了两个妹妹读书。

至于那时的我呢，正和一个从常德师范毕业习音乐美术的表兄黄玉书，一同住在常德中南门里每天各需三毛六分钱的小客栈中，说明白点，就是无业可就。表哥是随同我的大舅父从北平、天津见过大世面的，找工作无结果，回到常德等机会的。无事可作，失业赋闲，照当时称呼名为"打流"。

那个"平安小客栈"对我们可真不平安！每五天必须结一回账，照例是支吾过去。欠账越积越多，因此住宿房间也移来移去，由三面大窗的"官房"，迁到只有两片明瓦作天窗的贮物间。总之，尽管借故把我们一再调动，永不抗议，照栈规彼此不破脸，主人就不能下逐客令。至于在饭桌边当店东冷言冷语讥诮时，只装作听不懂，也陪着笑笑，一切用个"磨"字应付。这一点，表哥可说是已达到"炉火纯青"地步。

如此这般我们约摸支持了五个月。虽隔一二月，在天津我那大舅父照例必寄来二三十元接济。表哥的习惯爱好，却是扣留一部分去城中心"稻香村"买一二斤五香牛肉干作为储备，随时嚼嚼解馋，最多也只给店中二十元，因此永远还不清账。

内掌柜是个猫儿脸中年妇女，年过半百还把发髻梳得油光光的，别一支翠玉搔头，衣襟纽扣上总还挂一串"银三事"，且把眉毛扯得细弯弯的，风流自赏，自得其乐，心地倒还忠厚爽直。不过有时禁不住会向五个长住客人发点牢骚，饭桌边"项庄舞剑"意有所指的说，"开销越来越大了，门面实在当不下。楼下铺子零卖烟酒点心赚的钱，全贴上楼了，日子俏得过？我们吃四方饭，还有人吃八方饭！"话说得够锋利尖锐。

说后，见五个长住客人都不声不响，只顾低头吃饭，就和那个养得白白胖胖、年纪已过十六岁的寄女儿干笑，寄女儿也只照例陪着笑笑。（这个女孩子经常借故上楼来，请大表兄剪鞋面花样或围裙上部花样，悄悄留下一包寸金糖或芙蓉酥，帮了我们不少的忙。表兄却笑她一身白得像白糖发糕，虽不拒绝芙蓉酥，可决不要发糕。）我们也依旧装不懂内老板话中含意，只管拣豆芽菜汤里的肉片吃。可是却知道用过饭后还有一手，得准备招架对策。不多久，老厨师果然就带了本油腻腻蓝布面的账本上楼来相访，十分客气要借点钱买油盐。表兄作成老江湖满不在乎的神气，随便翻了一下我们名下的欠数，就把账本推开，鼻子嗡嗡的，"我以为欠了十万八千，这几个钱算个什么？内老板四海豪杰人，还这样小气，笑话。——老弟，你想想看，这岂不是大笑话！我昨天发的那个催款急电，你亲眼看见，不是迟早三五天就会有款来了吗？"

连哄带吹把厨师送走后，这个一生不走时运的美术家，却向我嘘了口气说："老弟，风声不大好，这地方可不比巴黎！我听熟人说，巴黎的艺术家，不管做什么都不碍事。有些人欠了二十年的房饭账，到后来索性作了房东的丈夫或女婿，日子过得满好。我们在这里想攀亲戚倒有机会，只是我不大欢喜冒险吃发糕，正如我不欢喜从军一样。我们真是英雄秦琼落了难，黄骠马也卖不成！"于是学成家乡老秀才拈卦吟诗哼着，"风雪满天下，知心能几人？"

我心想，怎么办？表兄常说笑话逗我，北京戏院里梅兰芳出场前，上千盏电灯一熄，楼上下包厢里，到处是金刚钻耳环手镯闪光，且经常有阔人掉金刚钻首饰。上海坐马车，马车上也常有洋婆子、贵妇人遗下贵重钱包，运气好的一碰到即成大富翁。即或真有其事，远水哪能救近火？还是想法对付目前，来一个"脚踏西瓜皮"溜了吧。至于向什么地方溜，当时倒有个方便去处。坐每天两班的小火轮上九十里的桃源县找贺龙。因为有个同乡向英生，和贺龙是把兄弟，夫妻从日本留学回来，为人思想学问都相当新，做事非"知事"、"道尹"不干，同乡人都以为"狂"，其实人并不狂。曾作过一任知县，却缺少处理行政能力，只想改革，不到一年，却把个实缺被自己的不现实理想革掉了。三教九流都有来往，长住在城中春申君墓旁一个大旅馆里，总像还吃得开，可不明白钱从何来。这人十分热忱写了个信介绍我们去见贺龙。

一去即谈好，表示欢迎，表兄作十三元一月的参谋，我作九元一月的差遣，还说"码头小，容不了大船，只要不嫌弃，留下暂时总可以吃吃大锅饭"。可是这时正巧我们因同乡关系，偶然认识了那个杨小姐，两人于是把"溜"字水旁删去，依然"留"下来了。

桃源的差事也不再加考虑。

表兄既和她是学师范美术系的同道，平时性情洒脱，倒能一事不作，整天自我陶醉的唱歌。长得也够漂亮，特别是一双乌亮大眼睛，十分魅人。还擅长用通草片粘贴花鸟草虫，作得栩栩如生，在本县同行称第一流人才。这一来，过不多久，当然彼此就成了一片火，找到了热情寄托处。

自从认识了这位杨小姐后，一去那里必然坐在学校礼堂大风琴边，一面弹琴，一面谈天。我照例乐意站在校门前欣赏人来人往的市景，并为二人观观风。学校大门位置在大街转角处，两边可以看得相当远，到校长老太太来学校时，经我远远望到，就进去通知一声，里面琴声必然忽高起来。老太太到了学校却照例十分温和笑笑的说："你们弹琴弹得真不错！"表示对于客人有含蓄的礼貌。客人却不免红红脸。因为"弹琴"和"谈情"字音相同，老太太语意指什么虽不分明，两人的体会却深刻得多。

每每回到客栈时，表哥便向我连作了十来个揖，要我代笔写封信，他却从从容容躺在床上哼各种曲子，或闭目养神，温习他先前一时的印象。信写好念给他听听，随后必把大拇指翘起来摇着，表示感谢和赞佩。

"老弟，妙，妙！措词得体，合式，有分寸，不卑不亢。真可以上报！"

事实上呢，我们当时只有两种机会上报，即抢人和自杀。

但是这两件事都和我们兴趣理想不大合，当然不曾采用。至于这种信，要茶房送，有时茶房借故事忙，还得我代为传书递柬。

那女教员有几次还和我讨论到表哥的文才，我只好支吾过去，回客栈谈起这件事，表兄却一面大笑一面肯定的说："老弟，你看，我不是说可以上报吗？"我们又支持约两个月，前后可能写了三十多次来回信，住处则已从有天窗的小房间迁到毛房隔壁一个特别小间里，人若气量窄，情感脆弱，对于生活前途感到完全绝望，上吊可真方便。我实在忍受不住，有一天，就终于抛下这个表兄，随同一个头戴水獭皮帽子的同乡，坐在一只装运军服的"水上漂"，向沅水上游漂去了。

三年后，我在北平知道一件新事情，即两个小学教员已结了婚，回转家乡同在县立第一小学服务。这种结合由女方家长看来，必然不会怎么满意。因为表哥祖父黄河清，虽是个贡生，看守文庙作"教谕"，在文庙旁家中有一栋自用房产，屋旁还有株三人合抱的大椿木树，著有《古椿书屋诗稿》。为人虽在本城受人尊敬，可是却十分清贫。至于表哥所学，照当时家乡人印象，作用地位和"飘乡手艺人"或"戏子"相差并不多。一个小学教师，不仅收入微薄，也无什么发展前途。比地方传统带兵的营连长或参谋副官，就大大不如。不过两人生活虽不怎么宽舒，情感可极好。因此，孩子便陆续来了，自然增加了生计上的麻烦。好在小县城，收入虽少，花费也不大，又还有些作上中级军官或县长局长的亲友，拉拉扯扯，日子总还过得下去。而且肯定精神情绪都还好。

再过几年，又偶然得家乡来信说，大孩子已离开了家乡，到福建厦门集美一个堂叔处去读书。从小即可看出，父母爱好艺术的长处，对于孩子显然已有了影响。但本地人性情上另外一种倔强自恃，以及潇洒超脱不甚顾及生活的弱点，也似乎被同时接收下来了。所以在叔父身边读书，初中不到二年，因为那个艺术型发展，不声不响就离开了亲戚，去阅读那本"大书"，从此就于广大社会中消失了。计算岁月，年龄已到十三四岁，照家乡子弟飘江湖奔门路老习惯，已并不算早。教育人家子弟的既教育不起自己子弟，所以对于这个失踪的消息，大致也就不甚在意。

一九三七年抗战后十二月间，我由武昌上云南路过长沙时，偶然在一个本乡师部留守处大门前，又见到那表兄，面容憔悴蜡渣黄，穿了件旧灰布军装，倚在门前看街景，一见到我即认识，十分亲热的把我带进了办公室。问问才知道因为脾气与年轻同事合不来，被挤出校门，失了业。不得已改了业，在师部做一名中尉办事员，办理散兵伤兵收容联络事务。大表嫂还在沅陵酉水边"乌宿"附近一个村子里教小学。

大儿子既已失踪，音信不通。二儿子十三岁，也从了军，跟人作护兵，自食其力。还有老三、老五、老六，全在母亲身边混日子。事业不如意，人又上了点年纪，常害点胃病，性情自然越来越加拘迁。过去豪爽洒脱处早完全失去，只是一双浓眉下那双大而黑亮有神的眼睛还依然如旧。也仍然欢喜唱歌。邀他去长沙著名的李合盛吃了一顿生炒牛肚子，才知道已不喝酒。问他还吸烟不吸烟，就说，"不戒自戒，早已不再用它。"可是我发现他手指黄黄的，知道有烟吸还是随时可以开戒。他原欢喜吸烟，且很懂烟品好坏。第二次再去看他，带了别的同乡送我的两大木盒吕宋雪茄烟去送他。他见到时，憔悴焦黄脸上露出少有的欢喜和惊讶，只是摇头，口中低低的连说："老弟，老弟，太破费你了，太破费你了。不久前，我看到有人送老师长这么两盒，美国大军官也吃不起！"

我想提起点旧事使他开开心，告他"还有人送了我一些什么'三五字'、'大司令'，我无福享受，明天全送了你吧。我当年一心只想做个开糖坊的女婿，好成天有糖吃。你看，这点希望就始终不成功！"

"不成功！人家都说你为我们家乡争了个大面子，赤手空拳打天下，成了名作家。也打败了那个只会做官、找钱，对家乡青年毫不关心的熊凤凰。什么凤凰？简直是只阉鸡，只会跪榻凳，吃太太洗脚水，我可不佩服！你看这个！"他随手把一份当天长沙报纸摊在桌上，手指着本市新闻栏一个记者对我写的访问说，"老弟，你当真上了报，人家对你说了不少好话，比得过什么什么大文豪！"

我说："大表哥，你不要相信这些逗笑的话。一定是做新闻记者的学生写的。因为我始终只是个在外面走码头的人物，底子薄，又无帮口，在学校里混也混不出个所以然的。不是抗战还回不了家乡，熟人听说我回来了，所以表示欢迎。我在外面只有点虚名，并没什么真正成就的。……我倒正想问问你，在常德时，我代劳写的那些信件，表嫂是不是还保留着？若改成个故事，送过上海去换二十盒大吕宋烟，还不困难！"

想起十多年前同在一处的旧事，一切犹如目前，又恍同隔世。两人不免相对沉默了一会，后来复大笑一阵，把话转到这次战争的发展和家乡种种了。随后他又陪我去医院看望受伤的同乡官兵。正见我弟弟刚出医院，召集二十来个行将出院的下级军官，在院前小花园和他们谈话，彼此询问一下情形；并告给那些伤愈连长和营副，不久就要返回沅陵接收新兵，作为"荣誉师"重上前线。训话完毕，问我临时大学那边有多少熟人，建议用我名分约个日子，请吃顿饭，到时他来和大家谈谈前方情况。邀大表兄也作陪客，他却不好意思，坚决拒绝参加。只和我在另一天同上天心阁看看湘江，我们从此就离开了。

抗战到六年，我弟弟去印度受训，过昆明时，来呈贡乡下看看我，谈及家乡种种，才知道年纪从十六到四十岁的同乡亲友，大多数都在六年里各次战役中已消耗将尽。有个麻四哥和三表弟，都在洞庭湖边牺牲了。大表哥因不乐意在师部作事，已代为安排到沅水中游青浪滩前作了一个绞船站的站长，有四十元一月。老三跟在身边，自小就会泅水，胆子又大，这个著名恶滩经常有船翻沉，老三就在滩脚伏波宫前急流漩涡中浮沉，拾捞沉船中漂出无主的腊肉、火腿和其他食物，因此，父子经常倒吃得满好。可是一生长处既无从发挥，始终郁郁不欢，不久前，在一场小病中就过世了。

058　　大孩子久无消息，只知道在江西战地文工团搞宣传。老二从了军。还预备把老五送到银匠铺去作学徒。至于大表嫂呢，依然在沅陵乌宿乡下村子里教小学，收入足够糊口。因为是唯一至亲，假期中，我大哥总派人接母子到沅陵"芸庐"家中度假，开学时，再送他们回学校。

照情形说来，这正是抗战以来，一个小地方、一个小家庭极平常的小故事。一个从中级师范学校毕业的女子，为了对国家对生活还有点理想，反抗家庭的包办婚姻，放弃了本分内物质上一切应有权利，在外县作个小教员。从偶然机会里，即和一个性情还相投的穷教员结了婚，过了阵虽清苦还平静的共同生活。随即接受了"上帝"给分派的庄严任务，陆续生了一堆孩子。照环境分定，母亲的温良母性，虽得到了充分发展，作父亲的艺术秉赋，可从不曾得到好好的使用，只随同社会变化，接受环境中所能得到的那一份苦难。十年过去，孩子已生到第五个，教人子弟的照例无从使自己子弟受教育，每个孩子在成年以前，都得一一离开家庭，自求生存，或死或生，无从过问！战事随来，可怜一份小学教师职业，还被二十来岁的什么积极分子排挤掉。只好放弃了本业，换上套拖拖沓沓旧军装，"投笔从戎"作个后方留守处无足轻重的军佐。部队既一再整编，终于转到一个长年恶浪咆哮滩前的绞船站里作了站长，不多久，便被一场小小疾病收拾了。亲人赶来一面拭泪，一面把死者殓入个赊借得来的小小白木棺木里，草草就地埋了。死者既已死去，生者于是依然照旧沉默寂寞生活下去。每月可能还得从微薄收入中扣出一点点钱填还亏空。在一个普通人不易设想的乡村小学教师职务上，过着平凡而简单的日子，等待平凡的老去，平凡的死。一切都十分平凡，不过正因为它是千万乡村小学教师的共同命运，却不免使人感到一种奇异的庄严。

抗战到第八年，和平胜利骤然来临，暌违十年的亲友，都逐渐恢复了通信关系。我也和家中人由云南昆明一个乡村中，依旧归还到旧日的北平，收拾破烂，重理旧业。忽然有个十多年不通音问的朋友，寄了本新出的诗集。诗集中用黑绿二色套印了些木刻插图，充满了一种天真稚气与热情大胆的混合，给我崭新的印象。不仅见出作者头脑里的智慧和热情，还可发现这两者结合时如何形成一种诗的抒情。对于诗若缺少深致理解，是不易作出这种明确反映的。一经打听，才知道作者所受教育程度还不及初中三，而年龄也还不过二十来岁，完全是在八年战火中长大的。更有料想不到的巧事，即这个青年艺术家，原来便正是那一死一生黯然无闻的两个美术教员的长子。十三四岁即离开了所有亲人，到陌生而广大世界上流荡，无可避免的穷困，疾病，挫折，逃亡，在种种卑微工作上短时期的稳定，继以长时间的失业，如蓬如萍的转徙飘荡，到景德镇烧过瓷器，又在另一处当过做棺材的学徒。……却从不易想象学习过程中，奇迹般终于成了个技术优秀特有个性的木刻工作者。为了这个新的发现，使我对于国家民族，以及属于个人极庄严的苦难命运，感到深深痛苦。我真用得着法国人小说中常说的一句话，"这就是人生。"当我温习到有关于这两个美术教员一生种种，和我身预其事的种种，所引起的回忆，不免感觉到对于"命运偶然"的惊奇。

……[a]

---

[a]　此处有删节。

060

抽象的抒情 ^a

（照我思索，能理解"我"。照我思索，可认识"人"。）

照我思索，能理解"我"。

照我思索，可认识"人"。

生命在发展中，变化是常态，矛盾是常态，毁灭是常态。生命本身不能凝固，凝固即近于死亡或真正死亡。惟转化为文字，为形象，为音符，为节奏，可望将生命某一种形式，某一种状态，凝固下来，形成生命另外一种存在和延续，通过长长的时间，通过遥遥的空间，让另外一时另一地生存的人，彼此生命流注，无有阻隔。文学艺术的可贵在此。文学艺术的形成，本身也可说即充满了一种生命延长扩大的愿望。至少人类数千年来，这种挣扎方式已经成为一种习惯，得到认可。凡是人类对于生命青春的颂歌，向上的理想，追求生活完美的努力，以及一切文化出于劳动的认识，种种意识形态，通过各种材料、各种形式，产生创造的

061

---

a　这是一篇作者未写完的遗作，根据作者来往书信，可能在一九六一年七月至八月初写于青岛，也可能是八月回京后所作。录自《沈从文全集》（北岳文艺出版社）第十六卷。

东东西西，都在社会发展（同时也是人类生命发展）过程中，得到认可、证实，甚至于得到鼓舞。因此，凡是有健康生命所在处，和求个体及群体生存一样，都必然有伟大文学艺术产生存在，反映生命的发展，变化，矛盾，以及无可奈何的毁灭（对这种成熟良好生命毁灭的不屈、感慨或分析）。文学艺术本身也因之不断的在发展，变化，矛盾和毁灭。但是也必然有人的想象以内或想象以外的新生，也即是艺术家生命愿望最基本的希望，或下意识的追求。而且这个影响，并不是特殊的，也是常态的。其中当然也会包括一种迷信成分，或近于迷信习惯，使后来者受到它的约束。正犹如近代科学家还相信宗教，一面是星际航行已接近事实，一面世界上还有人深信上帝造物，近代智慧和原始愚昧，彼此共存于一体中，各不相犯，矛盾统一，契合无间。因此两千年前文学艺术形成的种种观念，或部分、或全部在支配我们的个人的哀乐爱恶情感，事不足奇。约束限制或鼓舞刺激到某一民族的发展，也是常有的。正因为这样，也必然会产生否认反抗这个势力的一种努力，或从文学艺术形式上作种种挣扎，或从其他方面强力制约，要求文学艺术为之服务。前者最明显处即现代腐朽资产阶级的无目的无一定界限的文学艺术。其中又大有分别，文学多重在对于传统道德观念或文字结构的反叛。艺术则重在形式结构和给人影响的习惯有所破坏。特别是艺术最为突出。也变态，也常态。从传统言，是变态。从反映社会复杂性和其他物质新形态而言，是常态。不过尽管这样，我们还是有如下事实，可以证明生命流转如水的可爱处，即在百丈高楼一切现代化的某一间小小房子里，还有人读荷马或庄子，得到极大的快乐，极多的启发，甚至于不易设想的影响。又或者从古埃及一个小小雕刻品印象，取得他——假定他是一个现代大建筑家——所需要的新的建筑装饰的灵感。他有意寻觅或无心发现，我们不必计较，受影响得启发却是事实。由此即可证明艺术不朽，艺术永生。有一条件值得记住，必须是有其可以不朽和永生的某种成就。自然这里也有种种的偶然，并不是什么一切好的都可以不朽和永生。事实上倒是有更多的无比伟大美好的东西，在无情时间中终于毁了，埋葬了，或被人遗忘了。只偶然有极小一部分，因种种偶然条件而保存下来，发生作用。不过不管是如何的稀少，却依旧能证明艺术不朽和永生。这里既不是特别重古轻今，以为古典艺术均属珠玉，也不是特别鼓励现代艺术完全脱离现实，以为当前没有观众，千百年后还必然会起巨大作用。只是说历史上有这么一种情形，有些文学艺术不朽的事实。甚至于不管留下的如何少，比如某一大雕刻家，一生中曾做过千百件当时辉煌全世的雕刻，留下的不过一个小小塑像的残余部分，却依旧可反映出这人生命的坚实，伟大和美好。无形中鼓舞了人克服一切困难挫折，完成他个人的生命。这是一件事。另一件是文学艺术既然能够对社会对人发生如此长远巨大影响，有意识把它拿来、争夺来，为新的社会观念服务。新的文学艺术，于是必然在新的社会——或政治目的制约要求中发展，且不断变化。必须完全肯定承认新的社会早晚不同的要求，才可望得到正常发展。这就是社会主义制度下对文学艺术的要求。事实上也是人类社会由原始到封建末期、资本主义烂熟期，任何一时代都这么要求的。不过不同处是更新的要求却十分鲜明，于是也不免严肃到不易习惯情形。政治目的虽明确不变，政治形势、手段却时时刻刻在变，文学艺术因之创作基本方法和完成手续，也和传统大有不同，甚至于可说完全不同。作者必须完全肯定承认，作品只不过是集体观念某一时某种适当反映，才能完成任务，才能毫不难受地在短短不同时间中有可能在政治反复中，接受两种或多种不同任务。艺术中千百年来的以个体为中心的追求完整、追求永恒的某种创造热情，某种创造基本动力，某种不大现实的狂妄理想（惟我为主的艺术家情感）被摧毁了。新的代替而来的是一种也极其尊大，也十分自卑的混合情绪，来产生政治目的及政治家兴趣能接受的作品。这里有困难是十分显明的。矛盾在本身中即存在，不易克服。有时甚至于一个大艺术家，一个大政治家，也无能为力。他要求人必须这么做，他自己却不能这么做，做来也并不能令自己满意。现实情形即道理他明白，他懂，他肯定承认，从实践出发的作品可写不出。在政治行为中，在生活上，在一般工作里，他完成了他所认识的或信仰的，在写作上，他有困难处。因此不外两种情形，他不写，他胡写。不写或少写倒居多数。胡写则也有人，不过较少。因为胡写也需要一种应变才能，作伪不来。

这才能分两种来源：一是"无所谓"的随波逐流态度，一是真正的改造自我完成。截然分别开来不大容易。居多倒是混合情绪。总之，写出来了，不容易。伟大处在此。作品已无所谓真正伟大与否。适时即伟大。伟大意义在文学艺术作品中已有了根本改变。这倒极有利于促进新陈代谢。也不可免有些浪费。总之，这一件事是在进行中。一切向前了。一切真正在向前。更正确些或者应当说一切在正常发展。社会既有目的，六亿五千万人的努力既有目的，全世界还有更多的人既有一个新的共同目的，文学艺术为追求此目的、完成此目的而努力，是自然而且必要的。尽管还有许多人不大理解，难于适应，但是它的发展还无疑得承认是必然的，正常的。

问题不在这里。不在承认或否认。否认是无意义的，不可能的。否认情绪绝不能产生什么伟大作品。问题在承认以后，如何创造作品。这就不是现有理论能济事了。也不是什么单纯社会物质鼓舞刺激即可得到极大效果。想把它简化，以为只是个"思想改造"问题，也必然落空。即补充说出思想改造是个复杂长期的工作，还是简化了这个问题。不改造吧，斗争，还是会落空。因为许多有用力量反而从这个斗争中全浪费了。许多本来能做正常运转的机器，只要适当擦擦油，适当照料保管，善于使用，即可望好好继续生产的——停顿了。有的是不是个"情绪"问题？是情绪使用方法问题？这里如还容许一个有经验的作家来说明自己问题的可能时，他会说是"情绪"，也不完全是"情绪"。不过情绪这两个字含意应当是古典的，和目下习惯使用含意略有不同。一个真正唯物主义者，会懂得这一点。正如同一个现代科学家懂得稀有元素一样，明白它蕴蓄的力量，用不同方法，解放出那个力量，力量即出来为人类社会生活服务。不懂它，只希望元素自己解放或改造，或者责备他是"顽石不灵"，都只能形成一种结果：消耗、浪费、脱节。有些"斗争"是由此而来的。结果只是加强消耗和浪费。必须从另一较高视野看出这个脱节情况，不经济、不现实、不宜于社会整个发展，反而有利于"敌人"时，才会变变。也即是古人说的"穷则变，变则通"。如何变？我们实需要视野更广阔一点的理论。需要更具体一些安排措施。真正的文学艺术丰收基础在这里。对于衰老了的生命，希望即或已不大。对于更多的新生少壮的生命，如何使之健康发育成长，还是值得研究。且不妨作种种不同试验。要客观一些。必须到明白把一切不同品种的果木长得一样高，结出果子一种味道，没有必要，也不可能，放弃了这种不客观不现实的打算。必须明白机器不同性能，才能发挥机器性能。必须更深刻一些明白生命，才可望更有效的使用生命。文学艺术创造的工艺过程，有它的一般性，能用社会强大力量控制，甚至于到另一时能用电子计算机产生（音乐可能最先出现）。也有它的特殊性，不适宜用同一方法，更不是"揠苗助长"方法所能完成。事实上社会生产发展比较健全时，也没有必要这样做。听其过分轻浮，固然会消极影响到社会生活的健康。可是过度严肃的要求，有时甚至于在字里行间要求一个政治家也做不到的谨慎严肃。尽管社会本身，还正由于政治约束失灵形成普遍堕落，即在艺术若干部门中，也还正在封建意识毒素中散发其恶臭，惟独在文学作品中却过分加重他的社会影响、教育责任，而忽略他的娱乐效果（特别是对于一个小说作家的这种要求）。过分加重他的道德观念责任，而忽略产生创造一个文学作品的必不可少的情感动力。因之每一个作者写他的作品时，首先想到的是政治效果，教育效果，道德效果。更重要有时还是某种少数特权人物或多数人"能懂爱听"的阿谀效果。他乐意这么做，他完了。他不乐意，也完了。前者他实在不容易写出有独创性独创艺术风格的作品，后者他写不下去，同样，他消失了，或把生命消失于一般化，或什么也写不出。他即或不是个懒人，还是做成一个懒人的结局。他即或敢想敢干，不可能想出什么干出什么。这不能怪客观环境，还应当怪他自己。因为话说回来，还是"思想"有问题，在创作方法上不易适应环境要求。即"能"写，他还是可说"不会"写。难得有用的生命，难得有用的社会条件，难得有用的机会，只能白白看着错过。这也就是有些人在另外一种工作上，表现得还不太坏，然而在他真正希望终身从事的业务上，他把生命浪费了。真可谓"辜负明时盛世"。然而他无可奈何。不怪外在环境，只怪自己，因为内外种种制约，他只有完事。他挣扎，却无济于事。他着急，除了自己无可奈何，不会影响任何一方面。他的存在太渺小了，一切必服从于一个大的存在，发展。凡有利于这一点的，即活得有意义些，无助于这一点的，虽存在，无多意义。他明白个人的渺小，还比较对头。他妄自尊大，如还妄想以为能用文字创造经典，又或以为即或不能创造当代经典，也还可以写出一点如过去人写过的，如像《史记》，三曹诗，陶、杜、白诗，苏东坡词，曹雪芹小说，实在更无根基。时代已不同。他又幸又不幸，是恰恰生在这个人类历史变动最大的时代，而又恰恰生在这一个点上，是个需要信仰单纯，行为一致的时代。

在某一时历史情况下，有个奇特现象：有权力的十分畏惧"不同于己"的思想。因为这种种不同于己的思想，都能影响到他的权力的继续占有，或用来得到权力的另一思想发展。有思想的却必须服从于一定权力之下，或妥协于权力，或甚至于放弃思想，才可望存在。如把一切本来属于情感，可用种种不同方式吸收转化的方法去尽，一例都归纳到政治意识上去，结果必然问题就相当麻烦，因为必不可免将人简化成为敌与友。有时候甚至于会发展到和我相熟即友，和我陌生即敌。这和社会事实是不符合的。人与人的关系简单化了，必然会形成一种不健康的隔阂，猜忌，消耗。事实上社会进步到一定程度，必然发展是分工。也就是分散思想到各种具体研究工作、生产工作以及有创造性的尖端发明和结构宏伟包容万象的文学艺术中去。只要求为国家总的方向服务，不勉强要求为形式上的或名词上的一律。让生命从各个方面充分吸收世界文化成就的营养，也能从新的创造上丰富世界文化成就的内容。让一切创造力得到正常的不同的发展和应用。让各种新的成就彼此促进和融合，形成国家更大的向前动力。让人和人之间相处得更合理。让人不再用个人权力或集体权力压迫其他不同情感观念反映方法。这是必然的。社会发展到一定进步时，会有这种情形产生的。但是目前可不是时候。什么时候？大致是政权完全稳定，社会生产又发展到多数人都觉得知识重于权力，追求知识比权力更迫切专注，支配整个国家，也是征服自然的知识，不再是支配人的权力时。我们会不会有这一天？应当有的。因为国家基本目的，就正是追求这种终极高尚理想的实现。有旧的一切意识形态的阻碍存在，权力才形成种种。主要阻碍是外在的。但是也还不可免有的来自本身。一种对人不全面的估计，一种对事不明确的估计，一种对"思想"影响二字不同角度的估计，一种对知识分子缺少的估计。十分用心，却难得其中。本来不太麻烦的问题，做来却成为麻烦。认为权力重要又总担心思想起作用。

事实上如把知识分子见于文字、形于语言的一部分表现，当作一种"抒情"看待，问题就简单多了。因为其实本质不过是一种抒情。特别是对生产对斗争知识并不多的知识分子，说什么写什么差不多都像是即景抒情，如为人既少权势野心，又少荣誉野心的"书呆子"式知识分子，这种抒情气氛，从生理学或心理学说来，也是一种自我调整，和梦呓差不多少，对外实起不了什么作用的。随同年纪不同，差不多在每一个阶段都必不可免有些压积情绪待排泄，待疏理。从国家来说，也可以注意利用，转移到某方面，因为尽管是情绪，也依旧可说是种物质力量。但是也可以不理，明白这是社会过渡期必然的产物，或明白这是一种最通常现象，也就过去了。因为说转化，工作也并不简单，特别是一种硬性的方式，性格较脆弱的只能形成一种消沉，对国家不经济。世故一些的则发展而成阿谀。阿谀之有害于个人，则如城北徐公故事，无益于人。阿谀之有害于国事，则更明显易见。古称"千人诺诺，不如一士谔谔"。诺诺者日有增，而谔谔者日有减，有些事不可免做不好，走不通。好的措施也有时变坏了。

一切事物形成有它的历史原因和物质背景，目前种种问题现象，也必然有个原因背景。这里包括半世纪的社会变动，上千万人的死亡，几亿人的生活方式和生活愿望的基本变化，而且还和整个世界的问题密切相关。从这里看，就会看出许多事情的"必然"。观念计划在支配一切，于是有时支配到不必要支配的方面，转而增加了些麻烦。控制益紧，不免生气转促。《淮南子》早即说过，恐怖使人心发狂，《内经》有忧能伤心记载，又曾子有"蓬生麻中，不扶自直，白沙在涅，与之俱黑"语。周初反商政，汉初重黄老，同是历史家所承认在发展生产方面努力，而且得到一定成果。时代已不同，人还不大变……伟大文学艺术影响人，总是引起爱和崇敬感情，决不使人恐惧忧虑。古代文学艺术足以称为人类共同文化财富也在于此。事实上在旧戏里我们认为百花齐放的原因得到较多发现较好收成的问题，也可望从小说中得到，或者还更多得到积极效果，我们却不知为什么那么怕它。旧戏中充满封建迷信意识，极少有人担心他会中毒。旧小说也这样。但是却不免会要影响到一些人的新作品的内容和风格。近三十年的小说，却在青年读者中已十分陌生，甚至于在新的作家心目中也十分陌生。

无从毕业的学校 ^a

（综合这份离奇不经教育，因而形成我自己的工作方式方法和作人信念。）

我于一九二三年的夏天，从湘西酉水上游的保靖县小小山城中，口袋里带了从军需处领来的二十七块钱路费，到达沅陵时，又从家中拿了二十块钱，和满脑子天真朦胧不切现实的幻想，追求和平、真理、独立自由生活和工作的热忱，前后经过十九天的水陆跋涉，终于到达了一心向往的北京城。

还记得那年正值黄河长江都发大水，到达武汉后就无从乘京汉车直达北京，在小旅馆里住了十多天，看看所有路费已快花光了，不免有点进退失据惶恐。亏得遇到个乾城同乡，也正准备过北京，是任过段祺瑞政府的陆军总长傅良佐的亲戚，当时在北京傅家经管家务，且认识我在北京作事的舅父。因此借了我部分路费。他当时已是个四十多岁的中年人，经常往返北京，出门上路有经验，向车站打听得知，只有乘车转陇海路，到达徐州，再转京浦路，才有机会到达。也算是一种冒险，只有走一步看一步。因为到徐州后是否有京浦车可搭，当时车站中人

---

a　本文作者生前未发表，约写于二十世纪八十年代。录自《沈从文全集》（北岳文艺出版社）第二十七卷。

也毫无把握。我既无路可退，因此决定和他一道同行，总比困在汉口小旅馆中为合理上算！于是又经过六七天，从家乡动身算起，前后约走了二十五天，真是得天保佑，我就居然照我那个自传结尾所说的情形：

  ……提了一卷行李，出了北京前门的车站，呆头呆脑在车站前面广坪中站了一会。走来一个拉排车的，高个子，一看情形知道我是个乡巴佬，就告给我可以坐他的排车到我所要到的地方去。我相信了他的建议，把自己那点简单行李，同一个瘦小的身体，搁到那排车上去，很可笑的让这运货排车把我拖进了北京西河沿一家小客店，在旅客簿上写下——
  沈从文　年二十岁　学生　湖南凤凰县人
  便开始进到一个使我永远无从毕业的学校，来学那课永远学不尽的人生了。

  到达三天后，我又由一个在农业大学读书的黄表弟，陪送我迁入前门附近不远杨梅竹斜街酉西会馆一个窄小房间里，暂时安顿下来。北京当时南城一带，有上百成千大小不等的"会馆"，都是全国各省各州府沿袭明清两代科举制度，为便利入京会试、升学，和留京候差大小官吏而购地建成的。大如"西湖会馆"，内中宽广宏敞，平时可免费留住百十个各自开火的家庭。附近照例还另外有些房产出租给商人，把年租收入作维持会馆修补经费开销。我迁入的是由湘西所属辰沅永靖各府十八县私人捐款筹建的，记得当时正屋一角，就还留下花垣名士张世准老先生生前所作百十块梨木刻的书画板片，附近琉璃厂古董商，就经常来拓印。书画风格看来，比湖南道州何绍基那种肥蠕蠕的字还高一着。此外辛亥以后袁世凯第一任总统时，由熊希龄主持组成的第一任"名流内阁"，熊就是我的小同乡，在本城正街上一个裱画店里长大的。初次来京会试，也就短期住在这个小会馆里，会试中举点翰林后，才迁入湖广会馆。

尚有我的父亲和同乡一个阙耀翔先生，民三来京同住馆中一个房间里，充满革命激情，悄悄组织了个"铁血团"，企图得便谋刺大总统袁世凯。两人都是大少爷出身，阙还是初次出远门，语言露锋芒，不多久，就被当时的侦缉队里眼线知道了消息。我的父亲原是个老谭的戏迷，那天午饭后去看戏时，阙耀翔先生被几个侦缉队捉去。管理会馆那个金姓远亲，赶忙跑到戏院去通知我父亲。他知道情形不妙，不宜再返回住处。金表亲和帮会原有些关系，就和他跑到西河沿打磨厂一个跑热河的镖局，花了笔钱，换了身衣服，带上镖局的红色"通行无阻"的包票，雇了头骡车，即刻出发跑了。因为和热河都统姜桂题、米振标是旧识，到了热河后得到庇护，隐姓埋名，且和家中断绝了消息，在赤峰建平两县作了几年科长，还成了当地著名中医。直到"五四"那年，才由我那卖画为生的哥哥，万里寻亲，把父亲接回湘西，在沅陵住下。至于那个阙先生，据说被捉去问明情形，第二天就被绑到天桥枪毙了。

我初初来时，在这个会馆里住下，听那个金姓远亲叙述十年故事，自然漩起了种种感情，等于上了回崭新的历史课。当时宣统皇帝已退位十二年，袁世凯皇帝梦的破灭，亦有了好几年，张勋复辟故事也成了老北京趣闻。经过"五四"运动一场思想革命，象征满清皇权尊严的一切事事物物，正在我住处不远前门一条笔直大街上，当成一堆堆垃圾加以扫荡。

　　到京不久，那个在农业大学习园艺的表弟，带我去过宣内大街不远那个京师图书分馆阅览室参观过一次。以后时间已接近冬天，发现那个小小阅览室，不仅有几十种新报刊，可以随意取读，还有取暖饮水等设备，方便群众。这事对我说来可格外重要。因为我随身只有一件灰蓝布夹衫，即或十月里从农大同乡方面，借来了件旧毛绳里衣，在北京过冬，可还是一件麻烦事。住处距宣武门虽比较远，得走廿来分钟灰尘仆仆的泥土路，不多久，我就和宣内大街的"京师图书馆"与"小市"相熟，得到阅书的种种便利了。特别是那个冬天，我就成了经常在大门前等待开门的穷学生之一，几乎每天都去那里看半天书，不问新旧，凡看得懂的都翻翻。所以前后几个月内，看了不少的书，甚至于影响到此后大半生。消化吸收力既特别强，记忆力又相当好，不少图书虽只看过一二次，记下了基本内容，此后二三十年多还得用。

　　当时小市所占地方虽然并不大，东东西西可不少，百十处地摊上出卖的玩意，和三家旧木器店的陈货，内中不少待价而沽的破烂，居多还是十七八九世纪的遗存，现在说来，都应当算作禁止出口的"古文物"了。小市西南角转弯处，有家专卖外文旧书及翻译文学的小铺子，穷学生光顾的特别多。因为既可买，又可卖，还可按需要掉换。记得达夫先生在北京收了许多德国文学珍本旧书，就多是在那里得到的。他用的方法十分有趣，看中了某书时，常前后翻了一翻，故意追问店中小伙计："这书怎么不全？"本来只二三本的，却向他们要第四本，好凑成全份。书店伙计不识德文，当然不明白有无第四本。书既不全，于是只好再减价一折出售。人熟了点，还可随意借书，收条也不用给。因为老北京风气，说了算数。我就采用这个办法，借看过许多翻译小说。

青春生命正当旺盛期，仅仅这些书籍是消耗不了的，所以同时和在家乡小城市情形一样，还有的是更多机会，继续来阅读"社会"这本大书。因为住处在前门附近偏西一条小街上，向西走，过"一尺大街"，就进入东琉璃厂铁栅栏门，除了正街悬挂有招牌的百十家古董店、古书店、古画店和旧纸古墨文具店，还有横街小巷更多的是专跑旧家大宅，代销古玩和其他东东西西的单帮户。就内容言，实在比三十年后午门历史博物馆中收藏品，还充实丰富得多。从任何一家窗口向里望去，都可以见到成堆瓷器漆器，那些大画店，还多把当时不上价的，不值得再装裱的破旧书画，插在进门处一个大瓷缸中，露出大小不一的轴头，让人任意挑选。至多花钱十元八元就可成交。我虽没有财力把我中意的画幅收在身边作参考资料，却有的是机会当别人选购这些画幅时，得便看看，也从旁听听买卖双方的意见，因此增加不少知识。

若向东走，则必须通过三条街道，即廊坊一二三条，或更南些的"大栅栏"，恰恰是包括了北京市容精华的金银首饰店铺，玉翠珠宝铺，满清三个世纪象征皇权尊严和富贵的珍贵皮货店，名贵绸缎呢绒匹头店，以及麝香、鹿茸、熊胆、燕窝、牛黄马宝药物补品店。尽管随走随停，大约有二十分钟，就可到达当时北京城最热闹的前门大街。市面所有大小商店，多还保留明清以来的旧格局，具有各种不同金碧煌煌古色古香高高耸起的门楼，点缀了些式样不同的招牌，和独具一格的商标。有的还把独家经营的货样，悬挂在最显眼处，给生熟主顾一望而知。到了前门大街，再笔直向前走去，过了珠宝市以后，就还有上百家大小挂货铺，内容更是丰富惊人。若说琉璃厂像个中国古代"文化博物馆"，这些挂货铺就满可以说是个明清两朝由十四世纪算起，到十九世纪为止的"人文博物馆"。举凡近六百年间，象征皇权的尊严起居服用礼乐兵刑的事事物物，几乎多集中于这些大小店铺中，正当成废品加以处理。一个有心人都可望用极不足道的低廉价钱，随心所欲不甚费力就可得到。什么"三眼花翎"，"双眼花翎"头品顶戴连同这种王侯公卿名位自来旧红缨凉帽，天青宁绸海龙出锋外套，应有尽有一切随身附件，丹凤朝阳嵌珠点翠的皇亲国戚贝勒命妇的冠戴，原值千金的"翠玉翎管扳指"，"钦赐上用"成分的荷包，来自大西洋的整匹"咔喇"，大红猩猩毡的风帽，以及象牙虬角的"京八寸"烟管，紫檀嵌螺钿的鸦片烟具，全份象牙精雕细磨而成的鼻烟用具，乌铜走银的云南福禄寿三星，总兵提督军门的整份盔甲，王公贵戚手上轻摇的芝麻雕白羽扇，以至出自某某王府祖传三代的祠堂中供奉的写真大像，都在大拍卖处理中，招邀主顾。进出店铺这些洋人洋婆子，好事猎奇，用个十元八元就可得到。天桥一带地摊上，还更加五光十色，耀人眼目，整匹的各色过时官纱、洋绉、板绫、官缎，都比当时流行的三友牌"爱国布"还不值钱，百十种摊在路边土地上，无人过问。皮毛部分则在陈杂皮货堆中，只要稍稍留心，随时可以发现天马玄狐倭刀腿七分旧的料子，还有宋代以来当作特别等级的马具猞座，经过改动的金丝猴炕垫背心，和全头全尾的紫貂北獭……这类物色，十多年前有的只有皇上钦赐才许服用的特别珍贵皮毛衣物，只要你耐烦寻觅，都无不可从一堆堆旧皮料中发现。

　　这条大街可相当长，笔直走去可直达"天桥"。到天桥时，西边还有一组包括了百十个用席棚分隔，杂耍杂艺，每天能接纳成千上万北京小市民的娱乐开心的场所。有的得先花个一毛二毛，才能分别入座，有的却随意进出，先观看后收钱。照例不少人到收钱时就一哄而散。但又总有个预防措施，自己绷场面的伙计，尽先撒一把钱，逗那些新从外地来的游人，不能不丢下几个小制钱，才嘻嘻哈哈走去。这里主要顾客虽是"老北京"为了消耗多余生命，消闲遣闷的世界，却依然随处都可发现衣着单薄，不大成体统的外省大学生，或留在会馆候差的中年人。因此也不缺少本地出产的经营最古职业的做零活的妇人，长得身材横横的，脸上敷了一层厚厚的白粉，再加上两饼桂元大洋红胭脂，三三两两到处窜动，更乐意在游人多处，有意挤那些一望而知是初初来到的外省人身边去，比在公园里更大胆更无忌讳。只是最能吸引我这个乡巴佬兴味的，却是前门大街南边一点，街两旁那百十家大小不一的"挂货铺"。

我就用眼所能及，手所能及的一切，作为自我教育材料，用个"为而不有"的态度，在这些地方流连忘返的过了半年。我理会到这都是一种成于万千世代专业工匠手中的产物，很多原材料还来自万千里外，具有近古各国文化交流历史含义的。它的价值不是用货币可以说明，还充满了深厚友好情谊，比用文字叙述更重要更难得，且能说明问题的。但是当时代表开明思想新一代学人，却极少有人注意到这个问题，居多只当成一份"封建垃圾"看待。只觉得尽那些直脚杆西洋人，和那些来自罗刹国的洋婆子，收拾破烂，尽早把它当成无价宝买去好。事事物物都在说明二千年封建，和明清两代老北京遗留物，正在结束消灭中。可是同样在这条大街上及后门一带，却又到处可以发现带辫发的老中幼"北京人"，大街小巷中，且还到处可以见到红漆地墨书的"皇恩春浩荡，明治日光华"，歌颂天恩帝德的门联。我就在这个历史交替的阶段中，饱读了用人事写成的一卷离奇不经的教育约半年，住处才转到沙滩附近北河沿银闸胡同和中老胡同各公寓，继续用另外一种方式学习下去。

乍到这个学府新环境中，最引起我的兴趣和激发我的幽默感处，是从男学生群中，发现大多数初来北京的土老老，为钦慕京派学生的时髦，必忙着去大栅栏西头"大北照相馆"，照几张纪念相。第一种是穿戴博士帽的毕业像，第二种是一身洋服像，第三种是各就不同相貌、身材和个人兴趣，照个窦尔墩、黄天霸、白玉堂，或诸葛亮唱《空城计》时的须生戏装像。这些戏装是随时可租，有时却得先挂上号，另外约定日子才去照的。

迁居到沙滩附近小公寓后，不多久就相熟了许多搞文学的朋友。就中一部分是北大正式学生，一部分却和我一样，有不少不登记的旁听生，成绩都比正式生还更出色，因为不受必修课的限制，可以集中精力专选所喜爱的课题学下去。也有当年考不起别的合理想学校而留下自行补修的。也有在本科中文系毕了业，一时不想就业，或无从就业，再读三年外文的。也有本人虽已毕业，为等待朋友或爱人一同毕业而留下的。总之，都享受到当时学校大门开放的好处。

当时一般住公寓的为了省事，更为了可以欠账，常吃公寓包饭。一天两顿或三顿，事先说定，定时开饭。过时决不通融，就得另想办法。但是公寓为了节省开支，却经常于半月廿天就借口修理炉灶，停火一二天，那时我就得到小铺子去解决吃的问题。围绕红楼马神庙一带，当时约有小饭铺廿来家，有包月饭也有零餐。铺子里座位虽不多，为了竞争买卖，经常有"锅塌豆腐""摊黄菜""木樨肉""粉蒸肉""里脊溜黄瓜"一类刺激食欲的可口菜名写在牌子上，给人自由选择。另外一水牌则记上某某先生某月日欠账数目。其中还照例贴有"莫谈国是"的红绿字条。年在五十开外的地区警察，也经常照例出现于各饭馆和各公寓门里掌柜处，谈谈家常，吸一支海盗牌香烟，随后即连声"回头见，回头见"溜了。事实上，这些年青学生多数兴趣，正集中在尼采、拜伦、歌德、卢梭、果戈里，涉及政治，也多只是从报上知道国会议员，由"舌战"进而为"武斗"，照一定程序，发生血战后，先上"医院"填写伤单，再上"法院"相互告状，末了同上"妓院"和解了事。别的多近于无知，也无从过问的。巡警兴趣却在刘宝全、白云鹏、琴雪芳、韩世昌、燕子李三，因为多是大小报中时下名人。彼此既少共同语言，所以互不相犯。在沙滩附近走走，也只是"例行公事"而已。到校真正搜捕学生时，却是另外侦缉队的差事，和区里老巡警不相关的。

　　沙滩一带成为文化中心，能容下以千计的知识分子，除了学校自由思想的精神熏陶浸润得到的好处以外，另外还有个"物质"条件，即公寓可以欠账，煤铺可以欠账，小食堂也可以欠账。这种社会习惯，也许还是从晚清来京科举应试，或入京候补外放穷官，非赊欠无以自存遗留下来的。到"五四"以后，当时在京作小官的仍十分穷窘，学生来自各省，更穷得可笑。到严冬寒风中，穿了件薄薄的小袖高领白而且破灰蓝布夹衫，或内地中学生装的，可说举目可见。我还记得某一时节，最引人注目的一位，可能是来自云南的柯仲平，因为个子特别高大，长衫却特别短小，我因为陈翔鹤关系，和他有一面之缘，也在同一小饭铺吃过几回饭。至于我，大致因为个子极小，所以从不怎么引人注意。其实穿的是同样单薄，在北方掌柜眼中，实不必开口，就明白是来自南方什么小城市的。

当时不仅学生穷的居多，大学教授经常也只发一成薪水，还不能按时领到手。如丁西林、周鲠生、郁达夫诸先生，每月定薪三百六十元，实际上从会计处领到三十六元，即十分高兴。不少单身教授，也常在小饭铺吃饭。因此开公寓的，开饭铺的，更有理由向粮食店、肉店、煤店继续赊借，把事业维持下去，十分自然，形成一套连环举债制度。就我所知，实可以说，当时若缺少这个连环赊欠制度，相互依存关系，北大的敞开校门办学，也不会在二十年代，使得沙滩一带以北大为中心带来的思想文化繁荣的。

在这种空气环境中，艰苦朴素勤学苦干的自然居多数，可也少不了来自各省的大少爷、纨绔子和形式主义装模作样的"混混"。记得后来荣任北平市长的胡××，在东斋住下时，就终日以拉胡琴，捧戏子为主要生活。还有个外文系学生张××，长得人如其名，仪表堂堂，经常穿了件极其合身的黑呢大衣，左手挟了几本十八九世纪英国诗人名著，右手仿照图画中常见的拜伦、雪莱或拿破仑姿势，插到胸前大衣扣里，有意作成抚心沉思或忧伤状态，由红楼走出时，慢慢沿着红楼外墙走去，虽令熟人看来发笑，也或许同时还会博得陌生人肃然起敬，满足自己的表演。据陈炜谟说，这一位公子哥儿，实在蠢得无以复加。因为跟一个瞎子学弹三弦，学了大半年，还不会定弦，直气得那瞎师傅把三弦摔到地下，认为一生少见的蠢材，一个学费也不收，和他分手而去。只是我看到他时，却依旧作成诗人姿势，外表庄严，内心充实，继续不改常度。和他在沙滩一带碰头时，且觉得十分有趣。扮拜伦虽不算成功，却够得上算是果戈里戏剧中成功角色之一。正因为沙滩一带候补学士、未来作家中，既包罗万有，因此自以为是尼采，或别的什么大诗人大文学家本人，或作品中角色的，都各有其人。我还发现过许多这种趣人趣事，比旧小说中的《儒林外史》《二十年目睹之怪现状》，新小说中契诃夫作品中角色，反映的人事种种，还更精彩生动，活泼自然。因此总是用两方面得来的知识印象相互补充，丰富我学习的内容阔度和深度。综合这份离奇不经教育，因而形成我自己的工作方式方法和作人信念。

第 二 章

一种态度

我愿意做一个平常的人，有一颗为平常事业得失而哀乐的心，在人事上去竞争，出人头地便快乐，小小失望我便忧愁，见好女人我要，见有利可图就上前，这种我们常常瞧不上眼的所谓俗人，我是十分羡慕却永远学不会的。我羡慕他们的平凡，因为在平凡里的他们才真是"生活"。但我的坏性情，使我同这些人世幸福离远了。我在我文章里写到的事，却正是人家成天在另一个地方生活着的事，人家在"生活"里"存在"，我便在"想象"里"生活"。

废邮存底（一）[a]

（我行过许多地方的桥，看过许多次数的云，喝过许多种类的酒，却只爱过一个正当最好年龄的人。）

"我行过许多地方的桥，看过许多次数的云，喝过许多种类的酒，却只爱过一个正当最好年龄的人。"

××：

你们想一定很快要放假了。我请过×到××来看看你，我说，"×，你去为我看看××，等于我自己见到了她，去时高兴一点，因为哥哥是以见到××为幸福的。"不知道×来过没有？×大约秋天要到××女子大学学音乐，我预备秋天到××去。这两个地方都不像上海，你们将来有机会时，很可以到各处去看看。北平地方是非常好的，历史上为保留下一些有意义极美丽的东西，物质生活极低，人极和平，春天各处可放风筝，夏天多花，秋天有云，冬天刮风落雪，气候使人严肃，同时也使人平静。××毕了业若还要读几年书，倒是来北平读书好。

你的戏不知已演过了没有？北平倒好，许多大教授也演戏，

085

---

a　原载一九三一年六月三十日《文艺月刊》第二卷第五、六号，署名甲辰。

还有从女大毕业的，到各处台上去唱昆曲，也不为人笑话。使戏子身份提高，北平是和上海稍稍不同的。

听说 ×× 女士到过你们学校演讲，不知说了些什么话。我是同她顶熟的一个人，我想她也一定同我初次上台差不多，除了红脸不会有再好的印象留给学生。这真是无办法的，我即或写了一百本书，把世界上一切人的言语都能写到文章上去，写得极其生动，也不会作一次体面的讲话。说话一定有什么天才，××× 是大家明白的一个人，说话嗓子洪亮，使人倾倒，不管他说的是什么空话废话。天才还是存在的。

我给你那本书，《××》同《丈夫》都是我自己欢喜的，其中《丈夫》更保留到一个最好的记忆，因为那时我正在吴淞，因爱你到要发狂的情形下，一面给你写信，一面却在苦恼中写了这样一篇文章。我照例是这样子，做得出很傻的事，也写得出很好的文章，一面胡涂处到使别人生气，一面清明处，却似乎比平时更适宜于作我自己的事。××，这时我来同你说这个，是当一个故事说到的，希望你不要因此感到难受。这是过去的事情，这些过去的事，等于我们那些死亡了最好的朋友，值得保留在记忆里，虽想到这些，使人也仍然十分惆怅，可是那已经成为过去了。这些随了岁月而消失的东西，都不能再在同样情形下再现了的。所以说，现在只有那一篇文章，代替我保留到一些生活的意义。这文章得到许多好评，我反而十分难过，任什么人皆不知道我为了什么原因，写出一篇这样文章，使一些下等人皆以一个完美的人格出现。

我近日来看到过一篇文章，说到似乎下面的话："每人都有一种奴隶的德性，故世界上才有首领这东西出现，给人尊敬崇拜。因这奴隶的德性，为每一人不可少的东西，所以不崇拜首领的人，也总得选择一种机会低头到另一种事上去。"××，我在你面前，这德性也显然存在的。为了尊敬你，使我看轻了我自己一切事业。我先是不知道我为什么这样无用，所以还只想自己应当有用一点。到后看到那篇文章，才明白，这奴隶的德性，原来是先天的。我们若都相信崇拜首领是一种人类自然行为，便不会再觉得崇拜女子有什么希奇难懂了。

你注意一下，不要让我这个话又伤害到你的心情，因为我不是在窘你做什么你所做不到的事情，我只在告诉你，一个爱你的人，如何不能忘你的理由。我希望说到这些时，我们都能够快乐一点，如同读一本书一样，仿佛与当前的你我都没有多少关系，却同时是一本很好的书。

我还要说，你那个奴隶，为了他自己，为了别人起见，也努力想脱离羁绊过。当然这事作不到，因为不是一件容易事情。为了使你感到窘迫，使你觉得负疚，我以为很不好。我曾做过可笑的努力，极力去同另外一些人要好，到别人崇拜我愿意做我的奴隶时，我才明白，我不是一个首领，用不着别的女人用奴隶的心来服侍我，却愿意自己作奴隶，献上自己的心，给我所爱的人。我说我很顽固的爱你，这种话到现在还不能用别的话来代替，就因为这是我的奴性。

××，我求你，以后许可我作我要作的事，凡是我要向你说什么时，你都能当我是一个比较愚蠢还并不讨厌的人，让我有一种机会，说出一些有奴性的卑屈的话，这点点是你容易办到的。你莫想，每一次我说到"我爱你"时你就觉得受窘，你也不用说"我偏不爱你"，作为抗拒别人对你的倾心。你那打算是小孩子的打算，到事实上却毫无用处的。有些人对天成日成夜说，"我赞美你，上帝！"有些人又成日成夜对人世的皇帝说，"我赞美你，有权力的人！"你听到被称赞的"天"同"皇帝"，以及常常被称赞的日头同月亮，好的花，精致的艺术回答说"我偏不赞美你"的话没有？一切可称赞的，使人倾心的，都像天生就是这个世界的主人，他们管领一切，统治一切，都看得极其自然，毫不勉强。一个好人当然也就有权力使人倾倒，使人移易哀乐，变更性情，而自己却生存到一个高高的王座上，不必作任何声明。凡是能用自己各方面的美攫住别的人灵魂的，他就有无限威权，处治这些东西，他可以永远沉默，日头、云、花，这些例举不胜举。除了一只莺，他被人崇拜处，原是他的歌曲，不应当哑口外，其余被称赞的，大都是沉默的。××，你并不是一只莺。一个皇帝，吃任何阔气东西他都觉得不够，总得臣子恭维，用恭维作为营养，他才适意，因为恭维不甚得体，所以他有时还发气骂人，让人充军流血。××，你不会像王帝。一个月亮可不是这样的，一个月亮不拘听到任何人赞美，不拘这赞美如何不得体，如何不恰当，它不拒绝这些从心中涌出的呼喊。××，你是我的月亮。你能听一个并不十分聪明的人，用各样声音，各样言语，向你说出各样的感想，而这感想却因为你的存在，如一个光明，照耀到我的生活里而起的，你不觉得这也是生存里一件有趣味的事吗？

　　"人生"原是一个宽泛的题目，但这上面说到的，也就是人生。

　　为帝王作颂的人，他用口舌"娱乐"到帝王，同时他也就"希望"到帝王。为月亮写诗的人，他从它照耀到身上的光明里，已就得到他所要的一切东西了。他是在感谢情形中而说话的，他感谢他能在某一时望到蓝天满月的一轮。××，我看你同月亮一样。……是的，我感谢我的幸运，仍常常为忧愁扼着，常常有苦恼（我想到这个时，我不能说我写这个信时还快乐）。因为一年内我们可以看过无数次月亮，而且走到任何地方去，照到我们头上的，还是那个月亮。这个无私的月不单是各处皆照到，并且从我们很小到老还是同样照到的。至于你，"人事"的云翳，却阻拦到我的眼睛，我不能常常看到我的月亮！一个白日带走了一点青春，日子虽不能毁坏我印象里你所给我的光明，却慢慢的使我不同了。"一个女子在诗人的诗中，永远不会老去，但诗人，他自己却老去了。"我想到这些，我十分忧郁了。生命都是太脆薄的一种东西，并不比一株花更经得住年月风雨，用对自然倾心的眼，反观人生，使我不能不觉得热情的可珍，而看重人与人凑巧的藤葛。在同一人事上，第二次的凑巧是不会有的。我生平只看过一回满月。我也安慰自己过，我说，"我行过许多地方的桥，看过许多次数的云，喝过许多种类的酒，却只爱过一个正当最好年龄的人。我应当为自己庆幸……"这样安慰到自己也还是毫无用处，为"人生的飘忽"这类感觉，我不能够忍受这件事来强作欢笑了。我的月亮就只在回忆里光明全圆，这悲哀，自然不是你用得着负疚的，因为并不是由于你爱不爱我。

仿佛有些方面是一个透明了人事的我，反而时时为这人生现象所苦，这无办法处，也是使我只想说明却反而窘了你的理由。

××，我希望这个信不是窘你的信。我把你当成我的神，敬重你，同时也要在一些方便上，诉说到即或是真神也很胡涂的心情，你高兴，你注意听一下，不高兴，不要那么注意吧。天下原有许多希奇事情，我××××十年，都缺少能力解释到它，也不能用任何方法说明，譬如想到所爱的一个人的时候，血就流走得快了许多，全身就发热作寒，听到旁人提到这人的名字，就似乎又十分害怕，又十分快乐。究竟为什么原因，任何书上提到的都说不清楚，然而任何书上也总时常提到。"爱"解作一种病的名称，是一个法国心理学者的发明，那病的现象，大致就是上述所及的。

你是还没有害过这种病的人，所以你不知道它如何厉害。

有些人永远不害这种病，正如有些人永远不患麻疹伤寒，所以还不大相信伤寒病使人发狂的事情。××，你能不害这种病，同时不理解别人这种病，也真是一种幸福。因为这病是与童心成为仇敌的，我愿意你是一个小孩子，真不必明白这些事。不过你却可以明白另一个爱你而害着这难受的病的痛苦的人，在任何情形下，却总想不到是要窘你的。我现在，并且也没有什么痛苦了，我很安静，我似乎为爱你而活着的，故只想怎样好好的来生活。假使当真时间一晃就是十年，你那时或者还是眼前一样，或者已做了某某大学的一个教授，或者自己不再是小孩子，倒已成了许多小孩子的母亲，我们见到时，那真是有意思的事。任何一个作品上，以及任何一个世界名作作者的传记上，最动人的一章，总是那人与人纠纷藤葛的一章。许多诗是专为这点热情的指使而写出的，许多动人的诗，所写的就是这些事，我们能欣赏那些东西，为那些东西而感动，却照例轻视到自己，以及别人因受自己所影响而发生传奇的行为，这个事好像不大公平。因为这个理由，天将不许你长是小孩子。"自然"使苹果由青而黄，也一定使你在适当的时间里，转成一个"大人"。××，到你觉得你已经不是小孩子，愿意作大人时，我倒极希望知道你那时在什么地方做些什么事，有些什么感想。"萑苇"是易折的，"磐石"是难动的，我的生命等于"萑苇"，爱你的心希望它能如"磐石"。

望到北平高空明蓝的天，使人只想下跪，你给我的影响恰如这天空，距离得那么远，我日里望着，晚上做梦，总梦到生着翅膀，向上飞举。向上飞去，便看到许多星子，都成为你的眼睛了。

××，莫生我的气，许我在梦里，用嘴吻你的脚，我的自卑处，是觉得如一个奴隶蹲到地下用嘴接近你的脚，也近于十分亵渎了你的。

我念到我自己所写到"萑苇是易折的，磐石是难动的"时候，我很悲哀。易折的萑苇，一生中，每当一次风吹过时，皆低下头去，然而风过后，便又重新立起了。只有你使它永远折伏，永远不再作立起的希望。

×　×　×　×

二十年六月

感 想 [a]

（信你自己，比信别人好。）

　　许多朋友因为同我熟了的原故，总常常要问及我自己最欢喜的是那一本书。我很生气，说我没有一篇我欢喜的文章，更没有一本我觉得满意的书。我真不愿意有一个同我熟了的人还花钱来买我的书看。不熟的人要我介绍我自己的书，我实在就没有兴味去代他选择。这不是因为我所有的作品，都印得太坏，错字太多，我实在就觉得我文章都不成，都不完全，都不能达到我自己所悬的标准。你们问我的意见，若是你们愿意相信，我说，我离成功比你们都还远，因为我要走远一点！但是相信的很少。为了这类原因，我最怕就是生人和熟人对于我的文章的好评。有些朋友用了最可感谢的好意，预备批评我的文章，我总以为那是用不着的一件空事。写点文章，印几本书，不过是我在方便中所得到的一种方便罢了，若是这点点事也值得自己得意，那我早已发胖多日了。

　　但最近，有一个人却在一篇杂感上胡乱骂了我一顿，说是据

---

a　原载一九三一年六月一日《创作月刊》第一卷第二期，署名甲辰。

诸传闻我顶得意我自己的作品以及作品上的文体。这种以得之私人传闻而为根据的论调，正同有些小报式的刊物造谣一样，比这个再无赖的话也说得出，比这个再无根据的消息也做得出，同这种东西生气，那我上海就蹲不下去了。我已经装作老实人不中用样子，仿佛没有见到，尽他得意一下。（朋友替我不平我倒觉得无聊。）我很明白的是，"许多脸儿稍稍漂亮的人，文章却常常无法漂亮"，我若有空闲去指摘某个人家的短处，那我早学乖用这空闲去夸奖他的长处，则让将来到鲁迅的年纪我做寿时节，还可多一个人上门拜寿。如今我还无意做寿，可是却希望这些灰色的水陆两栖分子，自己明白自己一点，不要太胡涂得意了。我听到许多批评别人的都懂得用"不合时代"绊那作品一下，又听到许多夸张自己的，都援引"时代的作品"寻求主顾。文学侍从所服侍的虽由"主子君王"转为"时代趣味"，奴性则并不稍减。其实他们自己心里，实在又都很清楚，作家批评家，书店老板与坛上文豪，看看报纸上登出了一个广告，年青学生络绎不绝的走进铺子里来买书时，挤挤眼睛，互相望到交换一个会心的微笑，在某一种协作下他们已经默契协妥了。你们作家日常见面十分亲爱的朋友，就是在另一时作品上描写到的敌人。你们都想用谎话筑成你们的生活基础，为了一张帆要兜取四面八方的风，无耻一点的他便明明白白的常常在那里变，胆小腼腆一点的，便悄悄的在那里变。你们的目的是使你们如何可以入时，为了入时都成为善忘而没有自己的人。自己的过去已忘掉了，却常常找寻另外一个什么人的一点过去说话方便处，抓他一把，捏他一下，自己仿佛若有所得，并且图证明自己就服从了正义，把握了时代，这种神气，还有什么值得来说？

站在年青一点朋友的面前我想告他们说，信你自己，比信别人好。你即或是一个跛子，你走到的地方，比那些据说能带你白日飞升的人所带到的地方，一定还远许多。即或你只一条腿，凡是你要走去的，就没有什么达不到的！你若是在写创作，觉得那是好事情，同你性情相合，觉得那是一件可以举起你自己、扩大你自己的事，同时又相信那么努力把自己生命同自己的趣味嵌到作品里去，结果还能在另一地方另一时代揪着一些人的感情，能够这样便是你一点快乐，你谁也不必顾及，谁也不必注意，自己就做去好了。你若有你的毅力同信心，失败并不是永久的事。谣言的力量虽能流传各处，从这一张吃肉吃饭的口转到那一张吃肉吃饭的口里去，却并不能够挡着你向前的路。你沉默一点，沉默一点，你要做的事，是靠到沉默却不是靠到招摇的！站到大河岸边，眼望满江汤汤浊水，日夜无声的流去，我想象到一年来许多年青一点的朋友们，那么流去也终于流到一个不可知的境遇里的事，便觉得自己还是不行，为朋友说下的话，留着自己倒还是非常有用了。

用水作喻，有决堤陷城的气力，具向浩渺海洋里流去的雄心，对生活态度，对文学的态度，这种一致的单纯，于文学与生活解释，或者是一种迂见，然而从这方向中，我相信至少可以得到一种机会与诚实站在一块儿，经得起时代不变的风浪的颠簸，始终还有一个他自己。现在的日子，却正有许多人是不需要自己的。

给一个写小说的 [a]

（写作不基于别人的毁誉，而出于一个自己生活的基本信仰。）

××：

前一时因有事不能来光华看热闹，要你等候，真对不起。文章能多写也极好，在目前中国，作者中有好文章总不患无出路的。许多地方都刊登新作品，虽各刊物主持人，皆各有兴味，故嗜好多有不同，并且有些刊物，为营业不得不拖名人，有些刊物有政治作用，更不得不拉名人，对新作家似乎比较疏忽。很可喜的是近来刊物多，若果作者有文章不太坏，此处不行别一处还可想法。也仍有各处碰壁终于无法可想的，也有一试即着的，大致新作品若无勇气去"承受失败"，也就难于"保护成功"，因近来几个"成功"者，在过去一时，也是失败的过来人。依我看，目前情形真比过去值得乐观多了，因作编辑的人皆有看作品的从容和虚心，好编辑并不缺少，故埋没好作品的可说实在很少。不过初写时希望太大，且太疏忽了稍前一点的人如何开辟了这一块地，所用过的是如何代价，一遭失败，便尔灰心，似乎非常可惜。譬如 × ×，心

095

---

a　本文曾以"创作态度——与转蓬"为题，发表于一九三一年六月一日《创作月刊》第一卷第二期，署名沈从文。后以"给一个写小说的"为题，收入《废邮存底》一书。

太急，有机会可以把文章解决，也许反而使自己写作受了限制，无法进步了。把"生活"同"工作"连在一处，最容易于毁坏创作成就。我羡慕那些生活比较从容的朋友。我意思，一个作家若"勇于写作"而"怯于发表"，也是自己看重自己的方法，这方法似乎还值得你注意，把创作欲望维持到发表上，太容易疏忽了一个作品其所以成为好作品的理由，也太容易疏忽了一个作者其所以成为好作者的理由。自己拘束了自己，文章就最难写好。他"成功"了，同时他也就真正"失败"了。

作品寄去又退还这是极平常的事，我希望你明白这些灾难并不是新作家的独有灾难，所谓老作家无一不是通过这种灾难。编辑有编辑的困难，值得同情的困难。有他的势利，想支持一个刊物必然的势利。我们尊重旁人，并不是卑视自己。我们要的信心是我们可以希望慢慢的把作品写好，却不是相信自己这一篇文章就怎么了不起的好。如果我们自己当真还觉得需要尊重自己，我们不是应当想法把作品弄好再来给人吗？许多作品，刊载到各刊物上，又印成单行本子，即刻便又为人忘掉了，这现象，就可以帮助我们认明白怯于发表不是一个坏主张。我们爬"高山"就可以看"远景"，爬到那最高峰上去，耗费的气力也应当比别人多。

让那些自己觉得是天才的人很懒惰而又极其自信，在一点点工作成就上便十分得意，我们却不妨学伟大一点，把工夫磨炼自己，写出一点东西，可以证明我们的存在，且证明我们不马虎存在。在沉默中努力吧，这沉默不是别的，它可以使你伟大！你瞧，十年来有多少新作家，不是都冷落下来为人渐渐忘记了吗？那些因缘时会攀龙附凤的，那些巧于自画自赞煊赫一时的，不是大都在本身还存在的时候，作品便不再保留到人的记忆里吗？若果我们同他们一样，想起来是不是也觉得无聊？

我们若觉得那些人路走得不对，那我们当选我们自己适宜的路，不图速成，不谋小就，写作不基于别人的毁誉，而出于一个自己生活的基本信仰（相信一个好作品，可以完成一个真理，一种道德，一些智慧），那么，我们目前即不受社会苛待，也还应当自己苛待自己一点了。自己看得很卑小，也同时做着近于无望的事，只要肯努力，却并不会长久寂寞的。

文学是一种事业，如其他事业一样，一生相就也不一定能有多少成就，同时这事业上因天灾人祸失败又多更属当然的情形，这就要看作者个人如何承当这失败而纠正自己，使它同生活慢慢的展开，也许经得住时代的风雨一点。把文学作企业看，却容许侥幸的投机，但基础是筑在浮沙上面，另一个新趣味一来，就带走了所已成的地位，那是太游戏，太近于"白相的"文学态度了。

白相的文学态度的不对，你是十分明白的。

废邮存底（二）^a

（我愿意做一个平常的人，有一颗为平常事业得失而哀乐的心。）

今天是我生平看到最美一次的天气，在落雨以后的达园，我望到不可形容的虹，望到不可形容的云，望到雨后的小小柳树，望到雨点。……天上各处是燕子。……虹边还在响雷，耳里听到雷声，我在一条松树夹道上走了好久。我想起许多朋友，许多故事，仿佛三十年人事都在一刻儿到眼前清清楚楚的重现出来。因为这雨后的黄昏，透明的美，好像同××的诗太相像了，我想起××。

××你瞧，我在这时什么话也说不出了的。我这几年来写了我自己也数不清楚的多少篇文章，人家说的任何种言语，我几乎都学会写到纸上了，任何聪明话，我都能使用了，任何对自然的美的恭维，我都可以摹仿了；可是，到这些时节，我真差不多同哑子一样，什么也说不出。一切的美说不出，想到朋友们，一切鲜明印象，在回忆里如何放光，这些是更说不出的。

我想到××，我仿佛很快乐，因为同时我还想到你的朋友小

---

a　原载一九三一年七月十五日《文艺月刊》第二卷第七号，署名甲辰。

麦，我称赞她爸爸妈妈真是两个大诗人，把一切印象拼合拢来，我非常满意我这一天的生存。我对于自己生存感到幸福，平生也只有这一天。

今天真是一个最可记忆的一天，还有一个故事可以同你说：××诗人到这里来，来时已快落雨了。在落雨以前，他又走了。落雨时，他的洋车一定还在×××左右，即或落下的是刀子，他也应当上山去，因为若把诗人全身淋湿如落汤鸡，这印象保留在另一时当更有意义。××他有一个"老朋友"在×××养病，这诗人，是去欣赏那一首"诗"的。我写这个信时，或者正是他们并肩立在松下望到残虹谈话的时节。××，得到这信时，试去作一次梦，想到×××的雨后的他们，并想到达园小茅亭的从文，今天是六月十九，我提醒你不要忘记是这个日子。这时已快夜了，一切光景都很快要消失了，这信还没有写完，这一切都似乎就已成为过去了。××，这信到你手边时，应当是一个月以后的事，我盼望它可以在你心里，有小小的光明重现。××，这信到你手边时，你一定也想起从文吧？我告你，我还是老样子，什么也没有改变。在你记忆里保留到的从文，是你到庆华公寓第一次见到的从文，也是其他时节你所知道的从文，我如今就还是那个情形，这不知道应使人快乐还是忧郁？我也有了些不同处，为朋友料不到的，便是"生活"比以前好多了。社会太优待了我，使我想到时十分难受。另一方面，朋友都对我太好了，我也极其难受。因为几年来我做的事并不勤快认真，人越大且越胡涂，任性处更见其任性，不能服侍女人处，也更把弱点加深了。这些事，想到时，我是很忧愁的。关心到我的朋友们，即或自己生活很不在意，总以为从文有些自苦的事情，是应当因为生活好了一点年龄大了一点便可改好的。谁知这些希望都完全是空事情，事实且常常与希望相反，便是我自己越活越无"生趣"。这些话是用口说不分明的，一切猜疑也不会找到恰当的解释，连我自己也不知道，为什么到现在还成天只想"死"。

感谢社会的变迁，时代一转移，就到手中方便，胡乱写下点文章，居然什么工也不必作，就活得很舒服了。同时因这轻便不过的事业，还得到了不知多少的朋友，不拘远近都仿佛用作品成立了一种最好的友谊，算起来我是太幸福了的。

可是我好像要的不是这些东西。或者是得到这些太多，我厌烦了。我成天只想做一个小刻字铺的学徒，或一个打铁店里的学徒，似乎那些才是我分上的事业，在那事业里，我一定还可以方便一点，本分一点。我自然不会去找那些事业，也自然不会死去，可是，生活真是厌烦极了。因为这什么人也不懂的烦躁，使我不能安心在任何地方住满一年。去年我在武昌，今年春天到上海，六月来北平，过不久，我又要过青岛去了，过青岛也一定不会久的，我还得走。我自己也不知道我走到那儿去好。一年人老一年，将来也许跑到蒙古去。这自愿的充军，如分析起来，使人很伤心的。我这"多疑"、"自卑"、"怯弱"、"任性"的性格，综合以后便成为我人格的一半。××，我并不欢喜这人格。我愿意做一个平常的人，有一颗为平常事业得失而哀乐的心，在人事上去竞争，出人头地便快乐，小小失望我便忧愁，见好女人我要，见有利可图就上前，这种我们常常瞧不上眼的所谓俗人，我是十分羡慕却永远学不会的。我羡慕他们的平凡，因为在平凡里的他们才真是"生活"。但我的坏性情，使我同这些人世幸福离远了。我在我文章里写到的事，却正是人家成天在另一个地方生活着的事，人家在"生活"里"存在"，我便在"想象"里"生活"。××，一个作家我们去"尊敬"他，实在不如去"怜悯"他为恰当。我自己觉得是无聊到万分，在生活的糟粕里生活的。也有些人即或自己只剩下了一点儿糟粕，如××、××；一个无酒可啜的人，是应分用糟粕过日子的。但在我生活里，我是不是已经喝过我分上那一杯？××，我并没有向人生举杯！我分上就没有酒。我分上没有一滴。我的事业等于为人酿酒，我为年青人解释爱与人生，我告他们女人是什么，灵魂是什么，我又告他们什么是德性，什么是美。许多人从我文章里得到为人生而战的武器，许多人从我文章里取去与女人作战保护自己的盔甲。我得到什么呢？许多女人都为岁月刻薄而老去了，这些人在我印象却永远还是十分年青。我的义务——我生存的义务，似乎就是保留这些印象。这些印象日子再久一点，总依然还是活泼、娇艳、尊贵。让这些女人活在我的记忆里，我自己，却一天比一天老了。××，这是我的一份。

　　××，我应当感谢社会而烦怨自己，这一切原是我自己的不是。自然使一切皆生存在美丽里；一年有无数的好天气，开无数的好花，成熟无数的女人，使气候常常变幻，使花有各种的香，使女人具各样的美，任何一个活人，他都可以占有他应得那一份。一个"诗人"或一个"疯子"，他还常常因为特殊聪明，与异常禀赋，可以得到更多的赏赐。××，我的两手是空的，我并没有得到什么，我的空手，因为我是一个"乖僻的汉子"。

读我另一个信吧。我要预备告给你，那是我向虚空里伸手，攫着的是风的一个故事。我想象有一个已经同我那么熟习了的女人，有一个黑黑的脸，一双黑黑的手，……是有这样一个人，像黑夜一样，黑夜来时，她仿佛也同我接近了。因为我住到这里，每当黑夜来时，一个人独自坐在这亭子的栏杆上，一望无尽的芦苇在我面前展开，小小清风过处，朦胧里的芦苇皆细脆作声如有所诉说。我同它们谈我的事情，我告给它们如何寂寞，它们似乎比我最好的读者，与一切年青女人更能理解我的一切。

××，黑夜已来了，我很软弱。我写了那么多空话，还预备更多的空话去向黑夜诉说。我那个如黑夜的人却永不伴同黑夜而来的，提到这件事，我很软弱。

"年青体面女人，使用一千个奴仆也仍然要很快的老去。这女人在诗人的诗中，以及诗人的心中，却永远不能老去。"

××，你心中一定也有许多年青人鲜明的影子。

××，对不起，你这时成为我的芦苇了。我为你请安。我捏你的手。我手已经冰冷，因为不知什么原因，我在老朋友面前哭了。

102

六月十九

（这个信，给留在美国的《山花集》作者）

文学者的态度 [a]

（不因一般毁誉得失而限定他自己的左右与进退。）

　　这是个很文雅庄严的题目，我却只预备援引出一个近在身边的俗例。我想提到的是我家中经管厨房的大司务老景。假若一个文学者的态度，对于他那份事业也还有些关系，这大司务的态度我以为真值得注意。

　　我家中大司务老景是这样一个人：平时最关心的是他那份家业：厨房中的切菜刀，砧板，大小碗盏，与上街用的自行车，都亲手料理得十分干净。他对于肉价，米价，煤球价，东城与西城相差的数目，他全记得清清楚楚。凡关于他那一行，问他一样他至少能说出三样。他还会写几个字，记账时必写得整齐成行美丽悦目。他所认的字够念点浅近书籍，故作事以外他就读点有趣味的唱本故事。朋友见他那么健康和气，负责作人，皆极其称赞他。有一天朋友 ×× 问他：

　　"老景，你为什么凡事在行到这样子？真古怪！"

　　他回答得很妙，他说：

103

a　原载一九三三年十月十八日天津《大公报·文艺副刊》第八期，署名沈从文。

"××先生，我不古怪！做先生的应当明白写在书本上的一切，做厨子的也就应当明白搁在厨房里的一切。××先生您自己不觉得奇怪，反把我当成个怪人！"

"你字写得那么好，简直写得比我还好。"

"我用了钱得记下个账单儿，不会写字可不配作厨子！字原来就是应用的东西，我写字也不过能够应用罢了。"

"但你还会看书。"

朋友××以为这一来，厨子可不会否认他自己的特长了，谁知老景却说：

"××先生，这同您炒鸡子一样，玩玩的，不值得说！"

××是个神经敏感的人，想起了这句话里一定隐藏了什么尖尖的东西，一根刺似的戳了那么一下。"做厨子的能读书并不出奇，只有读书拿笔杆儿的先生们，一放下笔，随便做了件小小事情，譬如下厨房去炒一碟鸡子，就大惊小怪，自以为旷世奇才！"那大司务在人面前既常是一副笑脸，笑容里真仿佛也就包含得有这样一种幽默。其实不然，他并不懂得这些空灵字眼儿，他无需乎懂幽默。

××似乎受了一点儿小小的窘，意思还想强词夺理的那么说："我们做先生的所以明白的是书本，你却明白比做先生的多五倍以上的事实，你若不能称为怪人，我就想称呼你为……"他大约记起"天才"两个字，但他并不说下去，因为怕再说下去只有更糟，便勉强的笑笑，只说"你洗碗去，你洗碗去"，把面前的老景打发开了。

别人都称赞我家中这个大司务，以为是个"怪人"，我可不能同意这种称呼。这个大司务明白他分上应明白的事情，尽过他职务上应尽的责任，作事不取巧，不偷懒，作过了事情，不沾沾自喜，不自画自赞，因为小小疏忽把事作错了时，也不带着怀才不遇委屈牢骚的神气。他每天早晚把菜按照秩序排上桌子去，一个卷筒鱼，一个芥兰菜，一个四季豆，一个……告给他："大司务，你今天这菜做得好，"他不过笑笑而已。间或一样菜味道弄差了，或无人下箸，或要他把菜收回重新另炒，他仍然还只是笑笑。说好他不觉得可骄，说坏他不恼羞成怒，他其所以能够如此，就只因为他对于工作尽他那份职业的尊严。他自己认为自己毫不奇怪，别人也就不应当再派他成为一个怪人了。

不过假若世界上这种人算不得是个怪人，那另外还有一种人，就使我们觉得太古怪了。我所指的就是现在的文学家，这些人古怪处倒并不是他们本身如何与人不同，却只是他们在习气中如何把身分行为变得异常的古怪。

弄文学的同"名士风度"发生关系，当在魏晋之间，去时较远似乎还无所闻。魏晋以后，能文之士，除开奏议赋颂，原来就在向帝王讨好或指陈政治得失有所主张，把文章看得较严重外，其他写作态度，便莫不带一种玩票白相的神气。或作官不大如意，才执笔雕饰文字，有所抒写，或良辰佳节，凑兴帮闲，才作所谓吮毫铺素的事业。晋人写的小说多预备作文章时称引典故之用，或为茶余酒后闲谈之用，如现存《博物》、《述异》、《世说》、《笑林》之类。唐人作小说认真了一些，然而每个篇章便莫不依然为游戏心情所控制。直到如今，文学的地位虽同时下风气不同，稍稍高升一些，然而从一般人看来，就并不怎样看得起它。照多数作家自己看来，也还只算一种副业。一切别的事业似乎皆可以使人一本正经装模作样的作下去，一提到写作，则不过是随兴而发的一种工作而已。倘若少数作者，在他那份工作上，认真庄严到发痴，忘怀了一切，来完成他那篇小说那些短诗那幕戏剧，第一个肯定他为傻子的，一定也就是他同道中最相熟最接近的人。

过去观念与时代习气皆使从事文学者如票友与白相人。文学的票友与白相人虽那么多，这些人对于作品的珍视，却又常常出人意料以外。这些人某一时节卷起白衬衫袖口，到厨房里去炒就一碟嫩鸡子，完事以后得意的神气，是我们所容易见到的。或是一篇文章，或是一碟鸡子，在他们自己看来总那么使他们感到自满与矜持。关于烹调本是大司务作的专门职业，先生们偶尔一作，带着孩子们心情觉得十分愉快，并不怎么出奇。至于研究文学的，研究了多年以后，同时再来写点自己的，也居然常常对于自己作品作出"我居然也写了那么一篇东西！"的神气，就未免太天真了。就是这一类人，若在作品中发生过了类乎"把菜收回重新另作"的情形时，由于羞恼所作出的各种事情，有时才真正古怪得出人意外！

只因为文学者皆因历史相沿习惯与时下流行习气所影响，而造成的文人脾气，始终只能在玩票白相精神下打发日子，他的工作兴味的热诚，既不能从工作本身上得到，必需从另外一个人方面取得赞赏和鼓励。他工作好坏的标准，便由人而定，不归自己。

他又像过分看重自己作品，又像完全不能对于自己作品价值有何认识。结果就成了这种情形。他若想成功，他的作品必永远受一般近在身边的庸俗鉴赏者尺度所限制，作品决不会有如何出奇炫目的光辉。他若不欲在这群人面前成功，又不甘在这群人面前失败，他便只好搁笔，从此不再写什么作品了。倘若他还是一种自以为很有天才而又怀了骄气的人呢，则既不能从一般鉴赏者方面满足他那点成功的期望，就只能从少数带着胡涂的阿谀赞美中，消磨他的每个日子。倘若他又是另一种聪明不足滑跳有余的人呢，小小挫折必委屈到他的头上，因这委屈既无法从作品中得到卓然自见的机会，他必常常想方设法不使自己长受委屈；或者自己写出很好的批评，揄扬吹嘘，或别出奇计，力图出名，或对于权威所在，小作指摘，大加颂扬。总而言之，则这种人登龙有术，章克标先生在他一本书中所列举的已多，可不必再提了。

　　近些年来，对于各种事业从比较上皆证明这个民族已十分落后，然而对于十年来的新兴国语文学，却似乎还常有一部分年青人怀了最大的希望，皆以为这个民族的组织力、道德性与勇敢诚朴精神，正在崩溃和腐烂，在这腐烂崩溃过程中，必然有伟大的作品产生。这种伟大文学作品，一面记录了这时代广泛苦闷的姿态，一面也就将显示出民族复兴的健康与快乐生机。然而现在玩票白相的文学家，实占作家中的最多数，这类作家露面的原因，不属于"要成功"，就属于"自以为成功"或"设计成功"，想从这三类作家希望什么纪念碑的作品，真是一种如何愚妄的期待！一面是一群玩票白相文学作家支持着所谓文坛的场面，一面却是一群教授，各抱着不现实愿望，教俄国文学的就埋怨中国还缺少托尔斯泰，教英国文学的就埋怨中国无莎士比亚，教德国文学的就埋怨中国不能来个歌德。把这两种人两相对照起来时，总使人觉得极可怜也极可笑，实则作者的态度，若永远是票友与白相人态度，则教授们研究的成绩，也将同他们的埋怨一样，对于中国文学理想的伟大作品的产生，事实上便毫无帮助。

伟大作品的产生，不在作家如何聪明，如何骄傲，如何自以为伟大，与如何善于标榜成名，只有一个方法，就是作家"诚实"的去做。作家的态度，若皆能够同我家大司务态度一样，一切规规矩矩，凡属他应明白的社会上事情，都把它弄明白，同时那一个问题因为空间而发生的两地价值相差处，得失互异处，他也看得极其清楚，此外"道德"，"社会思想"，"政治倾向"，"恋爱观念"，凡属于这一类名词，在各个阶级，各种时间，各种环境里，它的伸缩性，也必需了解而且承认它。着手写作时，又同我家中那大司务一样，不大在乎读者的毁誉，做得好并不自满骄人，做差了又仍然照着本分继续工作下去。必需要有这种精神，就是带他到伟大里去的精神！

假若我们对于中国文学还怀了一分希望，我觉得最需要的就是文学家态度的改变，那大司务处世作人的态度，就正是文学家最足模范的态度。

他应明白得极多，故不拘束自己，却敢到各种生活里去认识生活，这是一件事。他应觉得他事业的尊严，故能从工作本身上得到快乐，不因一般毁誉得失而限定他自己的左右与进退，这又是一件事。他做人表面上处处依然还像一个平常人，极其诚实，不造谣说谎，知道羞耻，很能自重，且明白文学不是赌博，不适宜随便下注投机取巧，也明白文学不是补药，不适宜单靠宣传从事渔利，这又是一件事。

一个厨子知道了许多事，作过了许多菜，他自己就从不觉得自己是个怪人，且真担心被人当他是个怪人。一个作家稍稍能够知道一些事情，提起笔来把它写出，却常常自以为希奇。既以为希奇，便常常夸大狂放，不只想与一般平常人不同，并且还与一般作家不同。平常人以生活节制产生生活的艺术，他们则以放荡不羁为洒脱；平常人以游手好闲为罪过，他们则以终日闲谈为高雅；平常作家在作品成绩上努力，他们则在作品宣传上努力。这类人在上海寄生于书店、报馆、官办的杂志，在北京则寄生于大学、中学以及种种教育机关中。这类人虽附庸风雅，实际上却与平庸为缘。从这类人成绩上有所期待，教授们的埋怨，便也只好永远成为市声之一种，这一代的埋怨，留给后一代教授学习去了。

已经成了名的文学者，或在北京教书，或在上海赋闲，教书的大约每月皆有三百至五百元的固定收入，赋闲的则每礼拜必有三五次谈话会之类列席，希望他们同我家大司务老景那么守定他的事业，尊重他的事业，大约已不是一件很容易的事情。现在可希望的，却是那些或为自己，或为社会，预备终身从事于文学，在文学方面有所憧憬与信仰，想从这份工作上结实硬朗弄出点成绩的人，能把俗人老景的生活态度作为一种参考。他想在他自己工作上显出纪念碑似的惊人成绩，那成绩的基础，就得建筑在这种厚重、诚实，带点儿顽固而且也带点儿呆气的性格上。

假若这种属于人类的性格，在文学者方面却为习气扫荡无余了，那么，从事文学的年青人，就极力先去学习培养它，得到它；必需得到它，再来从事文学的写作。

驴子故事 ^a

（假若能倔强到底，人类的历史也许就不至于那么很平凡的写下去了。）

记得一个佛经故事，忘了它的详细出处。那故事说：

从前有个商人，用一口袋豆子，掉换得一匹驴子，等待双方交易弄妥后，商人觉得占了便宜，极其得意，就告给那个原先驴主，上了大当，因为他豆子原来是一袋坚硬如石的豆子。但那驴主听了这种坦白的陈述后，却十分从容，满不在乎，也老老实实告给那个商人：豆子虽是不中吃的豆子，自己还不蚀本，因为那匹驴子，是世界上最劣最坏的驴子。（两人说时皆用的是五言韵语。）商人听说换来的毛驴，任何方法皆不能调伏驯善，就用种种语言试来恐吓毛驴。他用的仍然是五言韵语。他提到"钻脚钻股"，"皮鞭抽背"，"重压泥土"，"太阳晾晒"，以及一大堆荒谬绝伦的话语，恐吓那粗毛畜生。那畜生平时既极倔强，自然毫不在意。并且它还居然也用人类的语言，说出种种抵抗折磨的方法，表示它也自有主张，且对于强权压迫，极有把握，决不妥协。

遇到这种畜生，照例作主人的便无办法。除非把它杀掉，但

---

a 原载一九三三年十月十四日天津《大公报·文艺副刊》第七期，署名沈从文。

杀掉又似乎并不能算作顶好的办法。但故事上却说商人在无办法之中，忽然记起了两句格言来了，就一变先前一时主人对畜生那种态度，只软声柔气的，向小毛驴说着下面意思的话语：

好朋友，你脸真白，雪也没有你那么白！你耳朵大，照相书上说是有福气的耳朵。你皮袄子青得很，太漂亮了。你为什么声音那么洪亮，你学唱歌包准出名！你那么体面，我正想为你讨个好太太；你放心，我替你选的太太一定是最标致的！

那毛驴先前不是极强硬吗？一分钟前还说"我一步不走，谁也无法把我哄走"，但主人柔软的言语，已弄软了它的心，想起未来的幸福，便快乐了。毛驴乃说："我本来能够身驮八百斤，日行三百里，现在我就可以试试。"它说时显得又爽快又诚实，为了证明它说的话有凭有据，它当真即刻就驮了它新主人上了回家的大路。它的态度的改变，照人类平常的说法，则当名为"转变"。据故事说，这毛驴后来当真就如此转变了的。

故事到了这里，自然也就完事。

这毛驴转变以后做了多少有益于主人的事，故事不提及人自然不知道的。

我并不因为这个故事离奇，方想起这个故事。只是因为这个故事上面所说的驴子，总觉得它像某种人。故事虽说的只是一匹驴子，似乎在人类中也常常可以发现。现在的人并无"身驮八百斤日行三百里"的能力，然而也一定有那种平时好像极其倔强具备乖劣毛驴神气，在"任什么皆不作"的精神下打发日子，到了后来终于就被人用未来幸福与眼前利益哄去服务的。因此想起那匹驴子软化以前的"神情"，总使我觉得有点惆怅。人类的事大不必言，只单说那匹驴子假若能倔强到底，人类的历史也许就不至于那么很平凡的写下去了。

知识阶级与进步 [a]

（生活态度与观念皆由于为一个天生懒于思索容易被骗的弱点所控制。）

　　若从一般物质上着眼，人类的进步便很显然的陈列于吾人面前。但从理性方面说来，则所谓人类，现在活着的比一千年前活着的人究竟有何不同处，是不是也一般的有了多少进步？说及时实在令人觉得极可怀疑。

　　假若我们承认了理性也有进步的可能，想取例来说明它，一个写故事的人，自然还是引用个故事较为方便。一千四百年前，中国就有那么一个故事：

　　　　有个小小村落，距离国王的都城约三十里。既已聚集成村，自然就住了些顺民，所有男女老幼，皆在四季中各尽手足之力，耕田织布为活。也按时缴税纳捐，照习惯唱戏、求雨、杀猪、敬神。照本性哭、笑、相骂或赌咒。那村中有一井水，味道极美，无意中被一个专向国王讨好的人发现后，就把那井水舀上一桶，献给国王。

---

a　原载一九三三年十月二十八日天津《大公报·文艺副刊》第十一期，署名沈从文。

114

世界上作国王的，大都相差不远，他的天下若从马上得来，则莫不粗暴如同一个屠户；他的天下若从爸爸传来，则又莫不胡涂得同傻瓜一样。这国王应属于第二种人。第一次觉得井水极好，于是就下了一个上谕，指定那村中百姓，每天轮流派出一人，尽力所及，把水挑到京城里去。国王为了一点点水还那么认真，照例还算是那个村中百姓的光荣。但为了这样一担井水，村子里每天便应当有一个人来回走六十里路，这人别的事自然皆不能作了。国王命令既无法反对，遵照命令又实在太折磨了那村子里的送水人，因此大家就常有怨言，且暗地里商量，讨论出一个最好的办法，来逃避这差事。办法只是各人离开这个小小村落，各到别地方去谋生。

消息为本地村长知道后，赶忙稳住了乡下人，要他们莫即搬家，等他到国王处去看看，是不是能够为他们想得出一个更好的办法。村长见过国王禀明来意时，那国王就说，嫌路太远，我明白了。如今我下一个命令，把三十里改为十五里，路程减半，不应当再说什么了。（照例世界上最颟顸国王，对于小民这样玩把戏说谎总是极在行的。）村长便把国王的话转述给乡下人，乡下人头脑简单，以为因此一来，三十里的路程当真已缩短一半，故全体皆十分欢喜，就再不作迁移打算了。他们并且对于国王所给的恩惠，十分感谢，为了表示这点感谢，各人便在额角刻了"永作顺民"四个字。

这故事说明一千四百年前，已有人感觉这些缺少理性的乡下人，愚蠢得如何可笑可怜，故特别记下来，为后世启蒙发愚之用。当时的人虽能说出这样故事，且明白了一个国王并不能够把原本三十里的路程缩作十五里，但在当时便依然有许多事受那个国王的欺骗，同时对于国王这个名称，也毫无一人对于它的存在有所怀疑。现在就事论事，则一切已大不相同：第一件事，国王的名称已为一些人用文字、嘴舌、力和血把它除掉，同时附属于那个名分下的许多坏处也没有了。第二件事，即或有国王的地方，住在离国都三十里的乡下人，已不必为国王轮流挑水了。第三件事，国王或代替国王而来的执政者，在募捐、借公债以及其他遣派有所担负应向国民说话时，也再不能用命令缩短里数一类简单方法取信于民了。这三种事似乎皆可证明属于人类理性的进步，是一种确定的事实。

过去的人把命运和权力全交给了天，国王既称天子，就有权任意处置一切。故作帝王的若本领好，能负责，肯作事，一切又处置得极其公平，大家就有福同享。国王若是个脓包，不能作事，或是个艺术家，不会作事，这一国秩序为军人与政客弄坏，于是就有了党争同战事。党争结果常是把若干正派的人加以放逐与杀戮，战争则战事一延长，人民担当了那个生灵涂炭的命运，无数的生命，以及由于无数代生命思索与劳作积聚而成的一点点文化，便一古脑为革命毁了。现在的人民呢，虽仍然把权力交给执政者，却因为知识进步了些，对于一国未来的命运，似乎常常见得十分关切。尤其是号称知识阶级的读书人，多知道了些事情，总特别盼望自己的国家发展得好些，国家局面乱糟糟到不成个样子，他们心里是不舒服的。若我们想找寻一种理性发达的人作为代表，把这类人拿来备数，自然是合式的了。

不过也正因为有了这类仿佛理性充分发达的人，成为社会的中坚分子，人类理性真的是否进步，进步了对于一个民族又还有些什么益处，倒又成为可商量的问题了。

罗马的灭亡不是一天一月的事，就正因为它的成立也决不是一天一月的事。坏的坏下来若已几十年，要它好就自然也得这个数目。但一般人的感情或理性，却常常不许他们对"时间"这种东西有何认识。譬如在中国，提到"国家政治制度的不良"，"民族特性的消失"，以及类乎此等问题时，一般人对于这些问题所引起的忧虑，忧虑中便从无时间的概念在内。故一切改良的企图，也常常不把必需的时间安排进去。若这种对于"时间"的疏忽可称为天真，那么，中国读书人的天真，实在比任何种人皆多一些！正好像人人皆太天真了点，譬如国家积弱数十年，要力图自强，应当二十年才有小小希望的。一个执政者若老老实实把这个数目告给一般人，且在这个必需的时间中计划一切，则这领袖除准备下野以外，别无其他办法。这人下野了，代替而来的，必是个善于说话，在谈话中能把二十年的时间减至最短期间的人。本来需要十年的，执政者若说："这件事至多需要三年，一切便可弄好。"只需要执政者把话说得极其得体，语气又漂亮从容，对国运怀了过分关切的读书人，就会很快乐那么自作安慰："这好了，我们有了个好领袖，国家命运有了转机，知识阶级的出路全有保障了。"

事实上，则这些人所注重的，或不是"民族出路"的保障，而是"知识阶级"出路的保障。所谓读书人，学上古史，学西洋文学、中国文学、政治、艺术、哲学，……这一类少数的人，照例是欢喜发表意见同时也欢喜发点牢骚的。这一类社会上的中坚人物，既从自己职业上得到了生儿育女生活的凭藉，又从一国领袖处得到了一份说谎的安慰后，便会各自去作应作的事情，或收集点古物，或到处托人去打听会做饭菜的厨子，或年近半百尚怀了童心去学习跳舞，或终日无事便各处去转述点谣言，再也不过问这个置身所在的国家一切命运了。这些人虽头上不能发现什么刻好的记号，也从不为国王挑水，但这种人的天真与理性是无从并存于同一头脑中的。

也有人说，使多数读书人，能够各自在职业上与嗜好上得到了生存的兴味，安分自守，不乱说话，泰然坦然的吃肉喝汤打发每个日子下去，是一种国家希望进步需要秩序时必不可少的基础。故几年来知识阶级的沉静处与颓废处，据他们的自辩，与乐观主义者或胡涂蛋代为说明，莫不皆以为这是国家一切事业渐上轨道的象征。其实假若这类人最低的理性，还可以许他们明白"统治者假若永远是一群大小军人，日以抽收烟捐添购枪械为事，一群油滑政客，只会因循苟且支持现状，一遇应当向国民说谎时就胡乱说一阵，本身只是个军阀的清客，国家由这种人来处置，国家既无法持久，秩序进步也永远得不到。"那么，这类书生的生活与观念，或者也许就稍稍不同一点了。

事实上是古今作平民的，生活态度与观念皆由于为一个天生懒于思索容易被骗的弱点所控制，照例只注意到自己今天能不能活，不大注意明天。且同时只把善于解释政策的首领当成最可靠的首领，并不追究政策的得失。故所谓理性的进步，从某一点说来，我们不过指的是，现在的无冕国王，已无方法派遣知识阶级挑水，同时在任何人的额角上，看不出刻过什么显明记号而已。

给青年朋友 [a]

（先在生活态度上，建立一个标准，一种模范，由此出发，再说爱国，救国，建国。）

　　本省今年的集中军训，旧历中秋就告结束。这次集训留给多数人一个不良印象，实在无可讳言。失败原因自然是多方面的。对负责方面言，不如过去平沪集训之有计划，有办法，一起始就看得出。对受训学生言，把集训当成照例的故事也有关系。我是个吃过军营饭的人，深受入伍训练严格的益处，明白它意义的重大，所以想把失败责任的一部分，放在青年朋友对于军训态度上。大家由于过去对军训的态度，只把它当成一种"大学生受委屈的义务"，从不把它当成"作国民的义务"，这种轻军训的态度，就可以使集训陷于无可避免的失败。大家都以为打仗是粗人的职业，有团长、营长、班长、兵士去负责，在大社会分工合作意义上，大学生另有大学生的职务。因此在受这种特殊教育时，不仅仅是没精打采，十分勉强，并且许多还在有形无形之间加以反抗。这只要各人想想，平时对于校中军训的规避与嫌恶，就可明白。这种态度的形成，和过去中国政治状况自然极有关系。中国是个

120

----
a　原载一九三八年十一月十五日《新动向》第一卷第十期，署名沈从文。

雇佣兵制度的国家，吃粮是某一种人的求生方法，并不是全体国民求生的方法。吴大帅有他自己的军队，张大帅也有他自己的军队，或以人为单位，或以省为单位，他们闹意见时，就发生战争。若就过去二十年种种内战来考察，打仗的确不是大学生所应作的事。亏得大学生不参加，少作无谓的牺牲，间接为国家保存了些元气。（大学生本来的用处，是能够从学校中学得若干普通知识，弄明白某种专门知识的路径，到毕业后，看机会和能力，或升学，或教书，或转入相当机关服务。国家若有组织，政治上了轨道，大学生的出路必然如此。）中国近数年来在建设方面，经济方面，以及各部门学问，如考古和地质，……有点成绩拿得出手，都可说是大学生能在分内尽职的结果。可是个人与国家的关系，个人对于国家应负的责任，是视需要随时变迁的。即如说"战争"，过去军阀时代的争夺内哄，我们处于一个旁观者情形下，不合作，不过问，事办得到。可是现在大敌当前，举国同仇，何况对方又是一个凶狠横蛮的民族，五十年来处心积虑，用尽各种鬼蜮伎俩，豪夺巧取，侵略我领土，削弱我民族生存能力，想慢慢毁灭我整个中国整个中华民族，我们因图自卫自存而战，这战争，当然人人有分！

现在这种战争已继续了一年，在为中华民族自卫自存目的下作勇敢光荣牺牲的，伤亡已将近百万人，参加战争的，动员不下三百万人，因战争影响，死亡流离的，不止两千万人。在战场的后方，每天必有一百架两百架敌人飞机，载了上百吨炸弹，到处随意轰炸，大学校被毁去的约三十校。在我阵地上，还每日有数百吨极猛烈的和有毒气的炸弹爆裂，多少人在这种光景下挣扎拼命！试想想看，这是一幅如何凄惨、壮烈的图画！凡稍有血性，不愿自外于中国国民的青年，都必然会明白这战争的意义如何严重，如何与过去内战不同，如何需要把自己力量加到上面去，方能抵抗强敌，免于战败后作亡国奴！大学生知识比一般国民都高得多，对于这次战争的意义也应当认识得更深刻。近代战争重要在"技术运用"，新兵器和新战术，两点都离不了"人"，必需人在一单位上能尽职，在一群中又能协作，方可望产生良好效果。使人人能在极有条理极有秩序情形中尽职守分，唯一的方法就是训练，一种极端严格的训练。大学生在平时固然是个"特殊阶层"，在战时却只是一个"国民"。军训的目的，即或不是这时要大学生参加战争，至少也是希望国民在这种教育上，明白战争是怎么回事，有所准备，到需要时，还得照学生所习熟的一句话"迎上前去"卫国守土。

本期集训之初，即发生"训练不合法，待遇太差"的纠纷，所谓不合法，是大学生不宜再受入伍士兵教育，所谓待遇太差，不过是住得稍坏吃得稍坏罢了。青年朋友以为入伍训练便近于受侮辱，待遇差更近于受虐待，纠纷的起因如此，理由如此。到后负责者方法变更，纪律一马虎，青年朋友装病告假人数之多，用说谎取得自由，以及滥用自由，得自由时俨然一个流浪汉的所作所为，说来就不免令人痛心。天真烂漫固然是难得的可爱处，但许多人若到了年龄就应当思索个人与国家，生存方法与生存意义时节，还俨然天真烂漫，无所事事不知自爱，不知自重，不以说谎为羞，不以懒惰为耻，不以胡胡涂涂拖混为可怕，把读书也当成家庭和学校派定的义务，不认为是自己的权利，这种人的生存，实在可怜。不肯受初级训练还可说是反抗心和自尊心的表现，到无人麻烦时，自己还是不会振作自己，这就难言了。在集训期间，正义路上随时都可以遇着一些神气萎萎琐琐，走路懒懒散散，或者有时且同一只松鼠一样，一面走路一面从容不迫咀嚼瓜子松仁的学生。一见到这种青年朋友迎面走来，总给人留下一个痛苦印象。再到什么宿舍去走走，卧房中的杂乱无章，以及三三五五同学兴趣集中所在，吵吵闹闹，和必需知识，相去多远。令人感到时间之浪费，如何骇人！大学生对于将来的建国责任特别重大，这就是我们理想中的学生吗？这是受军训的学生吗？这些人究竟是为什么活到地面上？不特他人难于理解，他自己也像不大明白。

这些事看来很小，其实却异常重大。因为从种种现象中，我们可以明白一个极其重要的问题，就是一部分大学生，活下来实在不知为什么活。对生存竟像是毫无目的可言。行为是呆呆的，脑子是木木的。既少严肃，也不活泼。任何好书都不能扩大他的想象，淘深他的感情。任何严重事实也不能刺激他的神经，兴奋他的正义感。归究说来，这些人活下来传世诀，竟仅有一个混字，考学校时混及格，入学校后混毕业，出了学校到社会上讨生活，还是混。自发进取心毫无，对国家改造的雄心与大愿更极端缺乏。唯一见出他还像一个活人，还在活还想活，不是求生技巧的进步，倒只是环境有点混不下去时，如何戁觫惶恐怕死逃生！然而这种怕死的情形，却正反映出这种人如何愚蠢与无知！我们都知道关

123

心前线的阵地转移，可疏忽了后方的萎靡堕落。这不成！如果军训入伍教育受得好，或另外能从书本上稍稍输入一点作人教育，就不至于有当前这个现象了。

不过话说回来，这种可悲现象虽存在，也可说是"少数人"的事，是"过去"的事。另外多数大学生过去埋头苦干的精神，以及希望将来把知识和能力献给国家的精神，仍然是到处可见。如本市昆华师范学校被炸时，许多学生和某某教授对于救助伤者的种种勇敢精神和行为，实在使人敬佩。如今战事还在继续延长扩大，国家遭遇的困难越来越多，个人所处的环境也越来越紧张，前方和后方对战争意义虽不同，态度却需要相同，最低限度是不气馁，各尽其责来坚忍支持，死亡不幸分派到头上时，沉默死去，死亡还不近身时，有一口气，就得打起精神好好的来作一个活人！西南联大学生大多数是由沦陷的平津京沪各地来的优秀分子，几个地方的学生，平时以领导全国青年运动著闻，活动是常态，消沉反是变态。这时节青年朋友可做的事情正多，即或不能向社会有何主张，至少在同学中造成一种崭新风气。纵不能上前方同敌人作战，还可在学校中向"懦怯"、"颓废"、"萎靡不振"以及种种充满于一部分学生心目中的不良态度消极观念而战。青年朋友不是都觉得入伍训练早已完成，训练的反复近于侮辱？入营后住的坏吃的坏是受虐待？我们若能够把受过入伍训练以后，还缺少军人勇敢沉毅的风度，视为更大侮辱，把住的好，吃的饱，活下来无所为无所谓视为更难忍受的虐待，若人人都能律己自重，都具有"天下为己任"的仁爱雄强作人精神，都肯改造自己，在某种生活态度上简朴单纯，爱秩序，守纪律，完全如一个大兵，明日的一切情形会与现状不同许多。我盼望有这种青年朋友，且相信有这种青年朋友，从本身起始来努力，作一个人，作一个中国当前所需要的国民，先在生活态度上，建立一个标准，一种模范，由此出发，再说爱国，救国，建国。

欢迎林语堂先生 [a]

（当前中国做一个真正公民的应有素朴态度而已。）

林语堂先生到了昆明，正如某先生说的，"在中国当他为外国人，在国外又当他为中国人"，因此近几天本市大小报纸，都有些文章介绍批评林先生，西南联大且特别欢迎林先生作一次公开讲演。综合各方面印象来说，似乎可归纳成为三点：一为"林先生是幽默提倡者"，二为"林先生是个写中国问题中国生活中国故事给美国人民看，用中国事哄美国人的作家"，三为"林先生在国内所标榜的趣味，影响既不大好，在国外所使用的方法，影响也不大好"。这个说明实近于一般人对林先生十年来工作态度和工作效果所具有的真实反应。到联大讲演情形稍稍不同。学校中多少尚有点北方的传统超功利学术空气，对林先生文章实表示相当尊敬，对林先生工作又还保留极大希望，大家都乐意瞻仰瞻仰林先生，并听之谈谈国外观感。所以当天站在空地上听的数千余人中，就可发现不少联大同事。正因为原来对于先生期望相当大，到结果或不免失望。林先生平日以善谑见称于世，从林先

126

---

a　原载一九四四年一月一日《昆明周报》第六十八期，署名上官碧。

生所涉及的问题看来，实容易给人一种印象，即所说的不必当作十分认真讨论。社会上一般人对林先生认识固不免模糊，林先生对两个国家人民情感理性，通过长短不同的历史，所形成的文化与文明竟好像更加模糊。

林先生作品过去虽受欢迎（如《论语》，在中国行销，别的作品在国外行销），这个意义林先生实明白？近于一种风气所作成，与一个文学家思想家应得的尊敬稍稍不同。林先生机会相当好，但是机会可遇不可求，可一而不可再。若来昆明真如一般传说，是为找文章材料，到处看看，看过后便仍照过去的态度和方式，加以处理，所能得到的效果恐怕只是个人的成功，与国家这时节所需要于一个公民能尽的责任便不大相合。至于近六年来国家在忧患中，社会的巨大变动，与多数有良心的公民，对于接受这个历史教训时所抱的态度，如何从严酷试验中忍受与适应，具体负责方面如一般官吏公务员，抽象负责方面如教育界分子，一面陷溺于事实泥淖中辗转，一面如何对于国家重造问题抱有多大热忱和信心；五百万朴质壮丁与千万优秀青年学生，一面如何为制度积习与本来的弱点困惑，感到痛苦，然而在痛苦中又如何依然忍受下去，慢慢的从牺牲里将民族品德提高……如此或如彼，希望由林先生从文学作品来介绍解释给英美友邦多数人明白，增加两国战时友谊，以及战后进一步的了解与合作基础，这个愿望恐不容易实现了。有人说，林先生的态度与兴趣分不开。林先生的年龄虽已到"知天命"界线上，精神可像年青得多。或因为在美国太久，生命中还充满"游戏"感情，因之所能作的也就是用"中国"

作为题材，供给美国普通社会以"杂碎"，这个关系中即贯穿以游戏情感，且从这个关系中树立自己。在这点上就有个小故事可供参考。

林先生既准备来看看盟友美空军，这个故事似乎还有意义。在昆池附近一个小县分，有个某国教堂，还住下几个虽受政府限制不许离开却仍可在当地走动的传教师，另外有个盟邦小小机关，机关中却有两个行动虽极自由，行为实不能和这些传教师发生关系的盟友。由于寂寞或其他原因，他们依然相熟了。有一天，这个盟友正看林先生的《吾国与吾民》，那传教师就说，"看这个能认识中国？你得先看看中国再读它，方知道这是一种精巧的玩笑！中国的进步，中国的腐败，可都不是玩笑！"于是林先生这本书，被这个身份可疑的传教师一说，搁到玩具中去了。这个故事可不是玩笑，完全有根据的。英美新闻处为国际礼貌，空军招待所又为另一原因，都依然会把林先生的著作，继续陈列出来，供给国际友人阅览。可是想起这个关系恰在并非玩笑的时节，美国"大嘴笑匠"也老老实实到国外来为国家服务，林先生的作品却只能产生玩笑印象，是不是十分可惜？友邦事重效果，我们这个国家也在学习明白效果好坏的时候，所以我们欢迎林先生，实希望林先生尚能作一点更有好效果的工作。

凡活在中国当前社会中，稍有做人良心的知识分子，都会觉得活下来实在太痛苦了。这与林先生所说的"穷"关系就并不多。人固然是个动物，需要活得比较"幸福"，可是它比别的动物又稍微不同，还需要活得尊贵而有意义。他们眼看到这个民族在发展过程中，一面是积习所形成的堕落因循，如何保留在若干人的观念行为上，或组织制度上，一面又尚有若干理想与热忱，如何培养在一切具有健康身心的人民生命中。两者到处有冲突，一时既难于调整，所发生消耗现象便万无可避免。社会动力既受习惯缚束，挫折复挫折，因之一个民族在战争中最需要的自尊心与自信心，便只合听它逐渐消耗于许多不相干问题上，终于使负责方面上常常陷溺到一个无可奈何情况中。某些事竟俨若任何具体法规或抽象原则，均无助于转机的获得。就中弄理工的，对国家重造所抱幻想，或为"衣食足而礼义兴"，努力在争取将来生产技术。弄文学哲学的，自必认识到经典之重造的重要性。然就近二十年教育发展说，习哲学偏重于书本诵读，文学更偏重章句知识，人虽若不离"书本"思索却离了活生生的那个"人"。因之乡愿学究者流，一面生活中尚充满算命圆光鬼神迷信，一面却以思想家身份领导群众，到耐不住生活寂寞，却因缘时会自到自见时，进九锡铸九鼎等等打算，亦无不可从这类新读书人圈子中产生。所谓经典之重造，这些人当然无分。这个时代已非用格言警句建立单纯抽象原则，即可济事，还要些别的条件。从近二十年社会发展上认识，新文学作家与读者所保尽的关系，却可以从文学作品中来作有关人生一切抽象原则重造的工作，工作固相当困难，因与之对面非事物约柔韧性和适应性，都并不容易克服。另外一种习气，即战前十年来文学受商业与政治两种势力的牵制分割，想突破一切障碍，更必需作者对民族忧患所自来各方面具有深刻理解，且抱定宏愿与坚信，如战争一样，临以庄敬，面对问题。岁月积累却坚固不拔，方可望有所成就。国内作家近十年来，见解或有分歧，成就更有浅深，可是目的却大都在同事一点上。林先生年近半百了用中国抒情所得于己者似已不少，金钱收入虽万无限，生命付出实可屈指计数。子在川上有"逝者如斯"之言，林先生宜有同感。

林先生的旅行昆明，为认识中国而来，林先生值得用一个比较庄敬的态度好好认识认识现代中国，如写作又为介绍美国人认识中国，林先生更值得好好认识认识当前自己一支笔若能比较庄敬来从事于明日工作有助于两大民族的理解内容有多大。"圣贤""英雄"的期许，通达如林先生，或以为近乎争名于朝，名分实不足争，我们盼望于林先生的，只是"庄敬"。当前中国做一个真正公民的应有素朴态度而已。

一种新的文学观 [a]

（我们需要的是一分信仰，和九分从"试验"取得"经验"的勤勉。）

中日战争由北而南后，好些从事写作的朋友，感觉国家应付这个问题的庄严性，和个人为战争所激起的爱国热忱，兴新的工作的渴望，都干脆简单，向各战区里跑去。有的直到战争结束时，还来往于南北战区最前线，或转入沦陷区随同游击队活动，日子虽过得异常艰苦，精神实很壮旺，或经常有作品发表，或在准备中有伟大计划等待实现。有些人又因为别有原因，从前方退回来转到几个大都市里住下。用"文化人"身份，一面从事写作，一面还可参加各种社交性的活动，日子似乎也过得忙碌而紧张。又有人退回到原有职务上，或从政经商，或埋头读书，虽然对写作已息手，因为明白了"持久战争"的意义，从抗战建国广泛解释上，过日子倒还心安理得。就中却有几个朋友，前线奔走三年后，在都市文化人中又混了二三年，再退到一个小地方来消化自己的社会经验和人事印象时，不免对于写作感到厌倦与灰心，且对文学本身表示一点怀疑。战事结束后这种情形且更显著怀疑的是用文

131

---

a　原载一九四六年九月一日《文潮》月刊第一卷第五期，署名沈从文。

学作为工具，在这个变动世界中，对于"当前"或"明日"的社会，究竟能有多少作用，多少意义？具有这种心情的作家，虽只是个少数，但很可能在某些情形下，逐渐会成多数。平时对文学抱了较大希望与热诚，且对于工作成就又有充分自信的作者，这点怀疑的种子发芽敷荣，不特将刺激他个人改弦易辙，把生命使用到另外工作上去，且因为这种情形，还会影响到新文学已有的社会价值，和应有的新进步。

试分析原因，即可知一种因习的文学观实困惑人，挫折人，这种文学观在习惯中有了十多年历史，已具有极大的势力，不仅是支配一部分作家的"信仰"，且能够支配作家的"出路"。一般作家虽可以否认受它的"限制"或"征服"，实无从否定它的"存在"，我们尽可说这是比较少数论客的玩意儿，与纯粹而诚实的作家写作动机不相干，与作品和历史对面时的成败得失更不相干，然而到我们动笔有所写作时，却无从禁止批评家、检查官、出版人和那个分布于国内各处的多数读者，不用"习惯"来估量作品的意义与价值，且决定它的命运。这种因习文学观的特性，即"文学与政治不可分，且属于政治的附产物或点缀物"，作家的怀疑，即表示对于这个问题的解释，实各有异见。近代政治的特殊包庇性，毁去了文学固有的庄严与诚实。结终是在这个现状继续中，凡有艺术良心的作家，既无从说明，无从表现，只好搁笔。长于政术和莫名其妙者，倒因缘时会容易成为场面上人物。因之文学运动给人的印象，多只具一点政策装点性，再难有更大希望可言。

文学属于政治的附产物或点缀物，这个事件的发展，我曾检讨过它前后的得失，且提出些应付未来的意见。在利害得失上，虽若比较偏于消极的检举驳议，然而一个明眼的读者看来，会承认原来这一切都是事实，并非凿空白话的。从民十五六起始，作家就和这种事实对面，无可逃避。虽和事实对面，多数人却又不肯承认，亦无努力改正。习惯已成，必然是"存在的照旧存在"，因此若干作家便用一个"犯而不校"态度来支持下去，恰恰和别个的读书人应付社会一般不公正情况一样，低首"承认事实"，与固执"关系重造"，前者既费力少而见功易，所以我爬梳到这个问题伤处时，转若过分好事，不免近于捕风。风虽存在，从我手指间透过，如可把握，无从把握。

文学既附于政治之一翼，现代政治的特点是用商业方式花钱，在新闻政策下得到"群"，得到"多数"。这个多数尽管近于抽象，也无妨害。文学也就如此发展下去，重在一时间得到读者的多数，或尊重多数的愿望，因此在朝则利用政治实力，在野则利用社会心理，只要作者在作品外有个政治立场，便特别容易成功，一些初初拿笔的人，不明白中国新文学搅混入商场与官场共同作成的漩涡中后，可能会发生些什么现象，必然还会有些什么结果，另一方面个人又正要发现，要露面，当然都乐于照习惯方式，从短短时期中即满足一切。这些人也就作成某一时节某种论客说的"政党虽有许多种，文学只有两种，非左即右，非敌即友"论调的基础。许多人在风气追逐中打混下去，于是不甚费力即俨然已成了功。这种成功者若世故与年龄俱增，作品却并无什么进步，亦无可望得到进步，自必乐享其成，在伙儿伴儿会社竞卖方式中，日子过得从容而自在。物质上即或因为抢的是个冷门，得不到什么特别享受，情绪还俨然是尊严而高尚。他若是个年龄越长越大、经验越积越多、情性却越来越天真、在写作上抱了过多的热诚（与时代的不合的古典热诚）的人，自必对于个人这点成功，不大满意，对于文学作家中的依赖性，和其他不公正不诚实的包庇性，转趋怀疑，会觉得维持现状，不仅堕落了文学运动固有的向上性，也妨碍这个运动明白的正常发展。文学运动已失去了应有的意义，作家便再不是思想家的原则解释者，与诗人理想的追求者或实证者，更不像是真正多数生命哀乐爱憎的说明者，倒是在"庶务"、"副官"、"书记"三种职务上供差遣听使唤的一个公务员了。其用以自见于世的方法，再不基于人性理解的深至，与文字性能的谙熟，只是明白新式公有程式之外，加上点交际才干，或在此则唯唯诺诺，或在彼则装模作样，兼会两分做戏伎俩，总而言之，一个"供奉待诏"，一个"身边人"而已。凡有自尊心的作家，不能从这种方式中得到所从事工作的庄严感，原是十分自然的！他若看清楚习惯所造成的不公正事实，和堕落倾向，而从否认反抗下有所努力，不可免即有另外一种不公正加于他的本身。能忍受长久寂寞的，未必能忍受长久苛刻，所以无事可为，只好息手不干，然而这不甘铺糟啜醨的心情，尚难得社会同情，反作成一种奚落，"这个人已落了伍，赶不上时代"。坚贞明知素朴诚实的落了伍，另一些人似乎前进了。试看看近十年来若干"前进"作家的翻云覆雨表现，也就够给人深长思！即始终不移所信所守的有许多人岂不是虽得伙儿伴儿合作来支持他做"作家"的名分，还不能产生什么像样作品？

拿笔的人自然都需要读者，且不至于拒绝多数读者的信托和同感。可是一个有艺术良心的作家，对于读者终有个选择，并不一例重看。他不会把商业技巧与政治宣传上弄来的大群读者，认为作品成功的象征。文学作品虽仰赖一个商业组织来分配，与肥皂牙膏究不相同。政治虽有其庄严处，然而如果遇到二三与文学运动不相干的小政客，也只想用文学来装点政治场面，作者又居然不问是非好坏，用个"阿谀作风"来取得"风气阿谀"时，不仅是文学的庄严因之毁去，即政治的庄严也会给这种猥琐设计与猥琐愿望毁去！近代政治技术虽能产生伟大政治家，可不闻在同样安排中产生过伟大艺术家或文学家。一个政治家能在机会中控制群众情感。取得群众好感，并好好用群众能力，即可造成伟大事业。一个音乐家或文学家其所以伟大，却得看他能否好好控制运用音符文字。新闻政策虽能使一个政治家伟大，若艺术家文学家失去与民族情感接触的正当原则，仅图利用政治上的包庇惯性和商业上的宣传方式，取得群众一时间的认可，个人虽小有所得，事实上却已把艺术文学在这个不良关系上完全坠落了。近十余年来的情形，一个真有远见的政治思想家，一个对新文学发展过程有深刻理解的文学理论家，批评家，以及一个对写作有宏愿与坚信的作家，对于这问题得失，都应当清清楚楚。现状的过去，只作成社会上这部门工作的标准分歧，以及由于这种分歧引起的思想混乱，北伐统一后最近十年中年青人生命国力的种种牺牲。二十岁以上的人，必尚保留一个痛苦印象，现状的继续，另一面便作成目下事实：国内少数优秀作家，在剥削与限制习惯中，尚无法用工作收入应付生活。许多莫名其妙的人物，不折不扣的蛆侩，倒各有所成，为文运中不可少的分子。事情显明，一种新的文学观，不特为明日文学所需要，亦为明日社会不可少。

国家进步的理想，为民主原则的实现。民主政治的象征，属于权利方面虽各有解释，近于义务方面，则为各业的分工与专门家抬头。在这种情形中，一个纯思想家，一个文学家，或一个政治家，实各有其伟大庄严处。即照近代一般简单口号，"一切与政治不可分"，然而一切问题与政治关系，却因为分工分业，就必需重造。尤其是为政治的庄严着想，更不能不将关系重造。照近廿年来的社会趋势，一种唯利唯实的人生观，在普通社会中层分子中实现到处可以发现。许多事业都以用最少劳力得到最大成功为原则，个人或社团的理想，说来虽动人堂皇，实际竟常与得到"数量"不可分，有时且与得到"货币"不可分。中层分子人生观，既在各种支配阶级中占绝大势力，因之在国家设计上，就都不可免见出一点功利气味，看得近，看得浅，处处估计到本钱和子息，不做赔本生意。我们常常听人说到的"现代政治家"，事实上这些人有时却近于一个商行管事，或一个企业公司的高级职员，不过是因缘时会，从信仰这个拥护那个方式中变成一个官僚罢了。这种人精明能干处，虽是应付目前事实，举凡略与事实相远的问题，与小团体功利目的不相符的计划，即无从存在或实现。普通所谓"思想家"，在一般倾向上，也就不知不觉变成了"政治公文"的训话家或修辞学人物。社会上另一部分有识无位的知识分子，在凝固情感中无可为力，自然只好用个独善其身的退缩态度混下去，拖下去。……然而我们在承认"一切属于政治"这个名词的严肃意味时，一定明白任何国家组织中，却应当是除了几个发号施令的负责人以外，还有一组顾问，一群专家，这些人的活动，虽根据的是各种专门知识，其所以使他们活动，照例还是根据某种抽象原则而来的。这些抽象原则，又必然是过去一时思想家（哲人或诗人）对于人类的梦想与奢望所建立。说不定那些原则已陈旧了，僵固了，失去了作用和意义，在运用上即见出扞隔与困难。高尚原则的重造，既无可望于当前思想家，原则的善为运用，又无可望于当前的政治家，一个文学作家若能将工作奠基于对这种原则的理解以及综合，实际人性人生知识的运用，能用文学作品作为说明，即可供给这些指导者一种最好参考，或重造一些原则，且可作后来指导者的指导。新的经典之所以为经典，即从这种工作任务的重新认识，与工作态度的明确，以及对于"习惯"的否定而定。从这个认识下产生的优秀作品，比普通公务员或宣传家所能成就的事功，自然来得长久得多，也坚实得多！

一面是如此理想，另一面是如彼事实，如何使文学作家充满新的信心来面对事实证明理想？若说人生本是战争，这件事也就可说是种极端困难的战争！为的是任何合理的企图，若与"习惯"趋势不大相合从习惯而来的抵抗性，都不免近于战争。所以支持这种反清客化的新的文学观，并从据点上有所进取，是需要许多许多人来从事的。这种工作与另外一些从"阿谀风气"得到"风气阿谀"的文人，目的既完全不同，难易自然也无从比较。不过事情虽困难亦不太困难，这从"过去"即可推测"未来"，试数一数初期文学运动对于"腐败现象""保守观念"所见出的摧陷廓清成绩，以及对于"高尚原则重造"在读者人格中所具有的影响，来和新的问题对面，实不由人不充满乐观信仰。官僚万能的时代，已成为过去的事情了，新的国家的重造，必然是各种专门家的责任。国家设计一部门，"国民道德的重铸"实需要文学作品处理，也惟有伟大文学作家，始克胜此伟大任务。相熟或陌生朋友，曾经充满热诚来从事写作，在那个因习文学观困辱下得到成功，又从成功中因经验积累转而对文学怀疑的，我觉得不应当灰心丧气。因为这种认识正可谓"塞翁失马"。我们明日作事的机会，正不可下于另外一种人当前作官的机会，实在多而又多。我们需要的是一分信仰，和九分从"试验"取得"经验"的勤勉，来迎接新的历史。恰如走路，能去到什么地方，不是我们所能预想，也许如此走去到达一个预定的终点，还是毫无所得，必将继续走去，到死为止。正因为对人生命言，死才是一个真正的终点，才容许一个有理想有思想的生命获得真正休息！从文学运动言，必有许多人将生命来投资到这个工作上，方可望有作用，见效果，使若干具有新的经典意义的作品能陆续产生！

学习写作 ^a

（永远不灰心，永远充满热情去生活、读书、写作。）

××先生：

　　××兄转来你的信和文章，我已收到。文章我想带下乡去看，再告你读后感。关于升学事，我觉得对"写作"用处并不多。因照目前大学制度和传统习惯，国文系学的大部分是考证研究，重在章句训诂，基本知识的获得，连欣赏古典都谈不上，那能说到写作。这里虽照北方传统，学校中有那么一课，照教部规程，还得必修六个学分，名叫"各体文习作"，其实是和"写作"不相干的，应个景儿罢了。写作在大学校认为"学术"，去事实还远，联大这个课程，就中有四个学分由我担任，计二年级选第一次两学分，三四年级选第二次两学分，可是我能作到的事，还不过是为全班学生中三二个真有写作兴趣的朋友打打气而已。我可教的只是解释近二十年来作家使用这个工具的"过去"，有了些什么成就，经过些什么曲折，战胜了多少困难，给肯继续拿笔的一点勇气和信心，涉及写作技术问题，只是改改卷子，这种事与写作

140

---

a　本篇原载报刊不详，录自《云南看云集》（重庆国民图书出版社，1943年6月）。

实隔一层，是不会对同学有何特别好处的。我对于这个问题的看法，总以为需要许多人肯在这个工作上将"生命来投资"，超越大学校的"学术"价值，和社会上流行的"文化"价值，从一个谦虚而谨慎学习并试验态度上，写个三十年，不问成败得失写个三四十年，再让时间来检选，方可望看得出谁有贡献，有作用，能给新中国文学史留点比较像样的东西。若是真有值得可学处，就只是这种老实态度，和这点书呆子看法，别的其实是不足道的！所以你如果为别的理想升学，我赞同你考。如为写作，还是不用升学好，如打量写作，与其升学，把自己关在一个窄窄学校中，学些空空洞洞的东西，倒不如想办法将生活改成为一个"新闻记者"，从社会那本大书上来好好地学一学人生，看看生命有多少形式，生活有多少形式。一面翻读这本大书，到处去跑，跑到各式各样不同社会生活中明白一切，恋爱、发疯、冒险……一面掉过头来再又去拼命读各种各样的书，用文字写来的书，两相对照一下，"人生"究竟是怎么回事，实际与抽象相去多远，明白较多后，再又不怕失败来写各式各样文章，换言之，即好好地有计划地来使用这个短促生命（你不用也是留不住的）！永远不灰心，永远充满热情去生活、读书、写作。三五年后一成习惯，你就会从这个习惯看出自己生命的力量，对生存自信心工作自信心增加了不少，所等待的便只是用成绩去和社会对面和历史对面了。这也是一种战争！因为说来容易，作来并不十分容易的。说不定步步都会有障碍，要通过多少人生辛酸，慢慢地修正自己弱点，培养那个忍受力、适应力，以及脑子的张力（为哀乐得失而不可免的兴奋与挫折）！且慢慢让"时间"取去你那点青春生命之火。经过这个试验，于是你成熟了，情感比较稳定了，脑子可以自由运用，一支笔更容易为脑子而运用了，你会在写作上得到另外一种快乐，一点信心，即如何用人事为题目，来写二十世纪新的经典的快乐和信心。你将自然而然超越了普通人习惯的心与眼，来认识一切现象，解释一切现象，而且在作品中注入一点什么，或者是对人生的悲悯，或者是人生的梦。总而言之，你的作品可能慢慢地成为读者的经典，不拘用的是娱乐方式或教育方式，都能使他人生命"深"一点，也可能使他人生存"强"一点。引起他的烦乱，不安于"当前"，对"未来"有所倾心，教育他"向上""向前""向不可知"注意，煽起他重新做人的兴趣和勇气。能够如此或如彼，总不会使一个读者因此而堕落的！写恋爱写战争，写他人或你自己，内容尽管不同，却将发生同一影响，引带此一时或彼一时读者体会到生命更庄严的意义，即"神在生命本体中"。两千年来经典的形式，多用格言来表现抽象原则。这些经典或已失去了意义，或已不合运用。明日的新的经典，既为人而预备，很可能是用"人事"来作说明的。这种文学观如果在当前别人看来是"笑话"，在一个作者，却应当将它当成一种"信仰"。你自己不缺少这种信仰，才可望将作品浸透读者的情感，使读者得到另外一种信仰，"一切奇迹都出于神，这由于我们过去的无知，新的奇迹出于人，国家重造社会重造全在乎人的意志。"

三十一年六月三日

青岛游记 [a]

（做人素朴不改和童心永在的生存态度。）

我到了青岛，和卅年前初来时情形一样，青岛依旧绿而静。微风吹拂中面前大海在微微荡动，焦红山石间大片绿树也在微微荡动，一切给我的印象依旧是绿而静。我说的自然只限于自然景物。这并不使我惊奇，却引起我深思。回复到三十年前面临大海对生命存在意义及如何使用长时期的深思，和这一片土地上人民过去半世纪所受苦难屈辱今昔对照而深思。近五十年中国社会人事变化之大，是历史上空前少有的。青岛发展更经历近半世纪中华民族由酣然沉睡到觉醒奋起反帝斗争艰苦历史的全程。青岛的变化是迅速而剧烈的，青岛动荡的幅度比中国任何一个都市其实都大得多。我想且先从个人对于这里自然景物所体会到部分写下去，看看这个绿而静的海滨山岛，给我的究竟是些什么。

初初来到这个地方，我住在山东大学和第一公园之间福山路转角一所房子里，小院中有一大丛珍珠梅开得正十分茂盛。从

143

---

a　本文初作于一九六一年八月，完成于作者从青岛回京以后。

楼上窗口望出去，即有一片不同层次的明绿逼近眼底；近处是树木，稍远是大海，更远是天云，几乎全是绿色。因此卅年来在我记忆和感情中，总忘不了这一树白花和一片明绿。其时公园中加拿大种小叶杨正长日翻动着小小银白叶片，到处有剑兰一簇簇白花，从浓绿剑形叶片中耸起，棣棠花小而黄，更加显得十分妩媚亲人。园林管理处正在计划开辟几条新路供游人散步，准备夹路分别栽种不同花木幼苗，计有海棠、紫薇、银杏、腊梅、木槿、迎春、紫藤……新掘好的土坑充满了一种泥土和腐叶混合的香味。现在看看，银杏路的银杏早已变成大树，有几条较小行人路，花木都交枝连荫，如同长长的绿色甬道。又有些树木且因为枝干过老生虫，管园人正在砍伐供薪炊用。山大文学院同事，连同一次暑期班从北大清华邀来的短期讲学许多熟人，或住到这小楼上，或常到这小楼来谈天的，试屈指数数，大多都已过世，希望在这里找个熟习三十年前青岛的人谈谈旧事，除了到崂山太清宫遇见一个六十三岁的老法师，还记得起好些有关青岛德日前后占领时代人民遭受苦难的事情，和康有为、傅增湘、杨振声等游人的姓名，此外即有中山路一个书店老掌柜，卖了几十年旧书，还知道宋春舫曾经有一楼关于戏剧书籍，如何由聚而散，以及闻一多在山大作文学院长买书旧事，此外即不容易遇到第三个可以谈谈老话的人。可是另外却有一个涵容广大包罗万有十分相熟的旧相识，即面前一碧无际早晚相对的大海。一个从四围是山的小乡城来到三面环海地方的人，初次来到海边所得感受是不可能用文字形容的！我这次也可说正是为要再看看这个大海，和它"温习过去，叙述当前，商量明天"而来的。三十年前约有三年时间它对于我的教育启发实在太多了！

世界上有万千关于描写刻画海上种种壮丽景色传名千载的诗文、绘画和乐章，都各以个人一时所遇所感来加以表现，加以反映，各自得到不同的成就。我看了三年海，印象总括说来实简单之至，海同样是绿而静。但是它对于我一生的影响，好像十分抽象却又极其现实，即或不能说是根本思想，至少是长远感情。它教育我并启发我一种做人素朴不改和童心永在的生存态度，并让我在和它对面时，从长期沉默里有机会能够充分消化融解过去种种书本知识、社会经验，和生命理想，用一种明确素朴文字重新加以组织排比，转移重现到纸上来，成为种种不同完整美丽的形式，不仅保存了一部分个人生命的青春幻想和一生所经所遇千百种平常人爱恶哀乐思想情感的式样，也因之从而影响到异时异地其他一部分青年生活的取舍，形成我个人近三十年和社会发展在某种意义上为特殊密切，在某种意义上又相当疏远的关系。我一生读书消化力最强、工作最勤奋、想象力最丰富、创造力最旺盛，也即是在青岛海边这三年。

145

当大暑天外来万千游人齐集海滨时，我却欢喜爬山，一个人各处跑去。正当年纪轻腰腿劲健，上下山头总还像行有余力。上到山顶即坐在岩石残垒间看海。它俨然像是我当时真正的师友。因为好些在大革命前即和我从事学习写作关系密切的朋友，都各以不同情形在革命几年中牺牲了，多正当卅来岁盛年却死得极惨。还有几个热情奔放，才华出众的朋友，不死于社会变革却在另外偶然不巧中死去的。这些朋友要做的事业都还正好开始，即被骤然而来的时代风雨，把他们对于社会向前的理想，和个人不同的才智聪明，卷扫摧残，弄得个无影无踪。我尽管相信，一个人对于人类前途的热忱，和对于工作的虔敬态度，是应当永远存在，且具有一种传染渗透性能，必然能给后来者以极大鼓舞的。可是照当时实际情形看来，不免令人格外感觉沉重。这些死者除了以不同印象给我给人一种认识，一种鼓舞，生存必须有意义，还有谁知道他们，记忆他们？另外我也邀过好几个搞文学的朋友到青岛来一同爬山看海，却极少提过另外那些死者的死在我生命中引起的沉重意义。同样是从事文学创作，照当时情形，各人的要求和从事这个工作的动力，是来自许多不同方面的。然而随同五四文学革命运动要求，又似乎有一个总的方向和共同目标，即用文学作工具，来动摇旧的腐朽社会基础，促成历史的局部或全体新陈代谢，万壑争流，各以不同速度奔赴到海！

每到秋冬之际，是青岛天气最好的季节，爱热闹会花钱的游客，多早已离开了这里。惠泉浴场一带已再无一个游人。那个皇冠式屋顶的音乐亭，也再听不到白俄餐馆乐队演奏柴可夫斯基舞曲了。日本妇人的木屐和粉脸也绝了踪。……我能单独接近大海时，照例又总是独自在静静的阳光下沿着浴场沙滩走去，到了尽头还不即转身，居多即翻过炮台前去湛山大路那道山埂子，通过现在的八关路疗养区，原来的一片小松林，一直到太平角石咀子附近才停下来。我觉得，惟有到了这里，大海的脉搏节奏才更加和个人心脏节奏起伏相应。当时八关路一带除了那条直通湛山大路，此外就全是一片低矮的马尾松林，本地人平时不常来，外来游客更较少走得这么远。松林间到处有花草丛生，花草间还随时可见到小小黄麻色野兔奔走跳跃，这些小小可爱动物，事实上就是这地区的唯一主人。每逢见到生人时，对于陌生拜访者还不知如何正当对待，只充满一种天真的好奇，偏着个小头痴痴的望着，随即似乎才发现这么过分亲近有些不大妥当，于是又高高兴兴在花草间蹦跳蹦跳跑开了。如果被人一追，照例不久必钻入到处可以发现的陶制引水管中去隐藏起来。它如会说话，一定将顽皮地自言自语："好，你有本领你也进来吧。从这头赶来我就从那头跑去，赶不着！我不怕！"这就是这些小小可爱动物的家，到了里边以后即已十分安全，如有同伙就相互挤挨着嚼松子吃，不多一会儿，便把受惊的事情全忘了。

单独面对大海，首先是使人明白个体存在的渺小，和生命能有效使用时间的短暂，以及出于个人任何一种骄傲自大的无意义。由于海给人印象总永远是谦虚而平易的，但是海本身却无为而无不为。其次是回复了些童心幻想，即以我这种拘迁板质中材无学之人而言，仿佛也就聪明朗畅了好些，把"我"从一堆琐琐人事得失爱憎取予束缚中解放开来。对于写作构思布局格外有益。写

147

什么？如何写？试向广和深推扩开去，头绪也像多了好些，照老话说就是"头头是道"。记得十多年前写过一篇小文章，叙述到个人写作所受教育比较深刻部分时，首先即说起一切大小河流对我生命的影响，而最大影响却是海。一个人有一个人生命的遇合，也从而部分或整个影响或决定他较后一时的工作和发展方向。我虽生长于一个万山环绕的小乡城，从小时起，机会凑巧，却有好些时间是在河边或水上船只木筏上度过的。在一条长近千里的沅水上，约五年中我就坐过好几十种船，换了无数码头，在船上过着种种平常城市里人不易设想的生活，上至军阀政客，下至土匪土娼烟贩以至玩猴儿戏的，相熟过许多我自己也万想不到的各种不同职业不同性格的人。特别和弄船的吃水上饭的人长时期在一处建立的友谊，真是一分离奇不经的教育。如把社会当成一本大书，一生工作学习主要部分和水就分不开。水的永远流动而不凝固，即告我万事不宜凝固也无从凝固，生命存在另一意义也就和"动"有密切联系。一切外物的动都有个客观原因存在，生命不可思议即主观能有目的有定向而动。海扩大了我的心胸和视野，刺激我在工作上去作横海扬帆的远梦，和通过劳动作成人世间海市蜃楼的重现。不拘泥于个人在世俗事功上的成败打算和一时物质上的得失计较，引起我充满童心幻念，去接受每个新的一天，并充分使用精力到有意义工作上去。当时所谓意义，自然就是照我能做到的理会到的问题去写作，以及如何使写作和社会发展发生应有的联系。

海另外还对我具有一种不可抗拒的吸引力。鼓舞我去追求千百人劳动和智慧结合,积累下来的无穷无尽的各种文化成果,反映到文学艺术中的一切不同美好结构和造形,让我从其中得到许多力量和知识。海还启发我对于人在不同社会生活中繁复万状的爱恶哀乐情形和彼此关系。这种种看来似虚无飘渺,但转到生活和工作上时,即见出十分现实的意义。特别是能用文字在一定形式中固定下来的,即可望或已经肯定成为另一种现实。另外还有显明支配着我的情感式样或思想方法,反映到后来学习和工作以及对人对事关系上,也是这个大海三年接近的结果。

总之,青岛的海对于我个人的影响是长远而普遍的,比起当时我所读过的其他许多圣经贤传还得益受用。它帮助我消化一切而又通过我个人劳动创造出许多东西。而它支配我感情且更加巨大。有许多日子,我就是这样俨然一事不作面对大海度过,生命却并不白费。海既教育我思索,也教育我行动。海使我生命逐渐成熟,把个人从事的工作推进到一个新的高度上去。我现在又来到这个一碧无际的大海边了。我依旧乐意这样面对大海,检查过去,分析当前,商量未来。

北京鼓励我到青岛休息休息的熟人来信问我,到了青岛,旧地重游印象怎么样?心脏好了些没有?回信告给朋友,第一句话即青岛依旧绿而静。并且让朋友知道,到了这里不多久,心脏也一定跳得比较正常了,因为大海的节奏通常总是正常的。海无时不在动，由于它接纳百川，涵容广大，内部生命充实，外缘又常受日月吸引，风云变态，必然会动荡不止。然而它给人总的印象，却依旧是绿而静。名分上我是来休息，事实上我是来学习的。我还有许多事情可作待作，究竟作些什么对人民更有益？必然将在这里得到许多新的启发，新的认识。

......ᵃ

---

a　此处有删节。

第 三 章

一点精神

世上多雅人，多假道学，多蜻蜓点水的生活法，多情感被阉割的人生观，多轻微妒嫉，多无根传说，大多数人的生命如一堆牛粪，在无热无光中慢慢的燃烧，且都安于这种燃烧形式，不以为异。

凤　凰 [a]

（游侠者精神。）

这是从一个作品里摘录出关于凤凰的轮廓。

　　一个好事的人，若从百年前某种较旧一点的地图上寻找，一定可在黔北、川东、湘西一处极偏僻的角隅上，发现了一个名为"镇箪"的小点。那里同别的小点一样，事实上应有一个城市，在那城市中，安顿了数千户人口的，不过一切城市的存在，大部分皆在交通、物产、经济的情形下面，成为那个城市荣枯的因缘。这一个地方，却以另外一种意义无所依附而独立存在。试将那个用粗糙而坚实巨大石头砌成的圆城作为中心，向四方展开，围绕了这边疆僻地的孤城，约有五百余苗寨，各有千总守备镇守其间。有数十屯仓，每年屯数万石粮食为公家所有。五百左右的碉堡，二百左右的营汛。碉堡各用大石作成，位置在山顶头，随了山岭脉络蜿蜒各处；

153

a　本文选自《湘西》。《湘西》曾载于一九三八年八月二十五日～十一月十七日复刊后的香港《大公报·文艺》，署名沈从文。

营汛各位置在驿路上，布置得极有秩序。这些东西是在一百八十年前，按照一种精密的计划，各保持到相当距离，在周围数百里内，平均分配下来，解决了退守一隅常作蠢动的边苗叛变的。两世纪来满清的暴政，以及因这暴政而引起的反抗，血染赤了每一条官道同每一个碉堡。到如今，一切完事了。碉堡多数业已残毁了，营汛多数成为民房了，人民已大半同化了。落日黄昏时节，站到那个巍然独在万山环绕的孤城高处，眺望那些远近残毁碉堡，还可依稀想见当时角鼓火炬传警告急的光景。这地方到今日此时，因为另一军事重心，一切皆以一种迅速的姿势在改变，在进步，同时这种进步，也就正消灭到过去一切。……

地方统治者分数种，最上为天神，其次为官，又其次才为村长同执行巫术的神的侍奉者。人人洁身信神，守法爱官。每家俱有兵役，可按月各到营上领取一点银子，一分米粮，且可从官家领取二百年前被政府所没收的公田播种。

这地方本名镇筸城，后改凤凰厅，入民国后，改名凤凰县。清时辰沅永靖兵备道，镇筸镇总兵均驻节此地。辛亥革命后，湘西镇守使，辰沅道，仍在此办公。除屯谷外，国家每月约用银六万到八万两经营此小小山城。地方居民不过五六千，驻防各处的正规兵士却有七千。由于环境不同，直到现在其地绿营兵役制度尚保存不废，

为中国绿营军制唯一残留之物。（引自《凤子》）

　　苗人放蛊的传说，由这个地方出发。辰州符的实验者，以这个地方为集中地。三楚子弟的游侠气概，这个地方因屯丁子弟兵制度，所以保留得特别多。在宗教仪式上，这个地方有很多特别处，宗教情绪（好鬼信巫的情绪）因社会环境特殊，热烈专诚到不可想象。湘西之所以成为问题，这个地方人应当负较多责任。湘西的将来，不拘好或坏，这个地方人的关系都特别大。湘西的神秘，只有这一个区域不易了解，值得了解。

　　它的地域已深入苗区，文化比沅水流域任何一县都差得多，然而民国以来湖南的政治家熊希龄先生，却出生在那个小小县城里。地方可说充满了迷信，然而那点迷信，却被历史很巧妙的糅合在军人武德里，因此反而增加了军人的勇敢性与团结性。去年在嘉善守兴登堡国防线抗敌时，作战之沉着，牺牲之壮烈，就见出迷信实无碍于它的军人职务。县城一个完全小学也办不好，可是许多青年却在部队中当过一阵兵后，辗转努力，得入正式大学，或陆军大学，成绩都很好。一些由行伍出身的军人，常识且异常丰富；个人的浪漫情绪与历史的宗教情绪结合为一，便成游侠者精神，领导得人，就可成为卫国守土的模范军人。这种游侠精神若用不得其当，自然也可以见出种种短处。或一与领导者离开，即不免在许多事上精力浪费。甚焉者即糜烂地方，尚不自知。总之，这个地方的人格与道德，应当归入另一型范。由于历史环境不同，它的发展也就不同。

凤凰军校阶级不独支配了凤凰，且支配了湘西沅水流域二十县。它的弱点与二十年来中国一般军人弱点相似，即知道管理群众，不大知道教育群众。知道管理群众，因此在统治下社会秩序尚无问题。不大知道教育群众，因此一切进步的理想都难实现。地方边僻，且易受人控制，如数年前领导者陈渠珍被何键压迫离职，外来贪污与本地土劣即打成一片，地方受剥削宰割，毫无办法。民性既刚直，团结性又强，领导者如能将这种优点成为一个教育原则，使湘西群众普遍化，人人各有一种自尊和自信心，认为湘西人可以把湘西弄好，这工作人人有份，是每人责任也是每人权利，能够这样，湘西之明日，就大不相同了。

　　典籍上关于云贵放蛊的记载，放蛊必与仇怨有关，仇怨又与男女事有关。换言之，就是新欢旧爱得失之际，蛊可以应用作争夺工具或报复工具。中蛊者非狂即死，惟系铃人可以解铃。这倒是蛊字古典的说明，与本意相去不远。看看贵州小乡镇上任何小摊子上都可以公开的买红砒，就可知道蛊并无如何神秘可言了。但蛊在湘西却有另外一种意义，与巫，与此外少女的落洞致死，三者同源而异流，都源于人神错综，一种情绪被压抑后变态的发展。因年龄、社会地位和其他分别，穷而年老的，易成为蛊婆，三十岁左右的，易成为巫，十六岁到二十二三岁，美丽爱好而婚姻不遂的，易落洞致死。三者都以神为对象，产生一种变质女性神经病。年老而穷，怨愤郁结，取报复形式方能排泄情感，故蛊婆所作所为，即近于报复。三十岁左右，对神力极端敬信，民间传说如"七仙姐下凡"之类故事又多，结合宗教情绪与浪漫情绪而为一，因此总觉得神对她特别关心，发狂，呓语，天上地下，无往不至，必需作巫，执行人神传递愿望与意见工作，经众人承认其为神之子后，中和其情绪，狂病方不再发。年青貌美的女子，一面为戏文才子佳人故事所启发，一面由于美貌而有才情，婚姻不谐，当地武人出身中产者规矩又严，由压抑转而成为人神错综，以为被神所爱，因此死去。

　　善蛊的通称"草蛊婆"，蛊人称"放蛊"。放蛊的方法是用虫类放果物中，毒虫不外蚂蚁、蜈蚣、长蛇，就本地所有且常见的。中蛊的多小孩子，现象和通常害疳疾腹中生蛔虫差不多，腹胀人瘦，或梦见虫蛇，终于死去。病中若家人疑心是同街某妇人放的，就往去见见她，只作为随便闲话方式，客客气气的说："伯娘，我孩子害了点小病，总治不好，你知道什么小丹方，告我一个吧。小孩子怪可怜！"那妇人知道人疑心到她了，必说："那不要紧，吃点猪肝（或别的）就好了。"回家照方子一吃，果然就好了。病好的原因是"收蛊"。蛊婆的家中必异常干净，个人眼睛发红。蛊婆放蛊出于被蛊所逼迫，到相当时日必来一次。通常放一小孩子可以经过一年，放一树木（本地凡树木起瘤有蚁穴因而枯死的，多认为被放蛊死去）只抵两月，放自己孩子却可抵三年。蛊婆所住的街上，街邻照例对她都敬而远之的客气，她也就从不会对本街孩子过不去（甚至于不会对全城孩子过不去）。但某一时若迫不得已使同街孩子或城中孩子因受蛊致死，好事者激起公愤，必把这个妇人捉去，放在大六月天酷日下晒太阳，名为"晒草蛊"。或用别的更残忍方法惩治。这事官方从不过问。即或这妇人在私

157

刑中死去，也不过问。受处分的妇人，有些极口呼冤，有些又似乎以为罪有应得，默然无语。然情绪相同，即这种妇人必相信自己真有致人于死的魔力。还有些居然招供出有多少魔力，施行过多少次，某时在某处蛊死谁，某地方某大树枯树自焚也是她做的。在招供中且俨然得到一种满足的快乐。这样一来，照习惯必在毒日下晒三天，有些妇人被晒过后，病就好了，以为蛊被太阳晒过就离开了，成为一个常态的妇人。有些因此就死掉了，死后众人还以为替地方除了一害。其实呢，这种妇人与其说是罪人，不如说是疯婆子。她根本上就并无如此特别能力蛊人致命。这种妇人是一个悲剧的主角，因为她有点隐性的疯狂，致疯的原因又是穷苦而寂寞。

行巫者其所以行巫，加以分析，也有相似情形。中国其他地方巫术的执行者，同僧道相差不多，已成为一种游民懒妇谋生的职业。视个人的诈伪聪明程度，见出职业成功的多少。他的作为重在引人迷信，自己却清清楚楚。这种行巫，已完全失去了他本来性质，不会当真发疯发狂了。但凤凰情形不同。行巫术多非自愿的职业，近于"迫不得已"的差使。大多数本人平时为人必极老实忠厚，沉默寡言。常忽然发病，卧床不起，如有神附体，语音神气完全变过。或胡唱胡闹，天上地下，无所不谈。且哭笑无常，殴打自己。长日不吃，不喝，不睡觉。过三两天后，仿佛生命中有种东西，把它稳住了，因极度疲乏，要休息了，长长的睡上一天，人就清醒了。醒后对病中事竟毫无所知，别的人谈起她病中情形时，反觉十分羞愧。

可是这种狂病是有周期性的（也许还同经期有关系），约两三个月一次。每次总弄得本人十分疲乏，欲罢不能。按照习惯，只有一个方法可以治疗，就是行巫。行巫不必学习，无从传授，只设一神坛，放一平斗，斗内装满谷子，插上一把剪刀。有的什么也不用，就可正式营业。执行巫术的方式，是在神前设一座位，行巫者坐定，用青丝绸巾覆盖脸上。重在关亡，托亡魂说话，用半哼半唱方式，谈别人家事长短，儿女疾病，远行人情形。谈到伤心处，谈者涕泗横溢，听者自然更嘘泣不止。执行巫术后，已成为众人承认的神之子，女人的潜意识，因中和作用，得到解除，因此就不会再发狂病。初初执行巫术时，且照例很灵，至少有些想不到的古怪情形，说来十分巧合。因为有事前狂态作宣传，本城人知道的多，行巫近于不得已，光顾的老妇人必甚多，生意甚好。行巫虽可发财，本人通常倒不以所得多少关心，受神指定为代理人，不作巫即受惩罚，设坛近于不得已。行巫既久，自然就渐渐变成职业，使术时多做作处，世人的好奇心同时又转移到新近设坛的别一妇人方面去。这巫婆若为人老实，便因此撤了坛，依然恢复她原有的生活，或作奶妈，或做小生意，或带孩子。为人世故，就成为三姑六婆之一，利用身份，串当地有身份人家的门子，陪老太太念经，或如《红楼梦》中与赵姨娘合作同谋马道婆之流妇女，行使点小法术，埋在地下，放在枕边，使"仇人"吃亏。或更作媒作中，弄一点酬劳脚步钱。小孩子多病，命大，就拜寄她作干儿子。小孩子夜惊，就为"收黑"，用个鸡蛋，咒过一番后，黄昏时拿到街上去，一路喊小孩名字，"八宝回来了吗？"另一个就答"八宝回来了"，一直喊到家。到家后抱着孩子手蘸唾沫抹抹孩子头部，事情就算办好了。行巫的本地人称为"仙娘"。她的职务是"人鬼之间的媒介"，她的群众是妇人和孩子。她的工作真正意义是她得到社会承认是神的代理人后，狂病即不再发。当地妇女实为生活所困苦，感情无所归宿，将希望与梦想寄在她的法术上，靠她得到安慰。这种人自然间或也会点小丹方，可以治小儿夜惊，膈食。用通常眼光看来，殊不可解，用现代心理学来分析，它的产生同它在社会上的意义，都有它必然的原因。一知半解的读书人，想破除迷信，要打倒它，否认这种"先知"，正说明另一种人的"无知"。

至于落洞，实在是一种人神错综的悲剧，比上述两种妇女病更多悲剧性。地方习惯是女子在性行为方面的极端压制，成为最高的道德。这种道德观念的形成，由于军人成为地方整个的统治者。军人因职务关系，必时常离开家庭外出，在外面取得对于妇女的经验，必使这种道德观增强，方能维持他的性的独占情绪与事实。因此本地认为最丑的事无过于女子不贞，男子听妇女有外遇，妇女若无家庭任何拘束，自愿解放，毫无关系的旁人亦可把女子捉来光身游街，表示与众共弃。下面故事是另外一个最好的例。

旅长刘某某，夫人是一个女子学校毕业生，平时感情极好。有同学某女士，因同学时要好，在通信中不免常有些女孩子的感情话。信被这位军官见到后，便引起疑心。后因信中有句话语近于男子说的，"嫁了人你就把我忘了，"这位军官疑心转增独自驻防某地，有一天，忽然要马弁去接太太，并告马弁："你把太太接来，到离这里十里，一枪给我把她打死，我要死的不要活的。我要看看她还有一点热气，不同她说话。你事办得好，一切有我；事办不好，不必回来见我。"马弁当然一切照办。当真把旅长太太接来防地，到要下手时，太太一看情形不对，问马弁是什么意思。马弁就告她这是旅长的意思。太太说："我不能这样冤枉死去，你让我见他去说个明白！"马弁说："旅长命令要这么办，不然我就得死。"末了两人都哭了。太太让马弁把枪口按在心子上一枪打死了（打心子好让血往腔子里流！），轿夫快快的把这位太太抬到旅部去见旅长，旅长看看后，摸摸脸和手，看看气已绝了，不由自主淌了两滴英雄泪，要马弁看一副五百块钱的棺木，把死者装殓埋了。人一埋，事情也就完结了。

这悲剧多数人就只觉得死者可悯，因误会得到这样结果，可不觉得军官行为成为问题。倘若女的当真过去一时还有一个情人，那这种处置，在当地人看来，简直是英雄行为了。

女子在性行为所受的压制既如此严酷，一个结过婚的妇人，因家事儿女勤劳，终日织布，绩麻，作腌菜，家境好的还玩骨牌，尚可转移她的情绪不至于成为精神病。一个未出嫁的女子，尤其是一个爱美好洁，知书识字，富于情感的聪明女子，或因早熟，或因晚婚，这方面情绪上所受的压抑自然更大，容易转成病态。地方既在边区苗乡，苗族半原人的神怪观影响到一切人，形成一种绝大力量。大树、洞穴、岩石，无处无神。狐、虎、蛇、龟，无物不怪。神或怪在传说中美丑善恶不一，无不赋以人性。因人与人相互爱悦和当前道德观念极端冲突，便产生人和神怪爱悦的传说，女性在性方面的压抑情绪，方藉此得到一条出路。落洞即人神错综之一种形式。背面所隐藏的悲惨，正与表面所见出的美丽，成分相等。

凡属落洞的女子，必眼睛光亮，性情纯和，聪明而美丽。必未婚，必爱好，善修饰。平时贞静自处，情感热烈不外露，转多幻想，间或出门，即自以为某一时无意中从某处洞穴旁经过，为洞神一瞥见到，欢喜了她。因此更加爱独处，爱静坐，爱清洁，有时且会自言自语，常以为那个洞神已驾云乘虹前来看她。这个抽象的神或为传说中的相貌，或为记忆中庙宇里的偶像样子，或为常见的又为女子所畏惧的蛇虎形状。总之这个抽象对手到女人心中时，虽引起女子一点羞怯和恐惧，却必然也感到热烈而兴奋。事实上也就是一种变形的自渎。等待到家中人注意这件事情深为忧虑时，或正是病人在变态情绪中恋爱最满足时。

通常男巫的职务重在和天地，悦人神，对落洞事即付之于职权以外，不能过问。辰州符重在治大伤，对这件事也无可如何。女巫虽可请本家亡灵对于这件事表示意见，或阴魂入洞探询消息，然而结末总似乎凡属爱情，即无罪过。洞神所欲，一切人力都近于白费。虽天王佛菩萨，权力广大，人鬼同尊，亦无从为力。（迷信与实际社会互相映照，可谓相反相成。）事到末了，即是听其慢慢死去。死的迟早，都认为一切由洞神作主。事实上有一半近于女子自己作主。死时女子必觉得洞神已派人前来迎接她，或觉得洞神亲自换了新衣骑了白马来接她，耳中有箫鼓竞奏，眼睛发光，脸色发红，间或在肉体上放散一种奇异香味，含笑死去。死时且显得神气清明，美艳照人。真如诗人所说："她在恋爱之中，含笑死去。"家中人多泪眼莹然相向，无可奈何。只以为女儿被神所眷爱致死。料不到女儿因在人间无可爱悦，却爱上了神，在人神恋与自我恋情形中消耗其如花生命，终于衰弱死去。

女子落洞致死的年龄，迟早不等，大致在十六到二十四五左右。病的久暂也不一，大致由两年到五年。落洞女子最正当的治疗是结婚，一种正常美满的婚姻，必然可以把女子从这种可怜的生活中救出。可是照习惯这种为神眷顾的女子，是无人愿意接回家中作媳妇的。家中人更想不到结婚是一种最好的法术和药物。因此末了终是一死。

湘西女性在三种阶段的年龄中，产生蛊婆女巫和落洞女子。三种女性的歇思底里亚，就形成湘西的神秘之一部分。这神秘背后隐藏了动人的悲剧，同时也隐藏了动人的诗。至如辰州符，在伤科方面用催眠术和当地效力强不知名草药相辅为治，男巫用广大的戏剧场面，在一年将尽的十冬腊月，杀猪宰羊，击鼓鸣锣，来作人神和乐的工作，集收人民的宗教情绪和浪漫情绪，比较起来，就见得事很平常，不足为异了。

浪漫情绪和宗教情绪两者混而为一，在女子方面，它的排泄方式，有如上所述说的种种。在男子方面，则自然而然成为游侠者精神。这从游侠者的规律所表现的宗教性和戏剧性也可看出。妇女道德的形成，与游侠者的道德观大有关系。游侠者对同性同道称哥唤弟，彼此不分。故对于同道眷属亦视为家中人，呼为嫂子。

子弟儿郎们照规矩与嫂子一床同宿，亦无所忌。但条款必遵守，即"只许开弓，不许放箭"。条款意思就是同住无妨，然不能发生关系。若发生关系，即为犯条款，必受严重处分。这种处分仪式，实充满宗教性和戏剧性。下面一件记载，是一个好例。这故事是一个参加过这种仪式的朋友说的。

在野地排三十六张方桌（象征梁山三十六天罡），用八张方桌重叠为一个高台，桌前掘个一丈八尺见方的土坑，用三十六把尖刀竖立坑中，刀锋向上，疏密不一。预先用浮土掩着，刀尖不外露。所有弟兄哥子都全副戎装到场，当时流行的装束是：青绉绸巾裹头，视耳边下垂巾角长短表示身份。穿纸甲，用棉纸捶炼而成，中夹头发，作成背心式样，轻而柔韧，可以避刀刃。外穿密钮打衣，袖小而紧。佩平时所长武器，多单刀双刀，小牛皮刀鞘上绘有绿云红云，刀环上系彩绸，作为装饰。着青裤，裹腿，腿部必插两把黄鳝尾小尖刀。赤脚，穿麻练鞋。桌上排定酒盏，燃好香烛，发言的必先吃血酒盟心。（或咬一公鸡头，将鸡血滴入酒中，或咬破手指，将本人血滴入酒中。）"管事"将事由说明，请众议处。事情是一个作大哥的嫂子有被某"老幺"调戏嫌疑，老幺犯了某条某款。女子年青而貌美，长眉弱肩，身材窈窕，眼光如星子流转。男的不过二十岁左右，黑脸长身，眉目英悍。管事把事由说完后，女子继即陈述经过，那青年男子在旁沉默不语。此后轮到青年开口时，就说一切都出于诬蔑。至于为什么诬蔑，他不便说，嫂子应当清清楚楚。那意思就是说嫂子对他有心，他无意。既经否认，各执一说，"执法"无从执行处分，因此照规矩决之于神。青年男子把麻鞋脱去，把衣甲脱去，光身赤脚爬上那八张方桌顶上去。毫无惧容，理直气壮，奋身向土坑跃下。出坑时，全身丝毫无伤。照规矩即已证实心地光明，一切出于受诬。其时女子头已低下，脸色惨白，知道自己命运不佳，业已失败，不能逃脱。那大哥揪着女的发髻，跪到神桌边去，问她："还有什么话说？"女的说："没有什么说的。冤有头，债有主。凡事天知道。"引颈受戮，不求饶也不狡辩，一切沉默。这大哥看看四面八方，无一个人有所表示，于是拔出背上军刀，一刀结果了这个因爱那小兄弟不遂心，反诬他调戏的女子。头放在神桌前，眉目下垂如熟睡。一伙哥子弟兄见事已完，把尸身拖到原来那个土坑里去，用刀掘土，把尸身掩埋了。那个大哥和那个幺兄弟，在情绪上一定都需要流一点眼泪，但身份上的习惯，却不许一个男子为妇人显出弱点，都默默无言，各自走开。

　　类乎这种事情还很多。都是浪漫与严肃，美丽与残忍，爱与怨交缚不可分。

　　游侠者行径在当地也另成一种风格，与国内近代化的青红帮稍稍不同。重在为友报仇，扶弱锄强，挥金如土，有诺必践。尊重读书人，敬事同乡长老。换言之，就是还能保存一点古风。有些人虽能在川黔湘鄂边境数省号召数千人集会，在本乡却谦虚纯良，犹如一乡巴佬。有兵役的且依然按时入衙署当值，听候差遣作小事情，凡事照常。赌博时用小铜钱三枚跌地，名为"板三"，看反复、数目，决定胜负，一反手间即输黄牛一头，银元一百两百，输后不以为意，扬长而去，从无翻悔放赖情事。决斗时两人用分量相等武器，一人对付一人，虽亲兄弟只能袖手旁观，不许帮忙，仇敌受伤倒下后，即不继续填刀，否则就被人笑话，失去英雄本色，虽胜不武。犯条款时自己处罚自己，割手截脚，脸不变色，口不出声。总之，游侠观念纯是古典的，行为是与太史公所述相去不远的。二十年闻名于川黔湘鄂各边区凤凰人田三怒，可为这种游侠者一个典型。年纪不到十岁，看木傀儡戏时，就携一血梣木短棒，在戏场中向屯垦军子弟不端重的横蛮的挑衅，或把人痛殴一顿，或反而被人打得头破血流，不以为意。十二岁就身怀黄鳝尾小刀，称"小老么"，二江四海口诀背诵如流。家中老父开米粉馆，凡小朋友照顾的，一例招待，从不接钱。十五岁就为友报仇，走七百里路到常德府去杀一木客镖手，因听人说这个镖手在沅州有意调戏一个妇人，曾用手触过妇人的乳部，这少年就把镖手的双手砍下，带到沅州去送给那朋友。年纪二十岁，已称"龙头大哥"，名闻边境各处。然在本地每日抱大公鸡往米场斗鸡时，一见长辈或教学先生，必侧身在墙边让路，见女人必低头而过，见作小生意老妇人，必叫伯母，见人相争相吵，必心平气和劝解，且用笑话使大事化为小事。周济逢丧事的孤寡，从不出名露面。各庙宇和尚尼姑行为有不正当的，恐败坏当地风俗，必在短期中想方法把这种不守清规的法门弟子逐出境外。作龙头后身边子弟甚多，龙蛇不一，凡有调戏良家妇女，或赌博撒赖，或倚势强夺，经人告诉的，必招来把事情问明白，照条款处办。执法老么，被派往六百里外杀人，随时动员，如期带回证据。结怨甚多，积德亦多。身体瘦黑而小，秀弱如一小学教员，不相识的绝不会相信这是湘西一霸。

　　光棍服软不服硬，白羊岭有一张姓汉子，出门远走云贵二十年，回家时与人谈天，问："本地近来谁有名？"或人说："田三怒。"姓张的稍露出轻视神气："田三怒不是正街卖粉的田家小儿子？"当夜就有人去叫张家的门，在门外招呼说："姓张的，你明天天亮以前走路，不要在这个地方住。不走路后天我们送你回老家。"姓张的不以为意，可是到后天大清早，有人发现他在一个桥头上斜坐着，走近身看看，原来两把刀插在心窝上，人已经死了。另外有个姓王的，卖牛肉讨生活，过节喝了点酒，酒后忘形，当街大骂田三怒不是东西，若有勇气，可以当街和他比比。正闹着，田三怒却从街上过身，一切听得清清楚楚。事后有人赶去告给那醉汉的母亲，老妇人听说吓慌了，赶忙去找他，哭哭啼啼，求他不要见怪。并说只有这个儿子，儿子一死，自己老命也完了。田三怒只是笑，说："伯母，这是小事情，他喝了酒，乱说玩的。我不会生他的气。谁也不敢挨他，你放心。"事后果然不再追究。还送了老妇人一笔钱，要那儿子开个面馆。

　　田三怒四十岁后，已豪气稍衰，厌倦了风云，把兄弟遣散，洗了手，在家里养马种花过日子。间或骑了马下乡去赶场，买几只斗鸡，或携细尾狗，带长网去草泽地打野鸡，逐鹌鹑，猎猎野猪，人料不到这就是十年前在川黔边境增加了凤凰人光荣的英雄田三怒。本人也似乎忘记自己作了些什么事。一天下午，牵了他那两匹骏健白马出城下河去洗马。城头上有两个懦夫居高临下，用两支匣子炮由他身背后打了约十三发子弹，有两粒子弹打在后颈上，五粒打在腰背上。两匹白马受惊，脱了缰沿城根狂奔而去。老英雄受暗算后，伏在水边石头上，勉强翻过身来，从怀中掏出小勃朗宁拿在手上，默然无声。他知道等等就会有人出城来的。不一会，懦夫之一果然提着匣子炮出城来了，到离身三丈左右时，老英雄手一扬起，枪声响处那懦夫倒下，子弹从左眼进去，即刻死了。城头上那个懦夫在隐蔽处重新打了五枪。田三怒教训他："狗杂种，你做的事丢了镇筸人的丑。在暗中射冷箭，不像个男子。你怎不下来？"懦夫不作声。原来城上来了另外的人，这行刺的就跑了。田三怒知道自己不济事了，在自己太阳穴上打了一枪，便如此完结了自己，也完结了当地最后一个游侠者。

派人作这件事情的，到后才知道是一个姓唐的。这个人也可称为苗乡一霸，辛亥革命领率苗民万人攻城，牺牲苗民将近六千人，北伐时随军下长江，曾任徐海警备司令。卸职还乡后称"司令官"，在离城十里长宁哨新房子中居家纳福。事有凑巧，作了这件事后，过后数年，这人居然被一个驻军团长，不知天高地厚，把他捉来放在牢里，到知道这事不妥时，人已病死狱中了。

田三怒子弟极多，十年来或因年事渐长，血气已衰，改业为正经规矩商人。或带剑从军，参加各种内战，牺牲死去。或因犯案离乡，漂流无踪。在日月交替中，地方人物新陈代谢，风俗习惯日有不同。因此到近年来，游侠者精神虽未绝，所有方式已大大有了变化。在那万山环绕的小小石头城中，田三怒的姓名，已逐渐为人忘却，少年子弟中有从图书杂志上知道"飞将军"，"小黑炭"，"美人鱼"等人的事业，却不知道田三怒是谁。

当年田三怒得力助手之一，到如今还好好存在，为人依然豪侠好客，待友以义，在苗民中称领袖，这人就是去年使湘西发生问题，迫何键去职，使湖南政治得一转机的龙云飞。二十年前眼目精悍，手脚麻利，勇敢如豹子，轻捷如猿猴，身体由城墙头倒掷而下，落地时尚能作矮马桩姿势。在街头与人决斗，杀人后下河边去洗手时，从从容容如毫不在意。现在虽尚精神矍铄，面目光润，但已白发临头，谦和宽厚如一长者。回首昔日，不免有英雄老去之慨！

这种游侠者精神既浸透了三厅子弟的脑子，所以在本地读书人观念上也发生影响。军人政治家，当前负责收拾湘西的陈老先生，年过六十，体气精神，犹如三十许青年壮健，平时律己之严，驭下之宽，以及处世接物，带兵从政，就大有游侠者风度。少壮军官中，如师长顾家齐、戴季韬辈，虽受近代化训练，面目文弱和易如大学生，精神上多因游侠者的遗风，勇骛慓悍，好客喜弄，如太史公传记中人。诗人田星六，诗中就充满游侠者霸气。山高水急，地苦雾多，为本地人性格形成之另一面。游侠者精神的浸润，产生过去，且将形成未来。

169

杂　谈[a]

（中国人长于什么？是很多礼貌。）

中国人，不善于"幽默"，有吾家博士说过，还有其他人也说过。

倘若是人人真的莽撞直率，也不算顶无趣吧。

可惜者是倒并不如此。

中国人长于什么？是很多礼貌。"凡事不负责"，"走小路"，种种形成其他为君子。中国的君子，真不少！在新的时代下生存的又有新的君子，不很有人注意过。但这类君子，无往而不宜，"和气"，"亲密"，"忠厚"，颇为世所喜。

有人研究新的道德者，可师法这新君子。

在友中，我曾在心上深深佩服有着几个人。

面上若北京城铺子中人物，常是笑容可掬，似乎到处全可以同人拜把，心则很不易观察。

---

a　原载一九二八年一月九日《晨报副刊》第二一七二号，署名自宽。

到人面前说着各样颇易于动听的话，回头又恨之若不难于生食其人之肉者，是这类新君子伎俩。此不过伎俩之一种而已，其余还很多。

欲骂一个人，又不敢，则在另一件事向另一人说，这又是一种颇好本事。毁人于有意而无形中，自己不失为君子，聪明哉。从这事上可以见我们民族的礼貌是怎样的可贵可爱（？）！

这礼貌也可以说是幽默吧。

在文学的界域里，也有这类同样的情形。

卑卑不足道者多数是于自己无关。到自己——假说一个小小比喻吧——要人帮忙，礼貌出来了。

我是那么常常想：中国人，若果是人人都带一种大憨子脾气，大家真能在他兴味上说出那衷心欲说的话语，看看我们的文艺批评情形将成什么现象！可以说者，因"礼貌"而默默，不必说的又因"礼貌"而也得吹吹：结果成了今日的样子。讲礼貌，凡事明利害，在一种全为礼貌支配下的社会情形中，一些人就自然而然成了一种中心人物了。

在另一种事业上可以证明这礼貌之不可缺者是作画的人怎么就能成名。此时中国的人欲作艺术家或文学家么？你去先把生活的艺术学成，再来动手作作你的事业吧。你能活动于某一种阶级间，这所靠的武艺并不是真的某种艺术。这年头谁要真纯艺术干吗？所谓有礼貌的世界者，乃把一切维持到一种不很忠实的"面子"下头之谓：懂怎样去使人顾全到你的"面子"，不拘欲作什

171

么都很容易了。

看看我们近来的画家，有那个专心一意去作颜色生涯忽略了待人接物而能悠然活着下来的么？活且不让，还可以给社会同情么？

因习惯，大家似乎都学得聪明伶俐可爱，发现憨人就互相告语。憨人不太多，又似乎常常使这类君子感到寂寞了。

憎着这人这事这时代，不敢明于评论，因此便以为忘了利害去说的人是憨子，君子本色固如是矣。爱人不算是丑事，但倘若有人说到某某人可爱，这情形若为新君子所知者，更有嘲笑！这仿佛是本人如何有识而笑着的人是如何卑鄙浅陋的样子，故笑之若不足，犹可以于茶余饭后作谈助。这世界，实应在各人身上讲求趋吉避凶法子的世界，勇于自表者便是呆子，多么可笑呵！

君子的"笑""骂"，是我在许多地方就领略过了。为这事只有痛心。然而我一面为我中国聪明人的举目皆是以为可贺。

外国人这时不正有许多在说俄国人是疯子而夸奖黄色人讲礼貌么？

中国人的病 [a]

（对一切事皆有从死里求生的精神，对病人狂人永远取不合作态度。）

国际上流行一句对中国很不好的批评："中国人极自私。"凡属中国人民一分子，皆分担了这句话的侮辱与损害。办外交，做生意，为这句话也增加了不少麻烦，吃了许多亏！否认这句话需要勇气。因为你个人即或是个不折不扣的君子，且试看看这个国家做官的，办事的，拿笔的，开铺子作生意的，就会明白自私的现象，的确处处可以见到。它的存在原是事实。它是多数中国人一种共通的毛病。

一个自私的人注意权利时容易忘却义务，凡事对于他个人有点小小利益，为了攫取这点利益，就把人与人之间应有的那种谦退，牺牲，为团体谋幸福，力持正义的精神完全疏忽了。

一个自私的人照例是不会爱国的。国家弄得那么糟，同它当然大有关系。

国民自私心的扩张，有种种原因，其中极可注意的一点，恐怕还是过去的道德哲学不健全。时代变化了，支持新社会得用一

173

---

a 原载一九三五年六月十日《水星》第二卷第三期，署名沈从文。

个新思想。若所用的依然是那个旧东西，便得修正它，改造它。

支配中国两千年来的儒家人生哲学，它的理论可以说是完全建立于"不自私"上面。话皆说得美丽而典雅。主要意思却注重在人民"尊帝王""信天命"，故历来为君临天下帝王的法宝。末世帝王常利用它，新起帝王也利用它。然而这种哲学实在同"人性"容易发生冲突。精神上它很高尚，实用上它有问题。它指明作人的许多"义务"，却不大提及他们的"权利"。一切义务仿佛都是必需的，权利则完全出于帝王以及天上神佛的恩惠。中国人读书，就在承认这个法则，接受这种观念。读书人虽很多，谁也就不敢那么想："我如今作了多少事，应当得多少钱。"若当真有人那么想，这人纵不算叛逆，同疯子也只相差一间。再不然，他就是"市侩"了。在一种"帝王神仙""臣仆信士"对立的社会组织下，国民虽容易统治，同时就失去了它的创造性与独立性。平时看不出它的坏处，一到内忧外患逼来，国家政治组织不健全，空洞教训束缚不住人心时，国民道德便自然会堕落起来，亡国以前各人分途努力促成亡国的趋势，亡国以后又老老实实同作新朝的顺民。历史上作国民的既只有义务，以尽义务引起帝王鬼神注意，借此获取天禄人爵。待到那个能够荣辱人类的偶像权威倒下，鬼神迷信又渐归消灭的今日，自我意识初次得到抬头的机会，"不知国家，只顾自己"，岂不是当然的结果？

目前注意这个现象的很有些人。或悲观消极，念佛诵经了此残生。或奋笔挥毫，痛骂国民不知爱国。念佛诵经的不用提，奋笔挥毫的行为，其实又何补于世？不让作国民的感觉"国"是他们自己的，不让他们明白一个"人"活下来有多少权利，——不让他们了解爱国也是权利！思想家与统治者，只责备年轻人，困辱年轻人，俨然还希望无饭吃的因为怕雷打就不偷人东西，还以为一本《孝经》就可以治理天下，在上者那么胡涂，国家从那里可望好起？

事实上国民毛病在旧观念不能应付新世界，因此一团糟。目前最需要的，还是应当从政治、经济、教育、文学各方面共同努力，用一种新方法造成一种新国民所必需的新观念。使人人乐于为国家尽义务，且使每人皆可以有机会得到一个"人"的各种权利。合于"人权"的自私心扩张，并不是什么坏事情，它实在是一切现代文明的种子。一个国家多数国民能"自由思索，自由研究，自由创造"，自然比一个国家多数国民皆"蠢如鹿豕，愚妄迷信，毫无知识"，靠君王恩赏神佛保佑过日子有用多了。

自私原有许多种。有贪赃纳贿不能忠于职务的，有爱小便宜的，有懒惰的，有作汉奸因缘为利，贩卖仇货企图发财。这皆显而易见。如今还有种"读书人"，保有一个邻于愚昧与偏执的感情，徒然迷信过去，美其名为"爱国"；煽扬迷信，美其名为"复古"。国事之不可为，虽明明白白为近四十年来社会变动的当然结果，这种人却胡胡涂涂，徒卸责于白话文，以为学校中一读古书即可安内攘外；或委罪于年轻人的头发帽子，以为能干涉他们这些细小事情就可望天下太平。这种人在情绪思想方面，与三十年前的义和拳文武相对照，可以见出它的共通点所在。因种种关系，他们却很容易使地方当权执政者，误认为捧场行为，与爱国行为，利用这种老年人的种种计策来困辱青年人。这种读书人俨然害神经错乱症，比起一切自私者还危险。这种少数人的病比多数人的病更值得注意。

真的爱国救国不是"盲目复古"，而是"善于学新"。目前所需要的国民，已不是搬大砖筑长城那种国民，却是知独立自尊，宜拼命学好也会拼命学好的国民。有这种国民，国家方能存在，缺少这种国民，国家决不能侥幸存在。俗话说："要得好，须学好。"在工业技术方面，我们皆明白学祖宗不如学邻舍，其实政治何尝不是一种技术？

倘若我们是个还想活五十年的年青人，而且希望比我们更年轻的国民也仍然还有机会在这块土地上活下去，我以为——

第一，我们应肯定帝王神佛与臣仆信士对立的人生观，是使国家衰弱民族堕落的直接因素。（这是病因。）

第二，我们应认识清楚凡用老办法开倒车，想使历史回头的，这些人皆有意无意在那里作胡涂事，所作的事皆只能增加国民的愚昧与堕落，没有一样好处。（走方郎中的医方不对。）

第三，我们应明白凡迷恋过去，不知注意将来，或对国事消极悲观，领导国民从事念佛敬神的，皆是精神身体两不健康的病人狂人。（这些人同巫师一样，不同处只是巫师是因为要弄饭吃装病装狂，这些人是因为有饭吃故变成病人狂人。）

第四，我们应明白一个"人"的权利，向社会争取这种权利，且拥护那些有勇气努力争取正当权利的国民行为。应明白一个"人"的义务是什么，对做人的义务发生热烈的兴味，勇于去担当义务。（要把依赖性看作十分可羞，把懒惰同身心衰弱看成极不道德。要有自信心，忍劳耐苦不在乎，对一切事皆有从死里求生的精神，对病人狂人永远取不合作态度。这才是救国家同时救自己的简要药方。）

真俗人和假道学 ^a

（社会的组织，说不定倒是要一群不折不扣的俗人来努力。）

朋友某教授，最近作篇文章，那么说："世有俗子，尊敬艺术，收集骨董，以附庸风雅"，觉得情形幽默，十分可笑。我的意见稍觉不同，倒以为这种人还可爱。"风雅"是什么，或许还得有风雅知识或有风雅意识的人来赞美诅咒。风雅的真假，也不容易说明，我想来谈谈俗事。俗似乎也有真假区别，李逵可爱，贾瑞就不怎么可爱；我们欢喜同一个农夫或一个屠户谈家常，谈生意，可不大乐意同一个什么委员谈民间疾苦。何以故？前者真，后者假。所以我认为俗人尊重艺术，收集骨董，附庸风雅，也有他的可爱处。倘若正当生于中国长于中国的艺术家不知中国艺术为何物，眼光小，趣味窄，见解偏，性情劣到无可形容时节，凡艺术家应作而不作的事，有俗人来附庸风雅，这人虽是李逵，是贾瑞，是造假货的市侩，是私挖坟墓的委员，总依然十分的可爱。为的是艺术品虽不能在艺术家手中发扬光大，还可望在这种人嗜好热心中聚积保存。这还是就假俗人不甘协俗附庸风雅者而言。

178

---

a　原载一九三九年五月十五日《中央日报·平明》第一期，署名沈从文。

至于真俗人，他自己并不以俗为讳，明本分，重本业，虽不曾读过万卷书，使得心窍玲珑，却对于美具有一种本能的爱好，颜色与声音，点线或体积，凡所以能供其直觉感受愉快的，他都一例爱好，因爱好引起关心，能力所及，机会所许，因之对于凡所关心的事事物物，都给以更深一层注意。或收积同类加以比较，或搜罗异样综合分析，总而言之，就是他能从古今百工技艺，超势利，道德，是非，和所谓身份界限而制作产生的具体小东小西，来认识美之所以为美。这种艺术品既放宽了他的眼睛，也就放宽了他的心胸。说话回来，他将依然俗气，是个不折不扣的俗人。他或许因此一来还更拥护俗气。他不必冒充风雅，正因为美若是一种道德，这道德固不仅仅在几卷书本中，不仅仅在道学，风雅，以及都会客厅，大学讲座中，实无往不存在，实无往不可以发现，实无往不可以给他教育和启迪，使他做一个生命充满了光辉和力量的"人"！他将更广泛的接近这个世界，理解人生。他即或一字不识，缺少文明人礼貌与风仪，一月不理发，半年不祷告，不出席时事座谈会，不懂维他命，终其一生做木匠，裁缝，还依然是个十分可爱的人。很可惜的是这种俗人并不多，世界上多的倒是另外一种人。

与这种人行为性情完全相反，在都市中随处可以遇见的，是"假道学"。这种人终生努力求"可敬"。这种人的特点是生活空空洞洞，行为装模作样。这特点从戏剧文学观点来欣赏，也自然有他的可爱处。不幸他本人一切行为，一切努力，都重在求人"尊敬"，得人"重视"，一点点可爱处，自己倒首先放弃了。这种人毛病就是读了许多书籍，书籍的分量虽不曾压断脊骨，却毁坏了性情。表现他的有病是对鬼神传说尚多迷信，对人生现象毫无热情。处世某种宽容的道德，与做学问慎重勤勉处，都为的是可以使他生活在道德的自足情绪中与受社会重视意识中。他本来是懒惰麻木，常容易令人误以为持重老成。他本来自私怕事，又令人误以为有分寸不苟且。他的架子虽大，灵魂却异常小。他凡事敷敷衍衍，无理想，更无实际任何欲望的能力，在他们自己说来是明道守分。他的道是"生活一成不变"，他的分是"保全首领以终老"。他也害病找医生，捐款给抗敌会，参加团体宴会……他爱名誉，为的是名誉是他生命中最重要的装饰。他间或不免作点伪，用来增加他的名誉。他从自己从别人看来都是有道德的，为的是在道德生活中他身心异常安全。

他貌若嫉恶如仇，在众人广座中尤其善于表现。他凡事力持"正义"，俨然是正义的维持者。

他若是个女人，常被人称为模范母亲，十分快乐。这种快乐情绪一加分析，就可知尤以"贞节"成分最多。贞节能与美丽结合为一本极难得，至少比淫荡和美丽结合更见动人。不幸这种贞洁居多却与老丑结合为一（俨如上帝造人，十分公正，失去此者可望得之于彼，许多女子不能由美丽上得到幸福，却可由贞节意义上得到自足！）虽然事多例外，有些上帝派定的模范人，依然乐于在客厅中收容三五俗汉，说说笑话，转述一点不实不尽属于私人的谣言，事事依然是"道德"的，很安全，很愉快。若他是个绅士，便在人前打趣打趣，装憨，装粗率，装事不经心，用为侍奉女子张本。他也依然是"道德"的，很安全，很愉快。

另有种年青男子，年纪较轻，野心甚大，求便于欲望实现，于是各以担负新道德自命。力所不及，继以作伪。貌作刚强，中心虚怯，貌若热忱，实无所谓。在朝则如张天翼所写华威先生，在野则如鲁迅所写阿Q。另有种年青女人，袭先人之余荫，受过大学教育，父母精神如《颜氏家训》所谓欲儿女学鲜卑语，弹琵琶，以之服侍公卿，得人怜爱。鲜卑语今既不可学，本人即以能说外国语如洋人为自足。力尚时髦，常将头发蜷曲，着短袖衣，半高跟鞋，敷厚粉浓朱，如此努力用心，虽劳不怨，然而一身痴肉，一脸呆相，虽为天弃，不甘自弃。或一时搔首弄姿，自作多情，或一时目不邪视，贞节如石头。两者行为不同，精神如一：即自觉已受新教育，有思想，要解放，知爱美！凡此种种，常不免令人对上帝起幽默感。好像真有一造物主，特为装点这个人生戏场，到处放一新式傻大姐，说傻话，作傻事，一举一动，无不令人难受，哭笑不得。这种人应当名为"新的假道学"。

假道学的社会纠纷多，问题多，就因为新旧假道学虽同样虚伪少人性，多做作，然而两者出发点不同，结论亦异。所为新式论客说法，这名为"矛盾"，为"争斗"。解放这矛盾争斗并无何等好方法，只有时间可以调处。时间将改变一切，重造一切。

未来事不能预言，惟可以用常理想象，就是老式假道学必然日将消灭，以维持道统自命的作风不能不变，重新做人。这从一部分先生们四十以后力学时髦，放他那一双精神上小脚时的行为可以看出，新式假道学又必将从战争上学得一些新说明，来热热闹闹度过他由二十岁到三十五岁一段生涯。文化或文明，从表面上看，是这些读书人在维持，在享受，余人无分。可是真正异常深刻的看明白这个社会的一切，或用笔墨或用行动来改造，来建设活人的观念，社会的组织，说不定倒是要一群不折不扣的俗人来努力。

真俗人不易得，假俗人也不怎么多，这或者正说出了数年前有人提出的那一个问题，"为什么中国无伟大文学作品产生？"伟大文学作品条件必贴近人生，透澈了解人生。用直率而单纯的心与眼，从一切生活中生活过来的人，才有希望写作这种作品。世上多雅人，多假道学，多蜻蜓点水的生活法，多情感被阉割的人生观，多轻微妒嫉，多无根传说，大多数人的生命如一堆牛粪，在无热无光中慢慢的燃烧，且都安于这种燃烧形式，不以为异。如不相信，随意看看我们身边人事，就明白过半了。我们当前的问题，倒是上层分子俗人少，用闷劲与朴实的人生观来处世，为人，服务的俗人太少，结果什么都说不上。多有几个仿佛极俗的作家，肯三十年一成不变，继续做他的事业，情形会不同多了。

谈保守 [a]

（敢对传统怀疑，且能引起多数人疑其所当疑，将保守与迷信分离。）

一提"保守"很容易想起英国。多数人都觉得英国以保守著名的。社会组织上，个人性格上，给人的印象，都仿佛比任何国家任何民族富于保守性。同时且觉得这种"守成"与"照旧"成就了英国的伟大，正如现代的德、意、苏联，其他国家用"违反传统"所能成就的一样。帝国商务的推进，领土的维持，是由保守成功的。但有一点我们容易疏忽处，英国人对于支持传统虽十分注意，正因为支持传统，举凡一切进步的技术，可并不轻视。他保守，在工业上却不落后，在武备上也不落后，在人事管理上也不落后。保守毫不妨碍它的进步，且从不因保守而排斥进步理想。它的保守是有条件的，经过选择的。

中国也富于保守性，好些场合中国人且以此自夸。可是这种"守成"与"照旧"，却招来外侮与内患。孙中山先生明白贫弱与愚是中国民族的病根，想把这个民族振作起来，在应付人事道德上固然有条件保留些旧有东西，在谋生存技术上却极

---

a　原载一九三八年七月《新动向》第一卷第二期，署名沈从文。

力讲求进步。因此对于政治组织与富国计划中，费了数十万文字来说明。孙先生死后，国民都觉得他的人格伟大而识见深远。不过这种敬仰仿佛是一回事，个人愚而自私又另是一回事。换言之，就是敬仰他的从不学习他，摹仿他。正因为若干人依然还是愚而自私，通常且以能保守自誉自慰。当政者则用保守为一种政略，支持其现成权利，家道小康的中层阶级，血气既衰，毫无远志，亦乐于一种道德的自足与安全中打发日子。一切进步既包含变革，一种由不合理转为合理的变革，对于个人权利，凡在保守中用不正当方式取得者，如贪污，对于个人义务，凡在保守中用不正当方式规避者，如门阀，社会若进步，即不免失去其保障。因此一来，"进步"便成为多数人惶恐与厌恶名辞。这些人惧怕进步，生存态度即极端妨碍进步。对进步惶恐与厌恶，因之诅咒它，诋毁它，盲目耗费力量极多。倘如把这点抵制进步的力量转移到另一相反方面去，中国便不会像当前情形了。试从中国两年近事取例：山东的韩复榘，妄想用一部《施工案》统治一省，用极端保守方式支持他的政权，不知国家为何物，结果战争一起，局面一变，组织崩溃，误国殃民，自身不保。广西的李、白两人，眼光较远大，凡事知从大处看，肯从大处注意，对内政建设一切用近代技术处理，抗战期中，成绩昭著，足为全国模范。保守与进步不同处，它的得失，从上述两例，即可明白了然。

对保守情绪作进一步观察，我们便知道它原来与"迷信"有关，同发源人类的自私与无知，鲁滨孙在他的《心理的改造》一书中认为这是人类蛮性之遗留。他说：

> 研究原始人生活特质的人，往往惊讶其根深蒂固的保守性，不必要的束缚个人自由和绝望的惯例。人类和普通植物一样，每易一代一代因循下去，其生活与祖先生活无异。必有强烈的经验逼迫着他们，方能使其有所变革，并且每易藉端回复到旧习惯。因为旧习惯比较简单粗陋而自然——总之，更与他们的本性和原始性相近。现在的人往往以他的保守主义自骄，以为人类是天生好乱的动物，幸有远见保守派所阻遏，而不知正与事理相背驰。殊不知人类天生是保守的，好作茧自缚，阻挠变革，畏怖变革，致使他们自生存以来，差不多全部时期处于一种原始状态中，而至今犹有人在这种近代社会中，维持各种野蛮的习惯。所以根据什么主张或什么教条的保守家，在态度上是毫无疑义的原始人。这种人进步的地方，只在他能够为保持旧心境随时举出若干好理由来罢了。

这位先生谈的是世界人类问题，针对的是从支配世界顽固保守者、强权者，所以说到进步，他还以为只要这些人观念上能有所变革，人类就幸福多了。他说的虽是世界，拿来给中国人看倒也有一二点似乎很相似处。他的希望，是人们对于自身行为及其观念上的改变，以为只要观念一改，国家的夸大，种族的仇视，政治的腐败，以及一切缺点，必都可望降低至危险点以下。

困难或许是观念的改变。所以斯多噶派的古谚说：人们感受的痛苦，实起因于他们对事物的意见，而非由于事物本身。我们国人的弱点，也很可说正是做人的意见不大高明。

社会由于私与愚而来的保守家到处存在，他们的意见成为社会的意见。所以三十年来的中国，在物质方面，虽可从沿海各地工商业物品竞争摹仿上，见出一点进步，在负责者作公民的态度上，情形就令人怀疑。尤其是一种顽固保守家，经过一度化装，在新的社会组织里成为中坚以后，因对于任何进步理想都难于适应，感到惶恐，对进步特殊仇视，"进步"在中国更容易成为一个不祥的名辞。

人类天性是易于轻信，且容易为先人印象所迷惑，受因习惯例所束缚的。尤其是中国这种社会，至今还充满了鬼神的迷信，大多数读书人还在圆光，算命，念佛，打坐，求神，许愿种种老玩意儿中过日子。大多数人都习惯将生命交给不可知的运与数，或在贿赂，阿谀交换中支持他的地位，发展他的事业。从这么一种社会组织中，我们对于进步实无希望可言。

年青人都渴望进步，一切进步不能凭空而来。譬如种树，必有其生根处。统治者便于治理，中产者便于维持，薪水阶级便于生活，守常成为当然的趋势。进步种子放在守常土壤中，即生根发芽，生长得也实在太慢了。这事从中国教育即可看出。普通教育的目的，应侧重在养成大多数良好公民的人格和知识。一个人对于国家得到公民权利以前，先知所以尽国民义务。爱国家，知大体。对职务责任不马虎苟且，处世做人时知自重自爱。

不幸之至，教育收成正恰得其反。中国农民中固有的朴厚，刚直，守正义而不贪取非分所当得种种品德，已一扫而光。代替这种性格而来的特点是虚伪与油滑：虚伪以对上，就成为面谀。貌作恭顺虔敬，其实无事不敷衍做作，毫不认真。油滑以驭下，则成为无数以利分合的小团体竞争。有一点相同，即上下一致将无知平民当作升官发财对象，切实奉行老子所谓"圣人不仁以百姓为刍狗"格言。三十年来的新教育，成就了少数专家学者，同时便成就了多数这种坏人。受教育者有许多尚不知公民道德为何物，尚不配称为良好公民，却居然成为社会负责者。这些人堕落了国家的地位，民族的人格，自己还不明白。因为社会上这类人占有相当多数，所以一切使民族向上的名辞，都失去了良好的反应，不是变得毫无意义，就是变得非常可怕。一切使国家进步的事实，都认为不足重视。全个社会在这种"混下去"的情形下听其自然推迁，不特个人事情付之命运，国家民族问题也同样付之命运。即以少数优秀知识分子而论，其中自然不乏远见者，明白如此混，混不下去。但结果亦不免有宿命观趋势中付之一叹，或怀抱一种不合作傲世离俗情绪，沉默无声。毫无勇气和信心，以为人类的事既有错误，尚可由人手来重新安排，使之渐渐合理。顺天委命的人生观，正说明过去教育有一根本缺点，即是：只教他们如何读书，从不教他们如何作人。

昔人说："我们由怀疑而生问题，从事搜求则可得真理。"

当前四十岁以上的中国人，追求真理毫无兴味，对"真理"两字，似乎已看得十分平淡，无希望可以兴奋其神经。大多数人对眼边事从不怀疑，少数人更不敢怀疑。"疑"既不能在生命上成为一种动力，"信"亦不能成为生命上一种动力。凡由疑与信两方面刺激人影响人的能力，在四十岁以上的人，似乎因种种相对力量在经验上活动，活动结果是相互抵消，因之产生一种主义，就是无可救药的个人主义。这种自私为己精神用积极方式出现，则表现于公务人员纳贿贪赃作为上，用消极方式出现，则表现于知识分子独善其身苟全乱世生活态度上。所以由怀疑而发现真理，求人类理知抬头，对迷信与惰性作战，取得胜利，把这类事希望四十岁以上的人，无可希望。

五四运动之起，可说是少数四十岁以上的读书人，与多数年青人，对于中国人"顺天委命"行为之抗议，以及"重新做人"之觉醒。伴同五四而来的新文学运动，便是这种抗议与自觉的表现。拿笔的多有用真理教育他人的意识。惟理论而多杂，作者亦龙蛇不一，因此二十年来新文学作家在中国成一特殊阶级，有一希奇成就：年事较长的，视之为捣乱分子，满怀无端厌恶与恐惧，以为社会一切坏处统由此等人生事。年事较轻的，又视之为惟一指导者，盲目崇拜与重视，以为未来中国全得这种人负责。两方面对文学作者的功用与能力估计得都过分了一点。加上文学作者自身对于社会的态度，因外来影响，一部分成为实际政治的附庸，能力不足者则反复取巧，以遂其意；另一部分却与社会分离，以嘲讽调笑为事，另一部分又结合浪漫情绪与宗教情绪而为一，对于常态人生不甚注意，对于男女爱欲却夸大其辞。教育他人的渐渐忘了教育自己，结果二十年来的新文学运动，虽促进了某一方面的解放与进步，同时也就增加了某一方面的纷乱与堕落。文字所能建设的抽象信仰，得失参半。

人事既有新陈代谢，当前二十岁上下的青年，就是此后二十年社会负责者。一个文学作者若自觉为教育青年而写作，对于真理正义十分爱重，与其在作品上空作预言，有信仰即可走近天堂，取得其"信"，不如注入较多理性，指明社会上此可怀疑，彼可怀疑，养成其"疑"。用明智而产生的疑，来代替愚昧而保有的信。因疑则问题齐来，因搜求问题分析问题即接近真理。文学理想若必需贴近人生，这样来使用它时，也许容易建设一较健康作风与良好影响。我们所需要的真理无它，即全个民族，应当好好的活下去，去掉不可靠的原人迷信，充实以一切合理的知识与技术，支配自然，处置人事，力求进步，使这个民族在任何忧患艰难情形中，还能够站得住，不至于堕落灭亡罢了。认识这种真理需要理性比热情多，实现这种真理需要韧性比勇敢多。

尼采说："证明一事是不够的，应该将人们向之引诱下去，或启迪上来，因此一个知识分子应该学着将他的智慧说出来，不碍其好像愚蠢。"实证真理很容易邻于愚蠢，知识阶级对于各事之沉默，即类乎对此"蠢愚"之趋避。然而时间却将为这种不甘沉默者作注解，即：社会需要这种人用韧性来支持他的意见，人类方能进步，有人敢对传统怀疑，且能引起多数人疑其所当疑，将保守与迷信分离（与自私和愚昧分离），这人即为明日之先知。

"五四"二十一年 [a]

（五四精神的特点是"天真"和"勇敢"。）

　　五四运动是中国知识分子领导的"思想解放"与"社会改造"运动。当时要求的方面多，就中对教育最有关系一项，是"工具"的运用，即文学革命。把明白易懂的语体文来代替旧有的文体，广泛应用到各方面去，二十年来的发展，不特影响了年青人的生活观念，且成为社会变迁的主要动力。民十六的北伐成功，民二十以后的统一建设，民二十六的对日抗战，使这个民族从散漫萎靡情形中，产生自力更生的幻想和信心。且因这点幻想和信心，粘合了这个民族各方面向上的力量，成为一个观念，"不怕如何牺牲，还是要向建国目标前进！"三年来从被日人优势兵力逼迫离开了沿海各省份，还依然不解体，不屈服，能集合全中国优秀分子，在一个组织，一种目的下，一面抗战，一面建国。这种民族精神的建立与发扬，分析说来，就无不得力于工具的能得其用。

　　对语体文的价值与意义，作过伟大预言的，是胡适之先生。

191

---

a　原载一九四〇年五月五日昆明《中央日报·五四青年节特刊》，署名沈从文。

二十年前他就很大胆的说："语体文在社会新陈代谢工作上，将有巨大的作用。二十世纪的中国文学史，语体文必占重要的努力。"这种意见于二十年前说出，当时人都以为痴人说梦，到如今，却早已成为事实了。但二十年前胡适之先生能够自由大胆表示他的意见，实得力于主持北京大学的蔡子民老先生，在学校中标榜"学术自由"。因学术自由，语体文方能抬头，使中国文学从因袭、陈腐、虚饰、俗套、模仿中，得到面目一新的机会，酝酿培养思想解放社会改造的种子。

蔡老先生不特明白学校中学术自由的重要，且对语体文也有过良好意见。他以为古文自有它的伟大过去，至于流行末世半通不通的死文字，实在是社会"愚昧与顽固""虚伪与陈腐"的混合物。社会的进步不可免要受这种有腔调无生命的死文字掣肘，有时且引起社会退化现象。正因为它不仅徒存形式，还包含许多保守堕落观念。国家求发展，想改革，这些观念便常常成为障碍物，绊脚石。

可是文学革命运动，从建设方面看，固然影响大，成就多，从破坏方面看，也不可免有许多痛心现象。新工具既能广泛普遍的运用，由于"滥用"与"误用"结果，便引出许多问题。从大处言，譬如北伐成功后国内因思想分歧引起的内战，壮丁大规模的死亡，优秀青年大规模的死亡，以及国富国力无可计量破坏耗损，就无一不与工具滥用、误用有关。从小处言，"学术"或"文化"两个名辞，近十年来，在唯利是图的商贾和似通非通的文化人手中，常弄得非驴非马，由于误解曲解，分布了万千印刷物到各方面去，这些东西的流行，即说明真正的学术文化的发展，已受了何等不良影响。所以纪念五四，最有意义的事，无过于从"工具"的检视入手。借当前事作镜子，如何计划来"庄严慎重"使用这个工具，是一件事。从这种庄严慎重与作家人生态度有关，我们在文运上如何为作家来建设一个较新的坚实健康人生观，又是一件事。

世人常说"五四精神"，五四精神的特点是"天真"和"勇敢"。我们若能保留了这份天真和勇敢精神，再加上这二十年来社会变动文运得失所获的经验，记着"学术自由"的意义，凡执笔有所写作的朋友，写作的动力，都能从市侩的商品与政客的政策推挽中脱出，各抱宏愿和坚信，由人类求生的庄严景象出发，来表示这个民族对于明日光明的向往，以及在向上途径中必然遭遇的挫折，承认目前牺牲俨若命定。相信未来存亡必然将由意志决定，再来个二十年努力，决不是无意义无结果的徒劳。二十年时间个人生命史上，虽然好像已经很长很久了，在一个民族复兴历史上，却并不算久。我们应当用"未来"来纪念这个"过去"。

谈沉默 [a]

（大多数即用"沉默"来期待。）

近一时期来，书呆子或半书呆子，都必然有个相同的白日梦，梦到自家会从"变"中得到 个转机，明知道情形困难，总以为这依然是解决行将到来的明日更大困难应有的勇气与诚意象征。表示这点愿望或有许多方式。除用笔、用口、用行为外，还有更大多数即用"沉默"来期待。用笔的可以检查受限制，用口的或因疲累得休息，用行为的自更容易处置，或使之软化，无可奈何，或……唯有沉默，在不变中继续生长沉默。

这个多数沉默，从表面上看，也许近于消极。可是很显然，实能酝酿生长一切幻想并作否定行为准备的。它如水，在平衍土地中浸润，在沟渎中涓涓流注，然而流注所及，则粉碎磐石，使山峡刻划成千尺沉沟，它本身则柔濡平静，在风涛激荡中，所掀起的白浪，万斛广舶与坚固堤防到时亦必然失去效用。它受点热，即能融解一切不甚牢固的粘合物并能变成气体，推动机械，使无情钢铁发生有规律的动止。它太冷，将结成冰，正由于体质一变，

---

a 原载一九四五年五月十一日《贵州日报·新垒》第二十四期，署名沈从文。

凝固时，便依然有崩崖绝岸的作用，或冻死地面草木人畜，以及人力的所培养的种种，寄托希望的具体物质和抽象观念。总之，它能生长，也能消耗，能否定，能破坏，善体国经邦者，真不能不注意及此！

在变的动力中，我们当前所见到听到的，照旧把"沉默"一群除外，为的是既非党团，又无表示，且决不曾要求这样那样，当事者总是如何安排调整用笔，用口，用行为的一部分主张愿望，而有种种不同计划。然而同样一名词，同样一口号，且很可能即同样一件事情，一个问题，解释它，运用它时，不可免到某一点，即见出龃龉，见出扞隔，见出分歧。既各有所持，各有所恃，于是"以不变应万变"的原则才产生出来对付当前局面。问题暂且搁下，且听下回分解，等待下去，大家自然等待下去，这件事若是某茶社请刘宝全唱大鼓书，观众中少数无理取闹说："不成，老调子得换。"刘老板以为有损大艺术家尊严时，可以说："这事由我，不能起哄，我有权力和责任安排节目，不能由少数观众随意点戏！"于是怒而退场停演。这很自然，因为自会习惯。既是个第一流的艺术家，应有一点对艺术尊严态度，不如此，即不成其为刘宝全。俗语虽说历史就是戏，国家事究竟和艺术不相同，大政治家也可以有大脾气，这属于"人性"，我们承认，政党中尽管有人间或不免采取不正常活动方式，这出于"现代"，我们也得承认，然而多数不声不响，沉默的一群，凡用爱国作口号的任何方面是不能不注意到的情形。他们在各种难于形容困难中挣扎，从事于各种工作，尽一个战时公民责任，眼看到这个国家近

195

三十年的种种，寄托到这个国家内，又不能为普遍观众，无戏可看时，即抽身走路，即能走，向那里走？还不是从学校、从机关、从工厂……走回那凄凄惨惨的家庭？家中太太，儿女，都已饿倒了，他怎么办？他也可以狠心不管家，但不能不想到国，想到社会。为的是他们工作与国家社会荣枯不可分，要国家，爱社会，实并不下于任何集团政党。他识字，固然容易受宣传工作的影响，但也能就耳目接触为"事实"所吸引，换言之，能认识好坏是非。就中为人自尊心较强，对工作信心较深的，或者换于势拘于习，即在更困难痛苦中，也必然还能守住公民的责任防线，沉默忍受。为人不甚自重，又欲从变通中有以自见的，或尚可望在无可不可情形下，成为罗中一雀，跳跃媚悦于主人笼罩中，对年青人他还见得相当"前进"，对实力派他又像个"同志"，涉及国家弱强，则他不必分谤，有什么好处，又多少可以分润到一点剩余，如此一来，不仅无害于局面的继续，且可产生一点支持场面作用。然而还有一辈从帮会组织，社交方式，以及其他玩意儿，求得现代政治以空易空的争夺群众与立场的秘诀，因缘时会，乘时崛起的人物，他们叫喊、活动，而且随时又若都可以与极端前进或相当顽固的势力从某一点上相结合。一切现象都见出社会的分解，由分解中更容易失去拘束力或向心力……如目前情形，负责诸方面，若用意只是在对于统治下的公民容忍限度的测验，沉默的一群国人自不足着急，因为的的确确，容忍的尚能容忍，腐败堕落的也在加紧腐败堕落，还不到那个最大限度。不过一个私人债务可以延宕，一个国家的问题，却无从支吾逃避。说句公平话，中国广

196

大土地勤俭人民实无负于国家，而近来其所以有问题，实由于负责者有些方面能力不大充足，而又减少勇气，国家待处理的问题，得重新好好处理。假若注意点仅仅从"负隅自固"方面引起了烦恼，可以用各种方法自解。假若注意点是社会广泛普遍的沉默，从上级公务员到一个普通兵士，从第一流优秀专家，到一个单纯农民，看到他们在沉默中的忍受与挣扎，以及共同的愿望，多少会引起一点悲悯引起一点爱。会学得如此土地，如此人民，忧患所自来，不能不说是近三十年私与愚所占分量过重。且不能不说，这个习气弱点是得由有些方面坦白承认，才能用一个新的作风来代替的。一个伟大政治家之所以伟大，也即在善用这点悲悯与爱，如何图与民更始。以上虽属于个人私见，恐亦可以作为一个历史家和多数正直公民的意见。

应声虫 [a]

（多少人放弃头脑不用，凡事只是人云亦云，为的是可谋衣食！）

范正敏《遁斋闲览》，有一条记应声虫，认为是一种传染性的怪病。医药故事，即尝引用到它。

> 余友刘伯时，尝见淮西士人杨勔，自言中年得异疾，每发言应答，腹中辄有小声效之。数年间，其声浸大。有道士见之，惊曰："此应声虫也，久不治，延及妻子。宜读《本草》，遇虫所不应者，当取服之。"勔如言，读草本至雷丸，虫忽无声。乃顿饵数粒，遂愈。余始未以为信，其后至长汀，遇一丐者，亦有是疾，环而观之者众，因教之使服雷丸。丐者谢曰："某贫无他技，所以求衣食于人者，唯藉此耳。"

198

这个记载也许有点儿讽刺意味，反映新法党争激烈时，使多少人放弃头脑不用，凡事只是人云亦云，为的是可谋衣食！应声

---

a　原载一九四六年八月十一日、十二日上海《大公报·大公园》，署名上官碧。

虫自然是一种抽象生物，不至于为昆虫学者收入昆虫谱的。但到近年来，社会各方面却似乎有不少人已害了这种病。尤其是知识分子，一得这种病后，不仅容易传染及妻儿子女，且能延及过往亲朋，同事，师友。害病的特征为头脑硬化，情感凝固。凡事不论大小，都不大思索，不用理智判断是非。而习于人云亦云，随声附和。对任何强有力者都特别恭顺敬畏，不触忌讳。此种唯诺依违，且若寄托一种高尚理想。雷丸是否能治这种病，还没有人试验过。不过可以猜想而知的，即雷丸或其他药物，纵对于这种时代流行传染病能防止，能治疗，患病者却未必乐意受治疗。事正相反，说不定还希望其有更大传染性，能作迅速而普遍传染，由家人，亲友，慢慢扩大，至于那个多数，便于从多数发生所谓政治影响。患病的大致可分两种：一种是年过四十，受过高等教育学有专长，透熟人情世故，带点虚伪做作情形害下去的。一种是年在二十左右，性情单纯热忱，在心理上属于青春期年龄，结合了求偶情绪与宗教迷信，本来应当十分激进，但因传染此病，而萎靡不振，因之缠绵下去的。二十岁左右受此传染病的又可分两种，一种待找出路分子，一为小有产者子弟。传染最厉害的还是找出路分子。对强权特别拥护崇拜，对财富尤所倾心，传染者既多，且于不知不觉间便形成一种特殊势力，影响到各方面，尤其是有助于巧取豪夺强权的扩大，以及腐败发霉社会的继续。更直接的自然还是影响其本人社会地位以及日常生活。用之于人，虽未必有牛黄马宝治疗之效果，但亦可以使许多人逐渐四平八稳，少年老成，麻木低能，凡神经兴奋之行为决不参加，凡增加纷乱之事决不介入。然或有好事者说，"这是应声虫作怪，得治疗，不治将作普遍传染，使社会上中层分子有集团头脑硬化现象，对国家民族十分危险"。患病的或有知，或无知，必一例觉得这人好事可恶，且别有用心。尤其是如涉及四十岁以上的病状，以为近于虚伪顽固懦弱自私，二十岁左右将有成为工具可能时，必特别不愉快。这有原因。只因为贫而无他技者，能听这种病延续下去，所有好处即比千年前还多。如劝他想法治疗，等于破他的财门。至于富而无他技者，即正可因之巩固已有权势，或增加左右时局地位，满足更大欲望。然尤其有意义，有作用，或尚为不贫不富那个知识阶级，若知所以附会于这病状中，在写社论作公开演讲，表明放弃头脑阿谀势力为人类新道德时，实有不可思议之好处。

元辗然子作《拊掌录》，记欧阳修与人行酒令，大有意思。

> 欧阳公与人行酒令，各作诗两句，须犯"徒以上"罪者。一人曰："月黑杀人夜，风高放火天。"一人曰："持刀逼寡妇，下海劫人船。"欧云："酒粘衫袖重，花压帽檐偏。"或讶而问之。公曰："此时'徒以上'罪亦作了。"

充军虽已成一古典名词，只在旧戏文小说中间或还可见到。至于徒以上罪，则至今似尚好好保留，随时可以使用。事在今日，若有人行这个酒令时，实不必如何苦思，只要口中轻轻地说："人云亦云，是应声虫"，即可罪名成立。因到处都有应声虫，话语顺风吹去，自然即有人觉得是刺中了他。这种人高一级的大多是四十五十而无闻，治学问弄事业一无特别成就，静极思动，忽然若有所悟，向虚空随手一捞，捉住一应声虫咽入腹中，于是从伙儿伴儿中，作点不花本钱的买卖，大之即可在此脆弱社会中，取得信托与尊重，忽俨然成为社会中要人，或某要人新器重的分子。小之亦可从而润点小油水，比如说，……事实虽如此如彼，却千万说不得，偶尔提及，即不免触犯忌讳。古人说"察渊鱼者不祥"，从这句话使人想起二千年前哲人警告的意味深长。"莫蹶于山，而蹶于垤"，世界上固尝有愚人所作的小小狡狯，有时会使巨人摔一跤，且即从此不再爬起的。而愚人之行为，通常即反映患应声虫者之病入膏肓，事极显明。

又《扪掌录》记海贼郑广作诗事云：

闽地越海贼曰郑广，后就降补官，同官强之作诗。广曰："不同文官与武官，文官武官总一般。众官是做官了做贼，郑广是做贼了做官。"

正和绰号"细腰宫院子"的庄季裕所著《鸡肋编》说的绍兴建炎时事相互映照。当时人云："欲得富，赶著行在卖酒醋。欲得官，杀人放火受招安。"语气虽鄙俚下文，不仅是当时现实主义者动人的警句，且超越历史，简直有点永久性。用作抗战后方某一些为富不仁的人物，胜利后来收复区办接收的人物，以及戴罪立功的某种人物，岂不是恰恰好烧饼歌，不必注解也明明白白？

至于在陪都，或首都卖酒醋的，虽不闻发大财，但在某院长时代，穿老棉鞋棉袄坐庄号卖酒醋的同乡，入国家银行的实已不少。更有意义的，或者还应数一些读"子曰"的仲尼弟子，平时道貌俨然，常用"仲尼不死颜回复生"方式于师生间此唱彼和，随时随地作传道统非我其谁的宣示。时移世易，即暂时放下东方圣人不语怪力乱神之旨，将西方活佛一套秘法魔术，拿来使用，先于夫妇友朋间宣扬赞叹，旋即公开为人画符念咒，看鬼驱魔，且不妨定下规章，酌量收取法施，增加银行存款。有江充马道婆行巫蛊之利，而无造谣惑众灭门焚身之忧。较之卖酒醋少用本钱，杀人放火少担恐惧，亦可谓深明"易"道矣，这种知识阶级和应声虫关系不多，和磕头虫却有点渊源。因红衣大法师所有秘法，必由磕头万千而传也。如有人眼见昆明方面大学教授男女留学生向西藏法师磕头情况，必对"人生"和"教育"引起一极离奇的感印。

历史循环虽若莫须有，历史复演则在一个历史过于绵长的国家，似乎无从避免。无怪乎饱读旧事的吴稚老，总说旧书读不得。其意当不在担心有人迷醉于章句间，食古不化，不知现在为何事。或许倒是恐怕有些人太明白现实；将诸子纵横之术，与巫蛊魅惑之方，同冶一炉时，这个国家明日实不大好办！

政治与文学 [a]

（我还是我，原来无从属单人独马用这支笔来写点小说，从学习讨经验，求有以自见，现在还是如此。）

（一）

法西斯老板慕索里尼被民众捉住时，对那个围困他的一群意大利人民说："你放了我，拥护我，我保可以给你们一个崭新的罗马帝国。"话说得很动人，但是大家不相信，他就完了。若相信，他就可以在拥戴中重新爬起。至于那个大帝国，过三年五载能不能实现，那另是一问题。到时他可以说因如此如彼不能实现，照例有话可说。并且事实上也不会有人会去追问这个预言的兑现。这是政治。政治艺术就在这点上，权变第一。世界历史上就有许多政治家伟人，在大群人民中或较小一群的议员中，用各种预约得到个人成功，无害其为伟大。罗斯福和共和党要人竞选总统时，史塔林和人竞争党书记时，都不免要有那么一手。现代社会不仅容许一个政治家对本国人如此说点谎话，若对于另一国家时，似乎还容许说更多的谎话！纵横捭阖之术，是一个政治家的本钱，

---

a 这是作者写于一九四七年二月前后的几篇未完稿。其中第一篇篇名"政治与文学"和分段标题"（一）"是原稿所有，并用"向辑二"署名。其余几篇原稿无标题，且未署名。录自《沈从文全集》（北岳文艺出版社）第十四卷。

也是一个外交家的本钱。

可是说这个话的若是一个作家，比如说，下巴颏生有长长的胡子那一位托尔斯泰吧，在沙皇向人民宣称德惠，大家都信以为真时，他却向俄罗斯人说："列位，拥护我，爱我，投我一票，信托，跟我走，我明年写一部《战争与和平》给你们。"大家却会考虑一会儿，不大相信。也许会有人那么说："托尔斯泰伯爵，你最好还是先写出来，我们再拥护吧。"万一时间已到了二十世纪，俄国政治社会组织已变了，说话的是高尔基，人民客气一点，也许会说："高尔基先生，我很相信你的话，要写可一定要有你上次出版的那本好！"相信也是有条件的，他曾经写过几本书，取得人民信托得到成功。这事到中国也怕差不多。因为这是文学。文学家不能空口说谎，任何伟大文学家，卖了预约的书必得到时出版。而读者又还有权利和自由来批评这个作品好坏，批评得好不好，意见不受作者拘束。一个政治家受无理攻击，他会起诉，会压迫出版者关门歇业，会派军警将人捉去杀头。一个作家呢，他只笑笑，因为一个人的演说，或一千个人的呐喊鼓噪，可以推翻尼罗王的政权，或一个帝国，可不闻有一篇批评或一堆不可靠文坛消息把托尔斯泰葬送。

若有人认为作家的笔必由政党调遣，那无妨各行其是。我的理由却极简单，这是两种工作。从政治家或伟人看，一千人进军罗马，即可产生一个帝国。从作家看他那个四千字的小说或一首诗，实在只有他的头脑和手才能产生。一个帝国固然伟大，然而说到经久时，有时又似乎还敌不过一首七言诗。文学作家归入宣传部作职员，这是现代政治的悲剧。引引俄国事例统治管理来驳我的，回过头来看看那个自由一些国家的成就。我们作家不是在争"自由"，争"民主"？文学上的自由和民主，绝不是去掉那边限制让我再来统治。民主在任何一时的解释都包含一个自由竞争的原则，用成就和读者对面，和历史对面的原则。并且政党要领袖，要拥护，而且容许用一切不大合乎真实的手段作宣传，争取或巩固地位。文学的民主却不需要也不容许这些。文学涉于创作，没有什么人在作品以外能控制他人的权利，刚用笔的每一个人都可以用作品和老牌竞争，而且永远也在竞争中。这种竞争尽管十分不同，正由于不同即带来进步。真的进步是由此而来，不是由竞选……

这一个月来，因我写了点小文章，被另外一位笔名先生当作题目批判了若干次以后，得到许多的信，信件大致可以分作两类：一是少数熟人的，总说争不了事，这和国家情形一样，还是听命扫荡吧。一是陌生人和读者的，倒奇怪在名分下我有不少副刊，事实上帮手怕也不少，怎不来个笔战？我得谢谢这些朋友的好意，并谢谢给我把批判文章寄来的两位。批判文章做得很好，有立场，站地步，而又观点正确。且于雄赳赳之中还保留点点客气，又会断章取义不求甚解的傅会其词，若配合什么会的举行，可以说绝妙宣传。这一来，沈从文简直被打倒了。但是照某兄所说，又像是沈从文早就落伍而倒多日了。极奇怪的倒是我什么时

205

候又起来过？因为照我记忆所及，民十五年时刚学习执笔，就被一伙在北平的什么社员倒过，我自己就不曾料到。民十八在上海又被一团体指定一某兄由检讨而扬弃过，且宣布必倒。我也想不出这检讨是什么意义。到二十三年又被一群生力军战战，三十年左右，桂林又有一些远距离扫荡，三十四五年在昆明又有些近距离扫荡。一共约二十年光景，次数不为不多，而且照例是团体性，再加上一堆文坛消息，不可谓不实力雄厚。我这一面呢，照理说，老是居于劣势。真不免让那些好朋友代为担心！不过事情也奇怪，二十年已成过去，好些人都消失了，或作了官，或作了商。更有意义的，是其中有两个还作了我的朋友，都是真有批评能力，且写过批评集的。我倒很希望他们还有兴致，再来批判我新写的一切作品，可是已停笔了。我还是我，原来无从属单人独马用这支笔来写点小说，从学习讨经验，求有以自见，现在还是如此。想起来真不免使人感慨系之！因为在我自己，对工作态度二十年变得似乎极少，但批判的笔却换了四五代了。而且所以受批判，倒又简单，我很恼怒了一些人。我的不入帮态度有时近于拆台，我的意见又近于不喝彩，而我的写作恰恰又"都要不得"。这个批语且可能是从不看我作品的人说的。这也正见出中国文坛的一鳞一爪。什么文坛？不过是现代政治下一个缩影罢了。只见有集团的独霸企业而已。然而和政治稍稍不同处，即有野心文坛独霸企图而已。然而和政治稍稍不同处，为的是二十三十人固然可以产生个委员，或部长，更多些人还可以产生个罗马帝国，可是一首七言绝句呢，却要一个人用脑子来产生的。文坛中不仅有作者，也还有个读者。不仅有读标语而感动十分的人，也还有拈斤簸两把作品从文学史上衡量得失的人。有欢喜开会的作家，也有不欢喜出风头的作家。我们不是说要"民主"吗？这里就正有个民主，一面应容许相异，不同，而又能以个人为单位，竞争表现，在运动规则内争表现。不过这种民主制度对某一些人当然就不大顺利，因之扫荡随来。所以分析起来，这雄赳赳中其实也就有懦怯，恰恰和另外那个战争中有懦怯一样，不敢单独接受工作正面所课的责任，于是出以集团攻击。文字既然不过一种工具，那么，涉及批判，什么话不好说？所以话说得险而狠，可以说是必要的。不过既有二十年低头从事不做官的作者，也自然还有不信官的读者。所以文坛到底又还有点民主，虽然这正是另外一些人所不要的！扫荡者的文章，倒要附于被扫荡者集中方能存在，是无可奈何的。记得《益世报·文学周刊》第一期上，编者即有个声明，刊物是对报纸、对读者、对作者要有个交代，不用作个人利益企图和热闹笔战时，所以现在还是要守住这个原则。我只说说批判者文章中串贯不来处和错误原因。

……a

---

a　此处有删节。

新废邮存底 二五六^a

（不学知识分子从世故中贪小便宜，不阿谀诌佞。）

昌期先生：

从上海转来一信，谢谢你见嘱好意。

你说苦闷，这并非你个人如此。全中国人民都在苦闷中，国家对于这个问题尚无具体办法，强有力政治集团，一触及此问题也显得束手，何况我这么一个平常人！倾全国各方面贤达，加上个来自国外的和事老，商议经年，还得不到任何结果，末了终不免用战事解决。你和其他人却以为我既然是个作家，就应当怎么怎么，若不怎么，即必然又相反的在怎么怎么。这正证明我说的一部分人对于"作家"看法的错误，期许的过实，以为某一政党、一武力集团办不了的事，某一作家的一支笔，倒可旋乾转坤。因为不大分析事实，也就不大明白作家。对作家期望既殷，责备自严。就我所见说来，国家的困难，原因复杂，物力滥用到无从节制，实为主因。你既明白能否定这一点，当然得承认这个国家明日的转机或进步，还要靠知识，正因为面临着的一切问题，全是要知

a 原载一九四七年五月十日天津《益世报·文学周刊》第四十期，署名编者。

识来解决的。

政体可能如彼或如此，至于国家能否真正重造，却在这个国家关于科学和其他方面保有多少知识，以及对于知识是否尊重，能否好好运用为准。这就是我过去那个小文中，提及社会各方面不宜于对作家过分看重，应将期望与尊重转给在学校研究室与社会各方面工作有成就的专家本意。一个作家或一个平常人，真正对国家重造有热爱和认识，决不会觉得这意见为迂腐的。

人生如战争，这是一句老话，可待重新诠释。你既觉得带一支美式冲锋枪上前线去杀本国人民，在任何方面都没可兴奋骄傲处，才脱离了本来职务，新的战争所带来的课题，待你去执行，第一件事自然便是学习来克服面临种种困难。因此到处碰壁，到处不免有挫折，都是必然的。可是看远处！只要能够向远处看，世界上有多少有良心的人努力的方向和采用的态度，就会觉得在任何情况下，不至于失去你活下去做人的勇气与信心了。参加堕落民族消耗国力的战争，你既完全否定了它，且觉悟需要于流血以外去寻觅解决这个民族悲剧的延长，这寻觅工作，自然应当从征服自己一切贪得与自私起始，对于人，对于事，永远需要用一个崭新态度去实证的。这正是一种新的人生观的确定问题。你肯定了它时，得"由此出发"，不是"到此为止"。前面还有好一段路，路上已荒芜异常，且多虫蛇当道。你得想法通过，不宜迟疑退却。唐三藏取经的八十一难，虽是个小说故事，却与当代人求人类共同生活合理与公平的努力所遇到的种种试验有个偶然暗合处。得经长期试验，在每一段过程中，还应当记住悟能兄占小便宜而吃大亏的教训。

不学知识分子从世故中贪小便宜，不阿谀谄佞，你才可说当真已经有了个新的生命，新的信仰。

新废邮存底 二六〇 ^a

（"敢思索"已成为当前人一种高贵的品德。）

×× 同学：

得你信，说到的种种我很明白，也很同情。这并不是你一个人的问题，华北万千学生万千青年都面临问题，感到束手，焦急，苦闷，彷徨，不知如何走第二步路。这事影响于明日社会，还必然相当大，相当长远，一切既由战争而来，所以问题的解决，当然也在战争结束上，是很显明的。若承认这个观点的正确，当然便不至于把希望寄托到"那个"出路上了。明白现实并非承认现实。事恰相反，真的明白应当激起你一种否定精神。明知的判断和无比的勇气，都由"明白"而来。凡事有所蔽方浑沌不清。能否定现实的，必不会再以为"理想"只不过是堕落和荒谬结合物。战争不能用战争解决，正如一个勇士陷于淤泥中时，无从自己揪住头发掷出泥淖以外。否定这个人类弱点的，是信仰理性和愿望所具有的长处，对弱点不再存任何丝毫依赖心，方能有个真正的新的明天。否则将永远在"适应"上辗转！在这一点上，我们也就

211

---

a　原载一九四七年七月二十七日北平《平明日报·星期艺文》第十四期，署名从文。

看得出近三十年知识分子悲剧何在。又如何分担了民族堕落的一环！政客重适应，事不足奇。可是一个思想家，实在应当看重真理所寄托的原则。这原则尽管空洞而无救于当前一部分人的衣禄，又有损于另一部分社会地位，然而惟有它具有永远否定这个 ×× 腐败遗毒的蔓延，理想的世界是天下一家，去掉民族偏见与自大，自私与贪得在某种情形下，每一国家每一民族都能享受其最大自由，各有所呈献而各得所需，相互不同而能调合并驰。这种理想距离我们远了一点暂时可不谈。但是一个比较合理的国家，统一而和平，如这时节许多国家一样，应当是作得到的！盼望那么一个国家实现应当不犯忌讳的！在这一点上我们试稍作检讨，我可见出一种对痛苦丑恶现实之培养，知识分子的绥靖主义如打盹现象，如何有其必然。而一种新的人生观的形成，却必需如何远离这个气氛方能生长。抹杀现实不能算否定现实。真的否定还奠基于认识。更重要处即在认识"理性"之存在与寄托，应当在知识分子身上发现，可不容易发现因为真的理性所表的热忱和信心，都并不曾见于新的文学艺术以及时人政论中。在用笔的一群里，我们只能发现一些聪明小巧的计谋，具新闻性的政见，反复抄袭的学问，有社交作用的活动，可见不出思想。见不出具有充分顽强防腐性而又组织完整的新的历史观，哲学观或文学观。都只想以"多数"代真理，强权代公理。见不出性格，见不出密度和深度。共通只能给人一种印象，即全民族的情感枯窘，世故与疲乏！正由于这种枯窘，世故，与疲乏，失去了调节中和作用，才会让另一种本能抬头到如今的种种，以及明日可能的种种……适之先生在北大国文会上给毕业同学三根救命毫毛，是思索问题，你倘若真能够头脑解放而独立来思索你所思索的是什么，你就会发现"敢思索"已成为当前人一种高贵的品德。你问我国家转机何在，转机即在此！

读书人的赌博 [a]
（读书人对于自己的问题就不大思索。）

"关于知识阶级，最好少说话。察渊鱼者不祥。"

"是的，老师。不过这是我两年前记在一个小本子上的玩意儿，从没对人提起过！现在读书人变了。"

"你意思是他们进步了，还是更加堕落？"

"老师，我从不觉得他们堕落，因此也不希望他们进步。我只觉得他们是有头脑的人，以为不妨时常想一想。只要肯时常想一想，国家就会不同得多了！"

当我翻到《关于知识阶级》一段小文预备摘抄时，仿佛和骑青牛懂世故的老子，为有趣那么一个短短的对话。……作新烛虚一。

214　　　　我想起战争，和别人想的稍有不同。我想起战争四年还未结束，各个战区都凝固在原有地面，像有所等待的神气。在这种情形中，前方后方五百万兵卒将士，或可即用战地作教场，学习作

---

a　本篇原载报刊不详，录自《云南看云集》（重庆国民图书出版社，1943年6月）。

战并学习做人，得到不少进步。国家负责方面若像我一样思索到这个问题，想到这五百万壮丁将来回转他们那村里的茅屋中时，即以爱清洁有条理的生活习惯而言，对于国家重造所能发生的影响，可能有多大，就一定会想出许多办法，来教育他们，训练他们，决不至轻轻放过这个好机会了。这自然是我这个书呆子的妄想！规规矩矩的读书人，不会那么胡思乱想的。

以"教育"两字而言，目前即似乎还是学有专长读书人的专利。读书人常说"学术救国"，可不相信壮丁复员后，除了耕田，有别的用处更能救国。这事情也极平常，因为许多读书人对于自己的问题就不大思索，譬如说吃教育饭的读书人，在目前战争情形中，是不是在教书以外，还想到如何教育自己？打了四年仗，世界地图都变了颜色，文化经济都有了变化，读书人有了多少进步？应不应当进步？我们且试为注意注意，有些现象就不免使人吃一惊。因为许多人表现到生活上，反映到文字上，都俨然别无希望与幻想，只是"在承认现实"的现状下，等待一件事情，即"胜利和平"。好像天下乱"用不着文人"，必待天下太平，那时一切照常，再来好好努力做人做事也不迟！战事结束既还早，个人生活日益逼紧，在一种新的不习惯的生活下，忍受不了战争带来的种种试验时，于是自然都不免有点神经衰弱，既神经衰弱，便带点自暴自弃的态度。因之"集团自杀"方式的娱乐，竟成为到处可见的情形。这类人耗费生命的态度和习惯，幽默点说来，简直都相当天真，有点返老还童的意味！正像是对国家负责表示："你不管我们生活，不尊重学术，好，我也不管！"所以照习惯风气，读书人不自重的行为，还好像含有不合作反抗现实的精神，看不惯社会的不公正，才如此如彼。负军事责任的，常说只要有飞机大炮，即可望有把握打个大胜仗，料不到一部分知识阶级的行为，恰恰就表示在民族精神上业已打了一个不大不小的败仗。

　　然而对于这个问题，却似乎和目前许多别的问题一样，不许人开口。触事多忌讳，不能说。用沉默阿谀事实，竟是必要的。或有人看不过意，要提出讨论讨论，或想法改善，结果终亦等于捕风，近于好事。好事过分或热心过分，说不定转而会被这些读书人指为有"神经病"。以为不看大处看小处，而且把小事放大，挑剔自家人何苦来。"小子何知，吾人以此自溷耳。"因此一切照常。

　　这种知识分子，事实上对生命既无一较高的理想或目的，必用刚正牺牲精神去求实现，生活越困难，自然越来越不济事。消极消极，竟如命里注定，他人好事热心，都是多余了。不过我们若想起二十年前，王四前辈痛骂遗老官僚为何事，真不能不为这种"神经衰弱"的知识阶级悲悯！

　　我于是妄想从病理学上去治疗这种人，由卫生署派出大批医生给这些读书人打打针，从心理学方面对付这种人，即简简单单，当顽童办理，用戒尺打手心。两个办法中也许后面一法还直截简单而有效果，为的是活了三四十岁的读书人，不知尊重自己，耗费生命的方法，还一如顽童。不当顽童处治，是不会有作用的！

　　细想知识阶级的过去，竟忽有所悟。这类人大多中产家庭出身，或袭先人之余荫，或因缘时会，不大费力即得到当前地位。

这些人环境背景，便等于业已注定为"守常"，适宜于在常态社会中过日子。才智聪明，且可望在一有秩序上轨道的国家中作一有用公民，长处是维持现状，并在优良环境中好好发展。

不凑巧就是他们活在当前的中国，战前即显得有点不易适应。他们梦想"民治主义"，可是却更适宜生活在一个"专制制度"中，只要这专制者不限制他们的言论，并不断绝他们的供给，他们赞同改变一切不良现状的计划，可是到实行时，却又常常为新的事实而厌恶，因此这些计划即使可逐渐达到真正的民主政治，他们还会用否定加以反对与怀疑。可是反对与怀疑尽管存在，一面又照例承认事实。在事实上任何形式的政治制度，只要不饿死他们，总可望安于现状活下去。虽活得有点屈辱，要他们领导革命，可办不到。所以过去稍有头脑的军阀，当前的有手腕的政客，都明白不必担心知识阶级不合作。这些人目前也有好处，即私人公民道德无可疵议，研究学问也能循序渐进慢慢见出成绩，虽间或有点自私，所梦想的好社会，好政治，都是不必自己出力即可实现，而且不能将生活标准降到某种程度。可是更大的好处，也许还是他们的可塑性，无所谓性，即以自我中心出发，发展自己稳定自己的人生观。因此聪明的政治家，易于运用他们的知识和社会地位，从事政治上的一切建设。不必真正如何重视他们，但不妨作成事事请教的神气，一半客气用在津贴研究费上，即可使他们感觉当事者的贤明。如运用得法，这些人至某一时无形中且会成为专制的"拥护者"，甚至于"阿谀"。正因为这些人在某一点上，常常是真正"个人主义者"，对国家"关心"相当抽象，对个人

217

生命"照常"却极其具体。书本知识虽多，人生知识实不多。至于牺牲地位，完成理想，或为实证理想，自然是不可能的。话说回来，这些人又还可爱，可爱处也就是在他那种坦白而明朗的唯实哲学，得过且过的人生观，老实性格，单纯生命在温室长大而又加以修理过的礼貌仪范。读的书虽常常是世界第一等脑子作的，过日子却是英美普通公民的生活打算。……

我好像重新明白一个问题，即前面所说，遇到这种人不自爱与不自重时，就打手心的办法了。因为这么一种人活到当前变动社会中实在是一种悲剧。他们的工作和生活的幻想，已完全毁了，完全给战争毁了，读书由于分工习惯，除了本行别的书又无多大兴味，他们从"集团自杀"方式上找娱乐，还能做什么？我幻想廿年后国家会有个新的制度，每个中国人不必花钱，都有机会由小学读到大学毕业。到那时，所谓"知识阶级"和"政客"，同样已成为一个无多意义的名词。国家一切设计全由专门家负责，新的淘汰制度，却把一切真正优秀分子，从低微社会中提出来，成为专门家的准备人材，到那时，对于知识阶级，将不是少说话，却是无话可说，那就太好了。

第 四 章

一些志趣

我们实需要一种美和爱的新的宗教，来煽起更年青一辈做人的热诚，激发其生命的抽象搜寻，对人类明日未来向上合理的一切设计，都能产生一种崇高庄严感情。国家民族的重造问题，方不至于成为具文，为空话！

情绪的体操 [a]

（我文章并无何等哲学，不过是一堆习作，一种"情绪的体操"
罢了。）

先生：

我接到你那封极客气的信了，很感谢你。你说你是我作品唯
一的读者，不错。你读得比别人精细，比别人不含糊，我承认。
但你我之间终有种距离，并不因你那点同情而缩短，你讨论散文
形式同意义，虽出自你一人的感想，却代表了多数读者的意见。

我文章并不骂谁讽谁，我缺少这种对人苛刻的兴味。我文章
并不在模仿谁，我读过每一本书上的文字我原皆可以自由使用。
我文章并无何等哲学，不过是一堆习作，一种"情绪的体操"罢了。
是的，这是一种体操，属于精神或情感那方面的。一种使情感"凝
聚成为渊潭，平铺成为湖泊"的体操。一种"扭曲文字试验它的
韧性，重摔文字试验它的硬性"的体操。你厌烦体操是不是？我
知道你觉得这两个字眼儿不雅相，不斯文。它使你联想到铁牛，
水牛。那个人的体魄威胁了你。你想到青年会，柚木柜台里的办
事人，一点乔装的谦和，还有点儿俗，有点儿谄媚。你想起"美

221

---

a　原载一九三四年十一月十日《水星》第一卷第二期。

人鱼"，从相片上看来人已胖多了。……

可是，你不说你是一个"作家"吗？不是说"文字越来越沉，思想越来越涩"？

先生，一句话：这是你读书的过错。你的书本知识可以吓学生，骗学生，却不能帮助你写一个短短故事，达到精纯完美。你读的书虽多，那一大堆书可不消化，它不能营养你反而累坏了你。你害了精神上的伤食病。脑子消化不良，晒太阳，吃药，皆毫无益处。你缺少的就正是那个情绪的体操！你似乎简直就不知道这样一个名词，以及它对于一个作家所包含的严重意义。打量换换门径来写诗？不成。痼疾还不治好以前，你一切设计皆等于白费。

你得离开书本独立来思索，冒险向深处走，向远处走。思索时你不能逃脱苦闷，可用不着过分担心，从不听说一个人会溺毙在自己思索里。你不妨学学情绪的散步，从从容容。五十米，两百米，一里，三里，慢慢的向无边际一方走去。只管向黑暗里走，那方面有的是炫目的光明。你得学控驭感情，才能够运用感情。你必需静，凝眸先看明白了你自己。你能够冷方会热。

文章风格的独具，你觉得古怪，觉得迷人，这就证明你在过去十年中写作方法上精力的徒费。一个作家在他作品上制造一种风格，还不是极容易事情？你读了多少好书，书中什么不早先提到？假若这是符咒，你何尝不可以好好地学一学，自己来制作这些符咒？好在我还记起你那点"消化不良"，不然对于你这博学而无一能真会感到惊奇。你也许过分使用过了你的眼睛，却太吝啬了你那其余官能。谁能否认你有个魂灵，便那是发育不全的灵魂。你文章纵努力也是永久贫乏无味。你自己比别人许更明白那点糟处，直到你自己能够鼓足勇气，来在一个陌生人面前承认，请想想，这病已经到了什么样一种情形！

一个习惯于情绪体操的作者，服侍文字必觉得比服侍女人还容易。因为文字能服从你自己的"意志"，只要你真有意志。至于女人呢？她乐于服从你的"权力"。也许……得了，不用提。你的事恰恰同我朋友××一样：你爱上艺术他却倾心了一个女人，皆愿意把自己故事安排得十分合理，十分动人，皆想接近那个"神"，皆自觉行为十分庄严，其实处处却充满了呆气。我那朋友到后来终于很愚蠢的自杀了，用死证实了他自己的无能。你并不自杀，只因为你的失败同失恋在习惯上是两件事。你说你很苦闷，我知道你的苦闷。给你很多的同情可不合理，世界上像你这种人太多了。

你问我关于写作的意见，属于方法与技术上的意见，我可说的还是劝你学习学习一点"情绪的体操"，让它把你十年来所读的书消化消化，把你十年来所见的人事也消化消化。你不妨试试看。把日子稍稍拉长一点，把心放静一点。到你能随意调用字典上的文字，自由创作一切哀乐故事时，你的作品就美了，深了，而且文字也有热有光了。你不用害怕空虚，事实上使你充实结实还靠的是你个人能够不怕人事上"一切"。你不妨为任何生活现象所感动，却不许被那个现象激发你到失去理性。你不妨挥霍文字，浪费词藻，却不许自己为那些华丽壮美文字脸红心跳。你写不下去，是不是？照你那方法自然无可写的。你得习惯于应用一

223

切官觉，就因为写文章原不单靠一只手。你是不是尽嗅觉尽了他应尽的义务，在当铺朝奉以及公寓伙计两种人身上，辨别得出他们那各不相同的味儿？你是不是睡过五十种床，且曾经温习过那些床铺的好坏？你是不是……？

你嫌中国文字不够用，不合用，别那么说，许多人皆用这句话遮掩自己的无能。你把一部字典每一页皆翻过了吗？很显然的，同旁人一样，你并不作过这件事。你想造新字；描绘你那新的感觉，这只像是一个病人欺骗自己的话语。跛了脚，不能走动时，每每告人正在设计制造翅膀轻举高飞。这是不切事实的胡说，这是梦境。第一你并没有那个新感觉，第二你造不出什么新符咒。放老实点，切切实实治一治你那个肯读书却被书籍壅塞了脑子压断了神经的毛病！不拿笔时你能"想"，不能想时你得"看"，笔在手上时你可以放手"写"，如此一来，你的大作活泼起来了，放光了。到那个时节，你将明白中国文字并不如一般人说的那么无用。你不必用那个盾牌掩护自己了。你知道你所过目的每一本书上面的好处，记忆它，应用它，皆极从容方便，你也知道风格特出，故事调度皆太容易了。

你试来做两年看看。若有耐心还不妨日子更多一点。不要觉得这份日子太长远，这只是一个学习理发小子满师的年限。你做的事应当比学理发日子还短，是不是？我问你。

致一个读书人的公开信 [a]

（要活下去，就必须硬朗结实的活下去。）

先生：

我收到了你的来信，很感谢你。你所说的困难我明白，我懂。这是每个编者所熟知的事情。我曾经接收过从国内各处寄来性质相近的信若干封，皆说到如下的话语：

> 先生，文章若可用，请你放宽容点，救救我，把它很快登载出来；若不合用，请你说明一下，什么地方不对，指导我，退还给我。

一个编辑人当然乐于作这件事。凡是能帮忙处无不愿意尽力。一个编辑应尽的责任，能尽的责任，编者从不躲避。

只是想不到一个报纸小副刊，会有那么多来稿，这小副刊的编辑，会被你们那么看得起。更想不到一个小副刊编辑，还有那么多责任和义务，这责任和义务纵有十个编者也实在担当不了。

225

---

a　原载一九三五年一月六日天津《大公报·文艺副刊》，署名编者某甲。

照一般情形看来，一个编辑的责任和义务，不过是检稿、选稿、发稿而已。你们要他作的却常常是他作不到的。第一件事如"穷困"，家庭社会或政府皆都应负点儿责任。他们若不能负责，就只有慈善家可以注意能够注意！第二件事是修正文章，你们目前或过去不是大学生吗？你们学校教国文教习作的先生每天做些什么事？他们工作如果不称职，你们为什么还居然让他虚拥高位？他们若偷懒，你们为什么就许他长此偷懒？

每个刊物篇幅原有个限制，经济原有个限制。编者读者和出版者三方面自然皆愿意刊物办得很好。要办好一个刊物，就不能借刊物作私人的工具，就不能作慈善事业！朋友既然爱护这个刊物，愿意把文章送来听凭编者取舍，因此每天我们就得收到十件或二十件来稿。为了看这些稿件，在每一个篇章上改正一些错字，加上一点意见，退还时还得客客气气写一封信，试想想，每日得需要若干时间。你们一定想象不到一个编者为了这些事，得费去多少精力！一件事倘若当真对于旁人有益，谁不乐意来尽力？但个人能力那么小，精力那么少，有心无力的地方自然免不了。文章不合用，不得不退还，文章可用的，因篇幅太小积稿太多安排不下了，照例也只好割爱奉还。在这类情形下，编者当然觉得很抱歉。但是不退还，留下来又怎么办？有时退还得稍慢了些，你们就来信质问或辱骂（这种信我们接得真不少！）。来信上常那么说，"喂，先生，你压迫无名作家，压迫天才，包办你的刊物……"那么天真烂漫把你们在这个社会里所受的种种苛刻，一起皆派给一个编辑头上。只仿佛作编辑的把你们文章一登，就一切好办。

其中气焰最大、话说得最天真的，自然便是一些在大学校被称为才子，校刊上或文学会上露过面的先生们。另外就是迷信自己是天才的先生们。先生，看到这类来信，作编辑的应微笑还应皱眉？我问你。

就编者所知道的说来，任何编辑实在皆极愿意得到无名作家好文章，皆希望从一般青年作者中发现天才。但任何编辑，若存心把刊物办得像个样子，也就决不能用刊物篇幅无限制的登载自以为天才或才子的无聊作品。

先生，你真万想不到，你们在学校里所受的作文训练，那个态度，那个方法，如何不适宜于从事创作！放公平一点说，你们在学校只是做"国文"。你们倘若真有天才，那点天才也就早被教员同教员指定要你们读的书本，以及那些名流演讲，杂志上的批评说谎，共力合作毁尽了。每个作编辑的或许皆不免有点偏见，有点私心，有点势利，然而目前国内刊物那么多，一个作者文章倘若真能达到某一个高点，这里碰头还有那里，今天碰头还有明天，出路实在并不困难。最为难的只是你们的文章，如何就能够同学校的习气离远！

你对于读了十年书写了五年文章，以为所读的书同所写的文章还无出路，不受社会注意，觉得十分不平。先生，这件事应当埋怨谁？难道这是编辑的过错？谁告给过你，读十年书就可以把文章写好？谁预约允许你这个希望？学校要你读书，做做国文，你纵能背诵《项羽本纪》，默写《秋声赋》，摹仿鲁迅茅盾写过几篇小说，学徐志摩闻一多写了五十首新诗，从先生口里知道一点文坛动向文人佳话，且同时在本校周刊上写过了不少关于男女同学的小文章，以及讽刺学校当局一类小论文，这就算从事文学吗？你学的根本就要不得，你写的就可能永远不对劲。把你放在社会里去同人竞争，这失败岂不是平常得很。"从事文学"如果真如你所想象的那么简单，先生，每个文科大学生，谁不读书一大堆，谁不同你一样，他们该早已成为大作家了。

先生，提到这件事，想起你们的命运，我很难受。就因为你们在学校，天真烂漫过日子，什么也不明白。学校即很少为你们设想，好好的来培养你们有创作兴味的学生。你们又各自胡胡涂涂，只在学校小小集团里混下去，到把时间全部浪费后，末了要饭吃时，你们发急了，就胡乱写写文章，附上个信，来逼迫编辑，埋怨编辑。

先生，倘若你当真还以为写小说在生活上纵无出路，在感情上至少还有条出路，那么，相信文字能使人心与心相通，能把人与人之间距离缩短，信托编辑，原谅编辑，实在是从事文学十分需要的德性。文章呢，你得勇气悍然的写下去。只管写，只管各处寄去，只管尽它失败。在工作上不儿戏，不马虎，而且永远不气馁搁笔，自信非笔直走到所要到的地方不止，你走得到！一切伟大的作品，伟大的事业，就是这样产生的！

至于你还想寻找一下那个使你白读十年书的负责者，要好好的算算账呢？莫徒然埋怨编辑，你应当同多数人一样，看看社会，看看代表社会的人物，以及形成社会的一切制度同习气。你有知识有本领，就思索如何去应用你的知识与本领，同那个多数肚子瘪瘪的在一块儿去争回吃饭的权利。你觉得历史有了错误，去努力修改历史，创造历史。谨慎，勇敢，伶精，结实，不幸你仍然还在半路上饿死了或在别一情形下死掉了，好，赶快霉烂，（多数人不早就那么死了吗？）不碍事，让更年轻更结实的继续来占据你那个地方，向人类光明努力。……

倘若你所谓知识和本领，仅仅只是明白《文心雕龙》的内容，说得出《文选》的编者同体例，以及零零碎碎知道一点什么国学常识，书既不能教，小差事又爱脸面不肯屈尊，作人又事事马虎模棱两可，又怕事，又小气，先生，我同意你去"自杀"！自杀本是一种罪过，为神经衰弱的懦夫最容易发生的罪过。但因为你那么无用，不懂事，爱空架子，软巴巴的如同一条害病的青虫，怕努力，怕冒险，怕出丑，怕失败，生活永远不能自拔，眼睛永远不敢正视社会，你死了，世界上不过少一个吃白饭的人，对人类真无多大损失。

你说你想作个人，想知道一些成功的人如何成功。好的。作人有什么希奇，一切人其所以能成功，据我想来也不过是他们先前不怕失败，咬紧牙关苦干一场罢了。一个人自己不能控制自己，不能支配自己，却让社会习气造成的机会左右安排，这就是个不配活下去也配在事业上成功的人。你要活，从大学毕业出来，纵作过一次中学校长，作过教员，再去作一个听差，一个小书记，有什么为难？你若真有计划，有目的，更要紧的还是你有魄力，这时作的即便是洒水夫，也不会长久委屈你。你要活得比别人更热闹，更丰富，冒险去各种生活里找经验，想作个巨无霸，除了

229

你的懦弱拘迂观念阻拦你向前，谁也不会妨碍你。

　　先生，改造你自己！忘了你受的那个大学教育，忘了你那些身份，来作个人，分担这个时代多数中国人的命运吧。再不要充斯文等待机会了。你应当自己来调度自己，要活下去，就必须硬朗结实的活下去。只有这样才有个光明的明日可以希望，其余全是空话，全是不现实的梦。

　　　　　　　　　　　　　　编者某甲　廿四年元月一日

青年运动 [a]

（一种求民族和个人的健康的运动。）

一般人对于自然界的能力和变动，容易发生"迷信"，对于历史上的哲人英雄言行，容易发生"信仰"。迷信或信仰，在人类文化史上都大有用处。如统治一个国家和民族，如因宗教而产生的人生观，以及种种伟大艺术品，就全得迷信和信仰。然而迷信与信仰同时也极妨碍人类进步和社会的改良，它们固然产生某种文化与文明，却常常妨碍另外一个更新的文化与文明出现。从科学研究看，从社会组织看，差不多全是这个样子。

思想解放的问题，就是个人对于旧迷信旧信仰的束缚，想法解除，对过去当前未来一切，能重新思索，重新估价，否认或承认的问题。对一切加以惑疑，思维追究，不受任何拘束，惟以理性批判是非，选择取舍。换言之，就是思想自由。

这种思想解放运动的要求，青年人和老年人照例观点不同，即在青年人中，多数人和少数人照例也不相同。譬如晚清时代，多数老年人作八股文，写白摺大卷，考秀才，廪生，拔贡，举人……。

---

a　原载一九三五年十二月二十九日北平《实报》，署名沈从文。

多数青年人也只倾心于成名士，偶佳人，理想中的模范人物是白脸长身弱不禁风《西厢记》中的张君瑞，《今古奇观》中的唐伯虎。少数人却以为那不成，青年人想自救必先自觉，因此有"新学"，也就有"革命"伴着种种改革与一切牺牲，产生了一个民国。过了将近十年，军阀与军阀混战，官僚与政客胡闹，多数老年人全视为命运注定，消极的只知念佛吃斋，积极的就参加胡闹。多数青年人呢，无书可读，无事可作，便只是唉声叹气过日子，少数人却又以为那不成，还得想办法，因此有"新青年"运动，接着来了"五四"，那个文学革命运动，思想解放运动，相继而起，且推动了中国革命，终于北伐成功，重造一个崭新的中国。

现在去"新学"运动已有了三十多年，去"新青年"运动已有了十六年，国家的情形如此如此，多数人也如此如此，少数有知识的青年人，觉得不能如此如此，且以为将来自然会有个不同当前的如此如此。于是青年运动，又抬了头。

欧洲人常说中华民族是个富于"迷信"的民族，真个如此，倒值得吾人乐观，因为旧的迷信若能使一个民族堕落，新的迷信也就可以使一个民族振兴。中国太需要"迷信"了，太需要一种新的迷信了。当前的青年运动，我们不妨把它看作一种"新的迷信"建设运动，一种求民族和个人的健康的运动。它目前也许没有什么好处，甚至于在某时某地反可以增加一点纠纷，引起一点麻烦。但我们应当明白它本身却实在无什么"罪过"。若把它当成罪过，一味加以摧残，这是另外一种因袭迷信作祟。若不把它当成罪过，好好的运用它，便成为一种国家新生的原动力。

怎样从抗战中训练自己 ^a

（中国青年是能够重造中国的。）

子厚先生：

　　得见来信，十分感谢。沅州是我十年前住过的地方，街道和房屋，桥和塔，树和水，给我印象都很好。尤其是几个前辈先生，一分温厚的友谊，值得回忆。我有很多日子，携带小篾篮，篮中放个长方形的木戳记，大清早就各处走去，我那时的职务是查验城里城外屠户当天宰杀的猪羊数目。我很满意这份职务。因为它使我注意社会一部门生活，认识得相当透彻，（现在若轮派到我时，一定还依然很高兴的去服务。）每到黄昏左右，我按时到监狱署狱中去收封，查点寄押在牢的无辜乡下人。土匪来围城时，便随同团总龙胖老爷半夜里到各处去查街。大饥荒年程，还亲眼见过万千逃难来城的穷人，随处倒毙在大街小巷间！……这就是我所受的教育。很好的一种教育！若照你所说，目前我是有了成就的，这点点成就，与我在沅州的生活，实在不可分开。我很希望你有机会再来沅州看看。

233

---

a　本文曾以"怎样从抗战中训练自己——给沅州一个失学青年"为题，发表于一九三八年二月二十三日《抗战日报》，署名沈从文。选入本书时，题目为编者所取。

因战事延长，扩大，沅州地方近来似乎热闹重要起来了。地方上有心人一面感于国难严重，一面感到地方蔽塞，自然都想从好处作点事。对于推行兵役，增加抗敌力量问题，皆抱有同一感想，认为后方民气，还待发扬，兵役制度无疵，办法则有待改良。对有些事情，常不满意，想多作点事，又感觉棘手。其中比较认识深刻的，自以为这是教育不良的结果，比较看法操切的，自以为这是社会组织不健全的结果。其用意求好相同，看法或不尽相同。看法不同，内容或因之产生意见和党派，一地方如此，全国何尝不是如此？政治有如此现象，文学运动何尝不有如此现象？虽不能影响到统一，至少在抗敌上就不能将全民力量全都发出。这事从坏处看，很容易令人悲观，从好处看，却值得乐观。国家的将来，是要交给青年人来支持的，青年人只要肯作事，作事时又能吃苦，耐劳，负责，永不灰心，国家和个人，都有个好前途可望。人事上有坏处，只要我们明白，想要他好，总可以设计弄好。我试举个小小例子。我最近和一个朋友到沅陵县参观过一所女乡师附设的幼稚园，听办事人说，每月经费只二十七元几角，还常常有欠薪。以这么一笔费子，他们却能把学校办得很有条理，招收百来个小朋友读书。学校因为太穷，开学时无法用工人粉刷墙壁，一个图画教员，就亲自动手去作壁上装饰画。有学兵想借他们一部分校舍住，他们就搬出桌子在天井中上课。参观过后实在令人感动。这现象就证明中国大有希望，纵战败也不会屈服，纵再穷苦也还能进行拟定的种种计划，纵社会十分黑暗，也会慢慢转入光明。这光明种子，若说驻防沅陵的一二八师抗敌负伤归来的将士，伤未痊愈即再赴前线的情形说来，益发增加吾人信仰。

　　所以我觉得目前的我们，按原则说不宜悲观，照事实看还必需乐观。我们应当相信，中国青年是能够重造中国的。我们若诚心想把国家弄好，敌人任何猛烈炮火，都压制不住这点民族前进的意志。若我们单看坏处，一味悲观，且以为国家业已如此如此，毫无办法，自己就那么拖拖混混的活下去。作事时则虚张声势，有利益则拼命争夺，每人都挂上十来个名义，究其实一事不干，那就像锅中煮粥，同归糜烂罢了。青年失学的多，这我知道，如今正值政府将教育与战事，学与军，合而为一的时节，失学的若不能再像先前那么读书，我以为应当考入各种军事学校去准备杀敌。如体力性能不适宜入军校，且应当自己教育自己，不拘在什么团体服务，都得要一股热忱，把自己训练得强悍、结实、沉着，而勇于求知服务，更紧要的是忍受打击，不失望，不因之转而堕落。社会要进步，一切进步都包含在这种努力条件中！

　　专此复颂大安。

　　　　　　　　　　　　　　　　　　　二月十五日

给一个大学生 [a]

（征服自己一切弱点，正是一个人伟大的起始。）

××同学：

从乡下回城，见你来信，信中提及同命运奋斗挣扎情形，我很明白。因为我认识许多这种想用赤手空拳来同这个社会作战的朋友。廿年来许多人在沉默中倒下了，腐了，烂了，可是新的理想将依然在年青的心中发酵。我相信你是能够成就所要成就的那个事业的。你由学生变成公务员，转入警校，军校，到现在又转入联大文学院，你的勇敢的盼望，就证明你能从艰难奋斗中创造你自己。我是个过来人，总觉得生存是每个人的权利，好好生存又近于人的义务，因此有许多日子寄身于各个小小机关中，半军半匪队伍中，不管生活如何艰难，做人向上的气概照例不失去。有一时吃的住的毫无办法，每到他人吃饭时，就闯去凑数，晚上睡到烧火处或军械处成捆军服上面，还常被人逐骂。可是虽然如此，我白天还依然精神很好，兴致很好，做一切事都充满生气。一个人真要好好活下去，总是有办法的，一个人出路并不困难，

236

---

a　原载一九四○年五月一日《战国策》第三期，署名沈从文，后收入《云南看云集》（重庆国民图书出版社，1943年），为"续废邮存底"总题下的第一篇。

可怕的倒是生活压力一去，有了小小出路以后的堕落。你如今既考上了大学，希望为了作人的气概，也能好好地忍受这四年的生活压迫和人事训练。我极羡慕尊敬以个人能力用大学来教育自己的年青朋友。因为各人长处不一致，大学课系多由学有专长的人主持，年青人在学校求进步容易有进步。且知识发展平均，对少数特殊天才言，也许近于损失，为国家进步言，实在很有意义。盼你能明白国家的需要，和生命的庄严，在任何情形下都不气馁，不灰心。"建国"和"做人"两个名词，原本就包含一种长时期的挣扎与苦战，承认这个事实的朋友多，各在不同情形中努力，到某一时，且会联合起来，用一个更勇敢更庄严方式去接近社会，处理事实，解决问题的。……多看点好书，莫把有限的精力耗费到对人疑忌或小小争持方面去。莫以为生活穷是最可怕事情，莫以为一切成就都靠"天才"，苦干并无意义。这世界一切形成多决定于人的"意志"，并非"偶然"，亦无"侥幸"可言，对自己尽管苛刻，征服自己一切弱点，正是一个人伟大的起始。

二十九，二月三日　昆明

美与爱[a]

（我们实需要一种美和爱的新的宗教，来煽起更年青一辈做人的
热诚。）

　　宇宙实在是个复杂的东西，大如太空列宿，小至蜉蝣蝼蚁，
一切分裂与分解，一切繁殖与死亡，一切活动与变易，俨然都各
有秩序，照固定计划向一个目的进行。然而这种目的却尚在活人
思索观念边际以外，难于说明。人心复杂，似有过之而无不及。
然而目的却显然明白，即求生命永生。永生意义，或为精子游离
而成子嗣延续，或凭不同材料产生文学艺术。似相异，实相同，
同源于"爱"。

　　一个人过于爱有生一切时，必因为在一切有生中发现了"美"，
亦即发现了"神"。必觉得那点光与色，形与线，即足代表一种
最高的德性，使人乐于受它的统制，受它的处治。人类的智慧亦
即由其影响而来，然而典雅词令和华美仪表，与之相比都见得黯
然无光，如细碎星点在朗月照耀下一样情形。它或者是一个人，
一件物，一种抽象符号的结集排比，令人都只能低首表示虔敬。
正若因此一来，虽不会接近上帝，至少已经接近上帝造物。

---

a　本篇原载报刊不详，录自《云南看云集》（重庆国民图书出版社，1943 年）。

这种美或由于上帝造物之手所产生，一片铜，一块石头，一把线，一组声音，其物虽小，亦可以见世界之大，并见世界之全。或即造物，最直接简便那个"人"。流星闪电于天空刹那而逝，从此烛示一种无可形容的美丽圣境，人亦相同，一微笑，一皱眉，无不同样可以显出那种圣境。一个人的手足毛发在此一闪即逝更缥缈的印象中，并印象温习中，都无不可见出造物者之手艺无比精巧。凡知道用各种感觉去捕捉住此美丽神奇光影的，此光影在生命中即永生不灭。屈原，曹植，李煜，曹雪芹，便是将这种光影用文字组成篇章，保留得完整的几个人，这些人写成的作品，虽各不相同，所得启示必古今如一，即被美所照耀，所征服，所教育是也。

美固无所不在，凡属造形，如用泛神情感去接近，即无不可见出其精巧处和完整处。生命之最高意义，即此种"神在生命中"的认识。惟宗教与金钱，或归纳，或消蚀，已令多数人生活下来逐渐都变成庸俗呆笨，了无趣味。这些人对于一切美物，美事，美行为，美观念，无不漠然处之，毫无反应。于宗教虽若具有虔信，亦无助于宗教的发展；于金钱虽若具有热情，实不知金钱真正意义。

这种人既填满地面各处，必然即堕落了宗教的神圣性庄严性，凝滞了金钱的活动变化性。这种人大都富于常识，会打小算盘，知从"实在"上讨生活，或从"意义""名分"上讨生活，捕蚊捉蚤，玩牌下棋，在小小得失上注意关心，引起哀乐。生活安适，即已满足。活到末了，倒下完事。这些人所需要的既只是"生活"，并非对于"生命"具有何等特殊理解，故亦从不追寻生命如何使用，方觉更有意义。因此若有人超越习惯的心与眼，对美特具敏感，即自然将被这个多数人目为"痴汉"。若与多数人庸俗利害观念相冲突，且成为疯狂，为恶徒，为叛逆。换言之，即一切不吉名词，无不可加诸其身。对此消极的称为"沾染不得"，积极的为"与众弃之"。然一切文学美术以及多数思想组织上巨大成就，却常常惟这种痴汉有分与多数无涉，则显而易见。

世界上缝衣匠，理发匠，作高跟皮鞋的，制造胭脂水粉的，共同把女人的灵魂压扁扭曲，失去了原有的本性，亦恰恰如宗教，金钱，到近代再加上个"政治倾向"，将多数男子灵魂压扁扭曲所形成的变态一样。两者且有一共同点，即由于本性日渐消失，"护短"情感因之亦与日俱增。和尚，道士，会员，社员，……人人都俨然为一切名分而生存得十分庄严，事实上任何一个人却从不曾仔细思索过这些名词的本来意义。许多"场面上"人物，只不过如花园中盆景，被所谓思想观念强制曲折成各种小巧而丑恶的形式罢了。一切所为所成就，无不表现出对于自然之违反，见出社会的抽象和人的愚心。然而近代所有各种人生学说，却大多起源于承认这种种，重新给予说明与界限。这也就正是一般名为"思想家"的人物，日渐变成政治八股交际公文注疏家的原因！更无怪乎许多"事实"，"纲要"，"设计"，"报告"，都找不出一点依据，可证明它是出于这个民族最优秀头脑与真实情感的产物，只看到它完全建立在少数人的霸道无知和多数人的迁就虚伪上面，政治，哲学，美术，背后都给一个"市侩"人生观在推行。换言之，即"神的解体"！

神既经解体，因此世上多斗方名士，多假道学，多蜻蜓点水的生活法，多情感被阉割的人生观，多阉宦情绪，多无根传说。大多数人的生命如一堆牛粪，在无热无光中慢慢燃烧，且结束于这种燃烧形式，不以为异。本来是懒惰麻木，却号称"老成持重"，本来是怯懦小气，却被赞为"有分寸不苟且"。他的架子虽大，灵魂却异常小。他目前的地位虽高，却用过去的卑屈佞谀奠基而成。这也就是社会中还有圆光、算命、求神、许愿种种老玩意儿存在的理由。因为这些人若无从在贿赂阿谀交换中支持他的地位，发展他的事业，即必然要将生命交给不可知的运与数的。

然而人是能够重新知道"神"的，且能用这个抽象的神，阻止退化现象的扩大，给新的生命一种刺激启迪的。

我们实需要一种美和爱的新的宗教，来煽起更年青一辈做人的热诚，激发其生命的抽象搜寻，对人类明日未来向上合理的一切设计，都能产生一种崇高庄严感情。国家民族的重造问题，方不至于成为具文，为空话！五月又来了，一堆纪念日子中，使我们想起用"美育代宗教"学说的提倡者蔡孑民老先生对于国家重造的贡献。蔡老先生虽在战争中寂寞死去了数年，主张的健康性，却至今犹未消失。这种主张如何来发扬光大，应当是我们的事情！

找出路 ª

（有了"生活"出路以后，一部分也许能学会反省，或生活暇裕时得到机会反省。到那时，他自会打量到生命的出路。）

    战事初起一二年后，许多人为了个人出路都感到惶恐，倒也近于人类求生存的本能，相当庄严，并非儿戏。这种恐怖最近于神经过敏的例子，无过于我相熟的一个年青朋友事情。这人经我介绍到上海一个最有名的机关供职，服务还不上半个月，战事一发生，别的问题不担心，却忧虑他个人住在五百万人口的上海，无米可买，吃饭发生困难。因此抛下工作，早早的就跑到一个出米省份去了。（吃了将近六年的大米饭，照理说，他应当胖多了。）至于最普遍常见的例子，自应数神经衰弱的读书人跑银行。一般人所知道的，只是大学生为出路计争入经济系，准备站柜台，使得国家内办大学教育的人，不免有点丧气。即主持法商学院的，在学生注册选课时，虽相当兴奋，也许依然会对他们皱皱眉，想要问问："你们是来做那样的？"真的询问时，有些人将冲口而答："我们是来找出路的！"正因为大学习惯，虽侧重在为社会培养应用人材，不尽是每个人都可望成为研究家。可是让学校成为下

242

a 本文曾以"找出路——新烛虚二"为题发表于一九四三年七月七日《民族文学》第一卷第一期，署名沈从文。选入本书时，题目为编者所取。

级职员训练班，负责人心中也不无痛苦。其实这个现象是不能怪学生的，学生的老师，敏感而长于求生存知去就的即大有其人。作史地社会研究的，习外国文学的，考古的……作了专家教授以后，向"生活保险库"跑的人多哩。

有个某君，算是得国家供养唯一习南欧文学的一位，回国来不想到如何用十年工夫翻译一部《神曲》，或作点别的有益于国家事情，却入银行做了个"秘书"，他最得意处是不必办公，且可用公家便利从越港办点日用货物。通常常充满愉快神情告人说："家中有最好洋酒，并养了几只洋狗。"他和酒，和狗，竟俨如三位一体，惟入银行方能完备。这个例子说来并不使人为其愚而自私好笑，倒令人为国家前途悲哀。础润知雨，从小可以见大，从这个人生活态度上，即可见一些人若不知自重，不明大体，教育即受得再好，也还是不济事。如空读了一大堆世界上第一等头脑写成的好书，做人方式却只学意大利水兵在上海过日子方式，到他成了上等人后，自然就会如彼如此安排自己！社会上像某君的一定常可以见到，所以我们就不必单独说打出路算盘的青年为失计，来责怪他们把个人生命看得那么小了。

用做生意作譬喻：有些人若只打量就地卖卖烧饼葵花子糊口，除糊口外对生命并无高尚理想或雄心大志，不能冒险去作其他大事业，也想不到脚下还有个丰富的矿床，只要稍稍使力就可挖掘开发，我们从忠恕处说，还应当称赞他们"知足守分"为合理。因为国家的重造，固然需要许多有作为的年青人，抱定宏愿与坚信，好好努力学习理解一切艰深问题，学习后再来担当重大工作，战胜环境，克服困难，在一堆破碎瓦砾中重造一个比过去更完全的国家。但也不可少另外一种人，即一生最高理想，只是有个安定职业混日子，养家活口，头脑简简单单，衣服干干净净，待人诚诚实实，作事规规矩矩，年终得点例有奖金，即换颗金戒指，买双好鞋子，或储蓄给家中作儿女教育经费，或买张什么储蓄券，一家人就常常做无害于人有益于己的头奖梦。……说真话，社会的稳定性，原本就是要这个中层分子的知足守分，方能得到的！社会的繁荣，也不可缺少这种人的！在建国上我们亦不能把这个"知足守分"的好处去掉，为的是他在一切组织机构里，都有其良好普遍的作用。

至于作秘书消化洋酒一流人物，我们当然不必存什么希望，因为根基已定了，就让他那么下去也无妨。这是一种时代的沉渣，过不久会有方法滤去的。可是对于年青人，却又依然还容许我们保留一点希望。即这些人有了"生活"出路以后，一部分也许能学会反省，或生活暇裕时得到机会反省。到那时，他自会打量到生命的出路。会怀疑生活虽有着落，生命是否即有意义？很可能将感到一点烦闷。这对个人就是一个转机。因为他如果是个身心健全的年青人，还会有勇气从那个安乐窝中跑出，接受变动时代所应有的压力与教育，重新找寻根据，创造他的事业，发展他的生命。他若未离开学校，也许还会有勇气重新起始在别一系院再念几年书。这个重新安排的方式，与我前面说的社会稳定性也并无矛盾处。因为跑银行只是一种风气，当时出于个人出路的关心，风气一成，多数年青人自然便不大思索的一齐跑去。然而事实上就中却有一部分年青朋友并不宜从那个单调而沉闷工作中讨生活。到社会上一般事业发展比较平均，国家设计又见出在鼓励有作为年青人从多方面发展时，银行职业生活的单调，就恰好成为一个自然的大筛，必将把不安于单调的年青人筛出。这也正是从去年起始，到处听到朋友"从银行跑出"的一个现象最合理解释，年来大学校的学生，习理工文史的，多成绩较好学生的原因。这个转机对个人得失虽不可知，对国家社会大有好处，是显而易见的！

这转机据个人私见说来，还可以从一种设计上加强他的作用，并防止在未来一时的社会变动，产生那个回复现象。年青人的做人良心，是容易激发的。正因为生活与社会还隔一层，不大贴近实际，追求抽象原则的勇气，照例即比"为衣食谋"的糊口打算为强。廿年来这个勇气表现于五四思想解放上，表现于五卅群众兴奋上，表现于北伐与军阀争斗牺牲上，无不见出自尊心的觉醒，用得其当，所能产生的作用如何大。再从北伐统一以后的种种政治思想纠纷上，又见出自尊心觉醒以后，若用不得当，亦可能产生多大作用。至于这种做人良心激发的方式，可说完全是新出版物安排成功的。然而到现在，由报纸副刊成为杂志，由杂志成为单行本新书，再由这个关系产生一个新出版业，将出版物当成商品之一种作大量分配，除了它已经能稳定出版业本身，此外"理想"竟好像完全说不上了。即出于政治设计，从用钱方法与数量上看来，也见出认识这问题还不清楚，至多不出于点缀性质。居多从最小处下手，末了甚至于并点缀作用亦有限。即以若干公家新闻纸运用而言，放弃了"教育"理想，惟重在报告一点大体相同的消息，并吸收广告收入，以收入多表示为成功，这比大学生跑银行找出路，情形即完全相同。虽繁荣了一般商业，支持了新闻纸本身，其实也就见出点堕落的倾向。是事势的必要，还不过是风气的会趋？我将说，这也只是出于一种习惯而已。习惯已成，便不免有点积重难反。用广告维持报纸，是上海申新二报产生存在的原因。惟其是商业报纸，又在租界内有所凭藉，所以既可用社评与论文对于国家大计有所表示，而且将这种文章公诸民众，亦可用副刊娱乐并教育一般读者，增加他们一点常识与兴趣。辛亥革命后多了些政党，"机关报"即由此而来，意即在朝在野都可花钱来办报，各在自办报上发表对于国事主张，并用来批评攻击另一党派。到民八风气一变，国家权势只在一批北洋军阀手中转来转去，一到内战发生时，除了报上有军人相互责难电报外，就是总统府秘书长饶汉祥先生代黎元洪草拟的息争四六文电。各党各派的政客，虽亦常常有文电在报上发表，事实上已将精力直接表现到议会会场上，所以报纸上登载他们打架抛墨盒的消息，还比通电有些作用，为的是引人发笑！然而五四前后报纸上却另外来了个新玩意儿，即名流学者来为副刊写文章。小至于短诗，大至于玄学与科学论战，国外第一流学者的演讲，……无不从报纸上介绍给读者，煽起年青人对于国家重造的幻想和热情。五四学生的表现，五卅工商的表现，北伐军人的表现，无不反映报纸所产生的作用。这作用到北伐成功新出版业兴起时，即已完全失去，为定期刊物或单行本所代替。然而几个著名报纸，社论来论尚保留一点批评国事检讨社会的能力。到战事发生后，一般报纸似乎就只有将可发表的新闻，各列标题发表，以及推测战事说点国际预言的功用了。因此报纸差不多都少个性，少特性，也逐渐失去了本来的作用。商业报纸有时为广告拥挤，竟将社评地位移作广告用，大报纸既只能看看新闻，所以小型报纸有了试验机会。

从去年冬天开始，昆明市凭空多了好些周报，不到半年中，并且就见出一点选择淘汰作用。销路好的竟能每期到一万份左右，可望作到以报养报的方式。证明在一个较新编排方式下，还可给读者许多有益的影响，取得读者的爱重。只要认清对象，即可教育对象。近来且听说还有好些同类报纸在准备出版，这自然是好现象。因如果负责方面各能就一方面长处好好发展，却又有个共同目的，即将报纸和读者关系重造。资本较充实的，还可定期定量为读者印行多种有价值的小册子，属于世界学术或普通常识的性质，一一印出，报纸读者均可用最低廉价格得到。一年后，即以昆明市而言，一切情形会不同多了。所以我想这正好作国内各地方办报的一种试验，即无从引起大报纸的革命，也可以养成一种新的风气，将小型报纸作用提高。或尽多数找出路的大学生，明白个人出路甚多，从银行跑出还有更宽广的天地可以好好发展，或鼓励公务员与一般从业员，知爱好，肯上进，用一个健康态度去学习一切，就可以将我们个人和国家发展，打成一片，毫无冲突，好好的来接受这场战争所应有的困难与成功！报纸本身的出路也可望除广告收入另外还有一种意义，足使办报的人对于工作重新得到神圣庄严感！这种神圣庄严感本来是固有的，可是却被一个不良习惯差不多毁尽了。代替而来的只是一种无尽期的疲乏，以及受限制说不出的痛苦。谈到这个现象时，我们实值得对一切报业前辈的努力尊敬与同情。因为他们曾经战斗过来，而且个人方面也居多并未放弃将新闻纸重造的理想。可是习惯不容易改正，恰恰如五十岁银行家不能改习地质，这事只好让二十四五岁的年青人来作了。我希望国内各大都市，都有许多小型报出现，每个新出的小报，都能抱有这个新的态度和社会对面！

从开发头脑说起 [a]

（接受传统，淘深生命，而作出新的创造。）

　　每年逢到中山先生的诞辰，总使我想到这位伟人的识见之远大。他在三十年前即明白中国问题为"穷"和"愚"，社会的腐败与退化，无不由之而生。因此言建国，即针对此两大病根而下手。必去"穷"与"愚"，方能把那个自外而来所形成的"弱"去掉，否则无可望。中山先生不幸于二十二年前即作了古人，使国人失去一思想深刻、眼光远大、性情宽厚的领导者。然而一切国家重造的理想，还保存于他的学说中，待后来者熟读深思，并于文字外理会其用心所在，克服一切困难与挫折，矛盾与两歧，慢慢实现的。

　　治穷为开发地利，征服自然，好好认识地面所生长，地下所蕴藏，加以运用处理，在分配上复有个制度使之比较平均，或有种政策使之渐趋于平均；国民生活有个转机，整个国家也方有个转机。治愚则为开发头脑，推行个广泛而长久的教育政策，使多数人知识加多和加深，俾人人对于新的时代新的世界，能有个新

249

---

a　原载一九四六年十二月一日《上海文化》第十一期，署名沈从文。

的态度新的习惯去适应。普通人民既感觉到自己是个主人，同时也就是个公民，对国家关系权利义务分明，因之知自爱也能爱国。政治家既有政治家丰富广博的知识，且有兼容并包的气度，知道珍重国力，不作无意义浪费，而又尊重制度，能用战争以外方式调整一切社会的矛盾取得平衡。换言之，也可说他得"艺术"，他"懂"艺术！——像这么一个国家，一群人民，把这个国家传统长处好好保持，或想法发扬光大，弱点则努力去掉，如治毒瘤恶疮，国家还会不进步？

然而穷和愚至今似乎尚成为绊住中国进步的两个活结。这活结且若出于一条绳索，彼此牵缠。不论在上，在下，在朝，在野，不论"中国的主人"或"公仆"，凡欲向上挣扎，总不免让这个来自八方看不见摸不着的有历史性的活结套住，越缚越紧。表现这个抽象阻力，不仅是什么"敌人"的对立；自己的普遍而长期的怠工，萎靡不振，且更加强作用。俨若任何高尚理想与合理事实，都无从着手，无从生根。直到如今，我们对日本算是打了个胜仗，把这个强狠自大的国家，用我们的长处也用我们弱点，紧紧拖住，从而崩毁了。但对我们自己这个有历史性的弱点挣扎时，却真是一个惨败！

我们责谁？恨谁？怨谁？都无意义。我们只应当承认这弱点是一种有年分的老病，与全体民族体质多少有点关系，远之与所谓哲学的人生态度有关，近之又与所谓现代政治思想和教育方法有关，我们得弄明白，想办法。这悲剧是民族全体性的，这责任也就不是某某少数人可负的！

这挫折惨败的主要原因，从远一点说，我们的历史太久了。帝国新旧交替大一统局面，就延长了二十来朝，还有个偏霸分崩割据的较短时期不算。改朝换代照例是用武力，支持偏安更需武力，在这历史背景中，读书人就有个"从龙""附骥"的心理状态，延续了二千五百年。这个心理状态，一直影响到现在，还可反映于某种第三第四组织中。我们说他缺少独立的见解，只依违于两大之间，应付事实，有所取予，还不够。我们得原谅那有个历史的鬼在起作用！至于教育呢？从近一点说，恐为由张香涛起始，即只知道救穷，支支节节来动手。仅记住管子所说的一句话，即"衣食足而后知荣辱"，其他的全不在意。革命轻轻松松推翻了一个帝国，却不料把属于帝国的一切有形制度和抽象原则也全毁了。旧的毁去，新的未能建立，属于历史上另一弱点，自然在另一群人生命中又得到抬头机会，即"中原逐鹿捷者先得"的英雄意识。因之有帝制，有复辟，有军阀割地而治的督军团，竟延长到中华民国十六年。直到大小书呆子将国家重造观念注入多数年青人头脑中，经过八年，与少数武力情绪相结合，革命成功了。然而又分裂，又内战，……凡属于内战，多少人身预其事的"功业"，自己既都不大愿意提起，引起痛苦的回忆，其余人的过失，我们还有什么不原谅处？

　　在这么一个不定局势下，支持到了九一八，东北完了。也幸而东北与热河的完事，真正敌人势力一直侵入平津，我们才有二十二年到二十六年的警惧与觉醒。福建的人民政府的解体，两广的暗礁和平，以及西安事变良好的结束，都可见出有兵亦未尝必需用兵。大智若愚，其实不愚。

然而我们还得收另外一种"疏忽"的成果，即教育得来的另外困难。我们的家长从办新教育起始，比如说，北大的蔡老先生，和教育部范静生先生吧。本明白教育的理想不止传授知识，还容许有个比具体知识更重要的抽象愿望在内。愿望虽抽象，却能于另一代证实。可是到军阀时代，书呆子弄的教育，即并点缀性也缺少了。一省一县小些地方，学生的用处，还可排队持旗到郊外欢迎将军镇守使的凯旋，这些伟人也还可就中挑取绅士人家的女学生作第几姨太太，逼得那家长不能不允许。大至于北平，似乎从民五六后，即已与上面政府完全游离。虽照例还有个教育部长，除了做官外，中国有多少国立大学，多少学生，就决不在意。因为只要稍稍在意，就会明白教授有好几年是无从靠公家薪水活下去，关于薪水一定要集团请愿闹了又闹，才于逢年过节时，从什么银行借一笔钱点缀点缀！大至国家财政小至个人收入，穷既然是种事实，因此革命成功后，到读书人来作部长时，教育政策不知不觉便成了张香涛总督的继承者，解决穷，提倡理工。另一面或且以为可以使英雄入彀，转入笃实，免去文法中的"思想"混乱。一切针对现实，可就决想不到还有另外一种现实，即世界上有好些国家，地面地下都是穷得出奇的，只因为人民不愚，或直接面对贫乏，解决了穷的威胁，或虽穷而不见穷相，社会一切有条有理。人民知爱美，能深思，勤学习，肯振作；即产生不出巨万财富，百层高楼，但精神成就上却支配了这个世界大部分，也丰饶了这个世界人类情感和智慧！只除了现代政治作成的中国，不明白那些成就的价值和意义，不特不知尊重，还常常作为不必要的摧残，其余就决无相同的一国，对属于足以教育人类情感的一切，有这个忽视现象的！我们不知可有教育家能想得到，贪污自私的心理基础，还有个比贫穷更深远的背景？即在那些孩子们在受小学教育时代，由于教育的无知，一面极端缺少图画和音乐，却在文史课只背诵历史上伟人名字，一直到现在时人为止，即作为他们心理上的损害不健全。在中学时代，不知文学和美术，而居然有个吃政治饭的准备，引诱他们开始受催眠，习于不思不想。到大学，资质好发展比较平均的，入理工，和社会隔绝游离，自成一体。资质中平或上上，只是带有少年时代即种下的羞怯孤僻性情的，拣文史。而中学时代即有个吃政治饭准备的，学经济政治社会教育，企图由一小单位扩大而成为一个大据点，而事实上十年过去后，这些活动朋友却上了台。只想想我们这个中层的组成，我们就接触着这个问题全部了。在这个发展趋势下，我们怎么能希望国家上轨道，有秩序，得进步？何怪乎到处是社交式的小聪明，到处是有传染性的拖混与适应，到处是公文八股，而使一切年青人麻痹瘫痪，弄得个社会国家恹恹无生气？我们可能想到，凡是提起"官僚"时，固然是个如何使人厌烦的名词，而作官僚的，又如何值得同情与恻悯？他们的一切，是从小学教育即起始的。若国家的教育政策，还在那么一个公式中衍进，到我们第三代，才更是悲剧！

253

且试从一件最容易为人忽略的小事看看，到最近，各国使馆有设"文化参赞"的消息发表了，从这个名分上想想，我们可知所谓文化参赞，至少是包含有对于所在国"文化"和本国"文化"具有广泛深刻的了解的人始能胜任的。这种人我们当前有几个？照目下教育设计上说来，国立大学就很少有个文化史或美术史的共通课程，而近二十年习惯，习文史者不仅难望如五四初期所望从认识传统建设一新的道路，即当时所诋毁的哼哼唧唧人材，亦已十分感觉缺乏。而一般趋势，只不过是从字义章句间着手，从不让学生从欣赏涵咏古人性情人格于历史记载与诗歌表现中，对传统精神情感毫无理会机会，这种学生从什么方面可望接受传统，淘深生命，而作出新的创造？若照这么下去，我们的文化参赞也就会像目前许多特种机构一样，得将援留用技术人员例，借材异邦方能办理。这多可怕，多可耻！

以个人私见说来：我们物质上的穷有办法，易解决。我们精神的愚似乎还得一些有心人对于教育有崭新观念，从新着手。从小学到大学，每一级教育都注意到如何教育他们的情感，疏理它，启发它，扩大它，淘深它。若这件事得从明日"人之师"入手，大学教育近二十年中所无形培养的"愚"，得稍稍想法节制了。而美术，音乐，文学，哲学，知识与兴趣的普遍提倡，却可以在十年后，使新的中层负责者再不至于想到调整社会矛盾还用得着战争，儿童玩火的情绪，也绝不至于延长到一个人二十岁以后。

254

从这些问题上看，代表中国的头脑的北平，还有个新的运动待生长，待展开，事极明显！这运动没有罢课或游行，没有呼嚷哭泣或格杀勿论，只是一些不曾硬化僵化的头脑，能从深处思索，能反映，能理解能综合，能不为成见偏见所拘束，在一时一事现象上兴奋或绝望，而对于一些比较长远的事情，却可以作个尝试。嵩公府有个蔡孑民先生的纪念堂，孑民先生的学说，似乎值得从北大起始，由适之先生来从教育上扩大它的时候了。还有个文学运动，我们也还有些事可做，为十年二十年的后来者做点试验。我们这一代本身所经验的悲剧，也许只能用沉静来否定现实忍受下去了。可是生在这片美丽土地上的后来者，应当还可由一种健康希望带到一个稍稍合理的社会中，以及稍稍幸福的生活中！

新废邮存底 二八一 关于学习 [a]

（用极长时间兼有极大耐心，以及那个无可比拟的学习热忱，慢慢的来摸索训练，才可望得到一点点成就。）

昭明先生：

关于学习问题，你要一点浅俗意见。你说你欢喜文学又太欢喜玩了，就照你说的"玩"文学方法，看看玩的是什么也很好。

提起玩我们很容易联想到"玩票"。你说得对可并不透彻。

梅兰芳或谭富英唱戏，大家都承认他唱得满好。我们想在业余意味上学之时，就从事"玩票"。学习上虽标明一个"玩"字，和职业艺员不同，可是玩到后来要拿得出手，在自得其乐以外还想他人承认，都明白必需自己狠心下苦功夫，好吊嗓子，学身段，以至于……用极长时间兼有极大耐心，以及那个无可比拟的学习热忱，慢慢的来摸索训练，才可望得到一点点成就。然而说到结果，这还不过是"玩票"！

另外是溜冰，更近乎业余游戏，比踢球简单方便。不必和他人共同协作，只要你自己会好好控制四肢，短期间即可得到参加的愉快。可是要想作个什么国际选手，就依然必需深入三昧，造

---

a 原载一四七年九月二十日天津《益世报·文学周刊》第五十八期，署名从文。

诣独臻。初次上场时，三五步基本动作，可从他人指点提挈得到一点帮助。至于要达到庖丁解牛，心领神会，无往不宜境界，学习情形，将依然回到“虔敬”“专一”“辛勤”三点上；即是古人敬神如在左右那个“虔敬”，古人学琴妨眼薰目那个“专一”，以及老老实实肯定承认勤能补拙那个“辛勤”。溜冰依旧不容易，求技近于道得费多少心！

但在“玩”字上也有只要为人秉性小小聪敏，略经学习，即可得到进步，玩来十分省事的，即年来社会较上阶层流行的“扑克牌”和“交际舞”，等而下之自更不用说。这些事从各方面情形看来，都好像可以不学而能。我决不怀疑有些人这方面的天赋。但想想，上层知识分子由于分工而兴趣隔离，又由于苦闷又必需交际，友谊粘合，来往过程，若已到竟只能用这个王爷皇后桃花杏花纸片儿交换猜谜游戏上，把其他国人船上水手或小酒店中小市民层的玩具，搬到中国交际社会，成为唯一沟通彼此有益身心娱乐点缀物，这个上层的明日，也就多么可怕！我们是不是还能希望从这个发展下有伟大的思想，伟大的人格，……哲学或艺术？又看到另外一种伟人在什么舞会中陶陶然样子，以及牌桌边“哈鸡”下注的兴奋神情，总不免有点使人悲从中来，对这个统治层完全绝望。这两个阶层到处有好人，并不缺少真正学问和明朗人格，我们得承认。可是，他们玩的习惯方式，却依稀可观国运，见出民族精力的浪费，以及一点愚昧与堕落的混和。从这个玩的趋势上，还可以测验出这愚昧和堕落能生长，能传染，在生长，在传染。你是不是觉得这种玩玩和国家兴亡相去太远，无从连类并及，还有点相反意见？

这里到了一个两歧路上，看你准备向那一个方向走去，你应当问问你自己：你要玩什么？且预备什么样一种态度玩下去？你要写文章，这不用说了。可是打量用作第一流票友学京戏方式玩下去，还是用搭桥哈鸡跳交际舞意识情绪玩下去？你若嗓子本还好，唱京戏玩票，摹仿话匣子自然容易入门。可是想要综合前人优秀成就，由摹拟入神进而自张一军，纪录突破，能上台还不成，必需在台上还站得稳，真有几出拿手杰作听得下去，这必需要如何用心才做得到！虽然玩票的中材下驷，在同乡会或某校某院等等游戏会彩排清唱时，照例都容易博得满场鼓掌。若用"上司"身份出台，必更加容易见好。（有些人即仅仅装作在唱，做个姿式，毫不费力随意丢了两个解手，还是同样有人送花篮，拍掌，末了还写批评恭维一大阵！）可是这么唱戏那会有真正好戏？这那里算是唱戏？一切成功都包含在"打哈哈"意义中，本人毫无希望进步，对于戏的总成绩更不会有什么真贡献，是明明白白的。现代文学的发展，也有个类似情形。

人人说这是个现实时代，能适应为第一义。一个新作者善于适应，似乎即格外容易露面，容易成功，一个成名作家善于适应，则将成为"不倒翁"。不倒翁的制造我们都明白，特点是上面空空而下座落实，重心不在自己头脑上，所以不必思索，亦可省去思索苦痛。造形上虽稍见滑稽，但实具有健全意味。不必思索是他的特点，现代人因思索得的痛苦也可免掉。如果时代趋势又已到不甚宜于人用脑子从思索上提出意见时，这种健全性对于许多人必更加见得重要。（只是在文学史上，这种作家却不能算数。）另外还有一种作家，即守住一种玩票陈旧规矩，把学习从第一步到终点，当成一个沉默艰苦的长途跋涉。憨而且戆的把人生历史一齐摊在眼前，用头脑加以检讨，分析，条理，排比，选择，组织，处分。这个民族近数十年的爱和恨如何形成，如何分解了这个国家人民的观念和愿望，随后便到处是血与火泛滥焚烧，又如何造成万千的牺牲和毁灭。一切都若不必要，一切都若出于不得已，如此或如彼，他都清清楚楚。正因为认识得格外清楚，他将重新说明，重新诠释，重新为这个民族中真正多数，提出一种呼吁，抗议，并否定，让下代残余活在这个破碎国家土地上，可望稍稍合理些，幸福些！且由此出发，还能产生一些政治家，思想家，艺术家，事业家，敢于接受一种新的观念，头脑完全重造，从各种专家，公共卫生或生物化学……等等专家，用一切近代知识技术来处置支配这个民族的命运，来培养更小一代，发展更优秀品质，将国家并世界带入一个崭新的真正进步和繁荣……说得明白简单一点，一个作家还能作许多事，只看你打量怎么样去作。你要"玩"，你在这条歧路上向这边或那边走去？这里没有左和右，只是诚实和虚伪，沉重和虚伪，工作和游戏。两条路正在面前。与其向我来问路，还不如先弄明白你要走的是什么路！是学搭桥，哈鸡，跳那个文明交际舞，即以为在努力接受近代文明，日子过得十分愉快？还是玩点别的。并用另外一种心情来学习来从事。

259

你可敢把学习从最小处起始，每个标点都用得十分准确认真，每个字都去思索他的个别性质和相关意义，以及这些标点文字组织成句成篇以后的分量？你可敢照一个深刻思想家的方式去"想"，照一个谨严宗教徒的方式去"信"，而照一个真正作家的方式慢慢的去"作"？

面对这些问题，你可相信人生极其复杂，学习的发展，并不建立在一个名词上即可见功，却在面对这个万汇百物交错并织的色彩和声音、气味和形体……多方人间世，由于人与人的固执的爱和热烈的恨，因而形成迸发与对立，相引与相消，到某一时且不免见出一种秩序平衡统统失去后的现实全盘混乱，在任何弥缝中都无济于事的崩毁。在这个现实过程中，许多人的头脑都已形成一种钝呆和麻木状态，保护了自己的存在以外另无枨触。到一切意义都失去其本来应有意义时，一群有头脑的文学家，还能够用文字粘合破碎，重铸抽象，进而将一个民族的新的憧憬，装入一切后来统治者和多数人民头脑中，形成一种新的信仰，新的势能，重造一个新的时代一种新的历史？

你先得学习"想"，学习向深处远处"想"。这点出自灵台的一线光辉，很明显将带你到一个景物荒芜而大气郁勃的高处去，对人类前进向上作终生瞻望。

你需要学习，应学习的实在此而不在彼。话说回来这还也是一种"玩"！为的是玩到后来，玩累了，将依然不免为自然收拾，如庄子所谓"大块息我以死"。先得承认它的对于个体处分的合理，才会想得到现代活人自己处分自己为何不合理，如何乱糟糟，如何有待于思想家、文学家、艺术家共同来重新组织一个世界。而你的工作，也可从这个方面选取一分相当沉重的什么到肩上，到手上，到灵魂上！

一种新希望 [a]

（把一些真有独立公民资格的灵魂和人格，重新刺激唤醒，恢复他们的勇气和信心。）

秋节过后，气候由阴雨转入晴明，爽朗阳光下池水清澄，草木犹未萎黄，篱落间瓜果壮实成熟，翠菊牵牛盘旋依恋于树石草丛间，景物萧瑟中依增妩媚，社会若是个常态社会，竞名于市的多士，能出郊和土地自然稍稍接触亲近，必将觉得时节易序，人为生物之一，新陈代谢亦不可免。个人工作名分如果恰恰是个教书先生，于一年工作起始时，眼看着一群来自各方，于十年战争风霜雪中长大成人的青年，必充满了悲悯和深爱，国家三十年来如何由挫折得到转机以及前一辈克服困难过程，加以检讨分析时，说来必充满感情。对于社会明日，由合理进步带来的幸福繁荣，且会作种种乐观预言。个人生命即或业已由悲剧性的半生挣扎，转入行将退休的暮境，将依旧心无凝滞，湛然虚明，深信进步理想，可望由下一代年轻少壮证实。

至于和土地相依为命的农民，在庄稼丰收蔬果成熟的当前，自然会更加兴奋快乐。先是动员全家长幼，提壶挈瓶，于欢呼欢

262

---

a 　原载一九四七年十月二十一日上海《益世报》，署名沈从文。

笑声中，一同下田，将半年来辛苦经营，散布畦町陇亩间的生产物，成束成筐，捆载回家。随后是换上浆洗干净衣服，把收获物大车小车，陆续搬运入城。换取棉花布匹盐糖杂物，好准备寒冬杀猪过年！城乡物资对流，以及物产转口出国，公私交通机构，必因货运显得工作忙碌而活泼。经常收入增加，服务人员的年终双份奖金梦，过不久即必然见诸事实。各关客运车船工具，因相互竞争而大加改良，更见得安全方便。介于农村和城市，生产和消费，两者间的工商二业，由于原料吸收和生产品转移分配，不待说，都将形成一种季节性的连锁繁荣。社会既逐渐进入一个欣欣向荣的时代，一些人的理性情感，当然也完全恢复了正常作用，把另一时万千人于情绪凝固仇恨传染情形中的战争死亡，看成一回不会重复的噩梦！……

这种种本来都十分自然，因为试算算日子，中国已胜利复员二年。战败国家和殖民地解放的区域大都已由混乱解体到恢复常态，更何况一个胜利大国！但是这个秋天景物画如今展开看来却似乎十分荒谬，近于一种童话插图。事实恰恰相反，全民族当前，却正如被魔咒迷惑，成为梦游之大集团，面临一道无底深渊，实不知应当如何方能够把噩梦唤醒。士农工商古之四民，所有理想愿望或事业基础，在现实情况下，都不免瘫痪塌圮，形成一堆不堪收拾的破碎。试到街上对行路人稍稍注意，不是枯槁憔悴，现出一种悲苦相，即是呆钝麻木，现出一种憨子相。即上层组织结构中少数又少数负责者，在地位上或习惯上，还装作对国家社会前途抱个完全乐观态度，勉强支持下去，试从他眼角额际去搜寻，也终可发现那点无从掩饰的沉痛和焦心。

前不多久日子，有个记者走到一所大学教授宿舍中，作过一度善意访问，把这些齐家治国平天下的一群，作了些凄惨素描。这个记者虽谨慎用笔画出了几场动人外景，可不会写到内心。想不到这群有训练的黔娄先生，穷苦生活究竟还担当得住，（若担当不了，必早已改了业！）他们还有个比现实生活分量更沉重的担负，即每天摊开报纸时，那一串专电要闻带来的克服，占领，失陷，紧张，修理，破坏，以及国外什么会场上的僵持，舌战，否决，退席，不祥局势的延长与扩大，和显明对峙的剑拔弩张，真不免要想到这个国家咋个了！头脑单纯寄食于"朝"的，以及情感热烈和希望于"野"的，面前虽同样是那么一张报纸，说不定都能于专电要闻上得到点"打得好""作得对"的自足自信。并用之为根据，作种种快乐推论结论。事实上日子过得虽也十分沉重、单调、空虚、怠懒，却共同由"信"出发，把生命化零为整，见得单纯得多也顽硬得多。

至于这个人近中年的书呆子群呢？正由于对近三十年社会全部发展，有个较深刻认识，对一般文化，又有种深湛的爱，对世界将来，人类前途，并且还永远保留了点天真的憧憬，终认为战争是社会变态，是不得已，是人类心智进步失调所形成的一种暂时挫败现象。"越战越勇"虽有人，一国元气都必然为之完全斫丧。目下负责者，十年二十年后，必然恩怨都消，同归于土，下一代可还得收拾破碎，来于焚烧轰炸之余的废墟上，和荒芜千里土地上，重造一个国家。他明白当前的发展，对于国力实包含了多大牺牲。每一种"打得好""作得痛快"的印象，都必然是在另外一片土地上，用千万善良无辜人民的血和泪堆成。凡是某一地方有过两个以上不同消息的，那地方就必然有更猛烈的火在燃烧，更多的血在泛滥！这民族自杀悲剧的终结，既一时无望于噩梦自然觉醒，话说回来，就还应当承认是"人谋不臧，并非一夙命必然！"试稍作检讨，即可知一面是士大夫的本来习惯，对一个上层统治组织，不免过分纵容，作成个"官僚万能"的局面。一面是学校教育制度分工过细，尤其是文哲方面弱点更形显著，所学转入枝节琐细，缺少取精用宏得大体深的综合基础，作成个"思想贫困"的局面。

一个国家若把"官僚万能"和"思想贫困"局面，不自觉维持到二十年长久时间，社会组织求其不退化，不恶化，不分解，不崩毁，如何可得？人谋不臧既非单纯怨谴可以补救，于是引起了三种新的发展，作为对于当前的否定，以及转机的企图！一是政治上第三方面的尝试，二是学术独立的重呼，三是文化思想运动更新的综合。第一种尝试遭遇挫折，人事粘合不得法，本身脆薄而寄托希望又过大，欲收绥靖时局平衡两大之功，当然不易见功。然"政治"二字若在字典上还有意义，第三方面又有重造，将来自然有其光辉前途。第二种呼声刚刚提出，有于分崩离析中保存人的心智资源意义，很显明将引起多方面重视，不仅拥有这种资源的青年并开发这种资源的学人，必有同感，即正在大规模耗费国力民力作赌注的人，也没有人会说明天不要这个还能像个国家的！

可是事情在目前说来，将不免近于"闹市炼丹"，丹成九转难能起死回生，无如民族"发背"业已蛆腐转黑！并且炼丹有个条件，一不闻鸡犬之声，二妇女于月事产中不得接近，三慎防醉人酒徒冒犯，四看守鼎灶小道童必谨慎厥职，四者缺一终不免弄得个灶倒鼎翻！如今四方炮火喊杀正十分激烈，老妇弱女多深染家中怨死者新血，到处又有个比醉人酒徒还难招架的冲撞大群中小猴儿心性的十分道童，想什么，做什么，更非悟空可比，这种充满青春待迸发的活力，原本必须从各方面分散，可变成各种进步的基本热能，若只想用个老方式降伏下来，引诱他们鼎造边如水扇火，即当真能一时听话，试想想外边声音行动，可能不能影响到他们的猴儿心，所以炼丹虽为美事，环境空气不改良，终恐不易进行，但事势所趋，这个保持心智资源的设计，将成为一个日益明确的目标，而且在有连续性运动下，终可陆续粘有各方面的情感，愿望，能力，形成一种比第三方面的政治更重要的发展，则无可怀疑。第三种是在学校中，普遍社会中，一切机构组织，一切个别工作计划，所寄托所蕴蓄的呼吁和悬望，即"我们需要个更新的粘合，来重造这个国家！"也可说是个"第四组织"的孕育，目前虽犹若缺少具体纲目，明日必逐渐成形，它将在政治学术以外作更广泛的粘合与吸收，且能于更新的世界局势中作有效适应。

　　这个新的综合有个根本不同起点，即重在给予而不重在获得，重在未来而不重在当前，要第一种理想抬头需要培养些优秀政治家，要第二种理想起作用需要培养优秀科学家或哲学家，此外优秀伟大文学、艺术、音乐、戏剧的创造，体育竞技和工业管理技术人材的训练，举凡一切增加上层组织弹性和效率，而又能沟通、中和多方面对立，矛盾，以及病态的集权与残忍的势能，都必然是从这个新的综合所形成的培养液中寄托希望，方能证实，这种粘合重造的起始，看来困难作为容易，近于为长者折枝，从报纸即可着乎，历史如足借镜，"五四"运动的一切发展犹在目前，应当有具远见的报人和学人，来把它重新检讨，重新作计！用报纸副刊把一些真有独立公民资格的灵魂和人格，重新刺激唤醒，恢复他们的勇气和信心，使他们能想，能学，能爱能工作的头脑和双手，和作为噩梦的因子游离，来接受一笔人类心智辛勤和情感奔放综合作成的丰富遗产。听时间把一切引入历史一个新页，在这个新的历史叙述中，我那个深秋景物画，就必然将成为一幅最合需要的插图了。哲人罗素说："文明人类和兽物不同处为有远虑，而能作种种处置。"我们也正可从这个小小测验，看一看这个民族是否已经真正衰老？还只是一时在新旧交替状态下迷失方向，形成一种心智失调的彷徨和悲剧？……为了下一代，只是为了下一代，为的是我们的季节和生命，都一同已进入深秋！

"中国往何处去"^a

（希望于明天，还是青年的真正觉醒。）

前不多天，一个朋友为某报提出几个问题，找寻答案。问题是：中国有没有前途？如何才是它的出路？如何挽救它的危机？

从任何民族历史学习，凡某一国家，统治方式失去重心和弹性后，社会矛盾必逐渐加剧，无法平衡，内战分裂即无从避免。结果照例由于普遍持久的战火，带来一种普遍破坏和疲乏。社会矛盾即幸而从武力压倒方式得到表面平衡，国家元气业已消耗将尽。随即是强邻异邦势力，乘隙而进，纵不亡国灭祀，也不免成为失去自主性的他人附庸。世界上许多事情都有例外，"自残必弱国"则无例外。一个民族用长久内战自残，虽有些复杂因子，然而也正说明这个国家政府上层组织，社会一般结构，以及个人思想人生观，实在都有了问题，到了一个等待重新安排情形下，国家有无前途，不在战事胜败，全看这个重新安排如何而定。

八年抗战，虽说到处焦土，炮火焚灼所及，由北而南，直迫近西南边省。犹幸于国际局势变化中，胜利和平，不费什么困难，

a　原载一九四八年九月一日《论语》半月刊和九月十三日上海《大公报·文艺》，均署名沈从文。

即接收了敌人在华南，华中，华北，保持得完完整整几个工矿动力大单位，使饱经忧患迫近暮年的专家学人，无一个不含泪微笑，相互庆幸。都以为半生学习经验，忍受种种挫折，幸而国运不坠，于千险万难中居然得到转机，正可为这个国家下一代奠下个"现代化"基础。尤其是台湾与东北的国土回复，敌人在南北两面苦心经营留下的一切，引起了国内专家学人作过多少好梦！

然而复员以后，问题随来。经过二十年内战教训，八年被日敌蹂躏残杀，保有武力和武器的特种人，尚缺少真正觉悟，控制这个武力武器的政治家，更缺少远大眼光，一党一派独占的权利，还只想超机会扩大到各方面去，一点信心却寄托于战时人民的屈服和手中实力的保持。但既有了问题，各方面在估计中即已感到相当棘手，因此有政协会议。会议基础本不大健全，首重党派在中央和地方权利分配。人民真正需要却谈不到，顾不及。谈判破裂，势不可免。然而内战究竟不是一件小事情，所以随即又有军调进行，不幸居间调人又恰恰是个对中国军略地位充满兴趣，人民情感社会问题十分隔膜的美国军官，进行空气即已十分尴尬。双方谈判情绪，还依然是有多少实力，占多少地方，一种完全现实的硬性的讨价还价。且都坚强而自信，万一调处不成，即不惜用国家全部资源，剩余壮丁，一例加入作注，赌个胜败。半年调处，弥缝难周，结果是调人退出，战火重启。

两年来虽从收音机中，吾人间或尚可闻权威象征广播时喉音嘹亮稳重，重申全面战信心时，亦若把握十分。其实则伟人伟业，早已将全个国家，作成一滩血污，一片火海。内战未完结，赌国

269

运者牵线人有二：一在太平洋彼岸，一在邻境；内战即完结，天下定于一，牵线人亦非彼即此。一个元气业已耗尽，国际地位业已打光的残破国家，在政治，经济，军事及更多方面都失去了自主性以后，说出路，除了成为新世界强权国家的殖民地，附属物，牺牲品，实在毫无什么光荣出路可言！在这个过程中，朝野党团及个人地位声望，尽管越打越大，武力武器也可能越打越多，然而国家人民却将越来越不成样子。延长下去，民族夙命大悲剧即成目前，脱不出国际两强争霸屠杀场，和新型武器试验场。

事实放在眼前如此分明，战争却依然在僵固矛盾中发展延续。在这里，让我想起胡适之先生答复记者两句旧话，即："决定战争固要勇气，进行和平更要真正勇气"，转觉言简而意深。一个现代伟人，或在朝，或在野，由于一种已成习惯的政治逻辑，手中只要保有一点武力，到某一时都不讳言战争。为的是局部或全面战争，进行虽十分激烈，对于他本人说来还是十分安全，无丝毫影响。胜败虽好像置身其中，其实永远置身事外。（或到不得已时向国外一跑，或根本即在国外。）至于言和平呢？可就不那么简单了。和平明白的含义，是把一切问题从武力以外来检讨来寻觅解决方法。这种重新安排要发生效果，不止是某种具体事态的承认，还得就某几种不同抽象原则加以折衷。必首先将人民需安定需休息的真正意见愿望完全肯定，个人与所代表党派都具有绝大牺牲心，来满足人民这种合理愿望，和平方能进行。和平的基本条件为：第一寄托于一切武力下作成的权势必受限制，第二一切政治宣传所作成的不正常空气得加以清除，第三出于专家学人的良好意见，对现社会组织负责方面的有用经验，以及人的共通理性，都得到充分抬头机会。和平与民主不可分，真正的民主也只有从这种和平空气中方可实现。和平次一步路，是将一个用仇恨感情进行的内战加以结束后，大家用一种爱与合作的新的觉醒态度，从各方面来鼓励中国人民和知识青年，在这个为残酷无情内战所摧毁的国家废墟上，重新建设一个公平合理的民主国家。试稍稍分析当代朝野伟人的心理状态，就可知对于用战争一面倒的胜利来解决一切的信心，虽已慢慢失去，对于从战争以外来寻觅和平的勇气，实在依然缺少。社会其他方面，也都知道人民真正需要是和平，这两个字却由于种种忌讳，不肯言，不敢言。在政治宣传上或如此如彼提出原则，在政客行动中或小作试探，由于一种心理上的惰性，到头来都不免依然被事实缚住，动弹不得。或身当其事，或别有所图，直接间接导演过这种民族自残大悲剧的人，求其如数年前大公报记者所说的全国性的愧、悔、改，实在还时机不到，也可说无可希望。

一个国家政治上多不倒翁式的万能官僚，却少有深远眼光巨大魄力的政治家，学术上多对于强权附会文巧的新式谶纬家，却少有对国家民族具无私热爱的哲学家和诗人。组织如此不健全，却得国际剩余军火的接济，人民即憔悴欲尽，武力尚十分庞大。在另外一方面则政治上推行的是中国人民完全陌生的一套，然而这一套在技术上既能将人民组织成一个庞大武力，各处流动，水不消灭，又能将知识青年热情吸收控制，在任何一处任何事件上，都表示一种逐渐加强的向心力。这个庞大组织且慢慢的从各

271

方面作种种适应与修正。吸收更多方面的新势能，并扩大作战技巧。……这种对峙内战难结束，中国往何处去？往毁灭而已。

所以说，"前途""出路"和"危机挽救"，希望于当前，实无可希望。希望于明天，还是青年的真正觉醒。我们实需要一个更新的新青年运动，来扭转危机，收拾残破。这运动思想浸润将重于政治学习。正由于一种真正的觉醒和信心的获得，来重新寻觅发现，首先不妨是分路出发，终结却必然异途同归：若新的青年有勇气敢憧憬将国家现实由分裂破碎改造成团结一致，将人民情感由仇恨传染改造成爱与合作，并有勇气将内战视为一种民族共通的挫折，负责者最大的耻辱。国家明日即再困难，终有克服困难，向前发展，得到新生机会的一天。若独立觉醒无可望，而多数青年知识分子定向的抉择，却由于强力的依附，及宣传活动的结果，共同作成一种信仰。不特内战难结束，即结束，我们为下一代准备的，却恐将是一分不折不扣的"集权"！

后记：无从驯服的斑马 ^a

我今年已活过了八十岁，同时代的熟人，只剩下很少几位了。从名分上说，我已经很像个"知识分子"。就事实上说，可还算不得正统派认可的"知识分子"。因为进入大城市前后虽已整整六十年，这六十年的社会变化，知识分子得到的苦难，我也总有机会，不多不少摊派到个人头上一份。工作上的痛苦挣扎，更可说是经过令人难于设想的一个过来人。就我性格的必然，应付任何困难，一贯是沉默接受，既不灰心丧气，也不呻吟哀叹，只是因此，真像奇迹一般，还是依然活下来了。体质上虽然相当脆弱，性情上却随和中见板质，近于"顽固不化"的无从驯服的斑马。

a　这是一篇作者未完成的遗作，写于一九八三年春，一九九二年首次收入《沈从文别集·贵生集》（岳麓书社）。

年龄老朽已到随时可以报废情形，心情上却还始终保留一种婴儿状态。对人从不设防，无心机。且永远无望从生活经验教育中，取得一点保护本身不受欺骗的教训，提高一点做个现代人不能不具备的警惕或觉悟。政治水平之低，更是人所共睹，毋容自讳。不拘什么政治学习，凡是文件中缺少固定含义的抽象名辞，理解上总显得十分低能，得不出肯定印象，作不出正确的说明。卅年学习，认真说来，前后只像认识十一个字，即"实践"，"为人民服务"，和"古为今用"，影响到我工作，十分具体。

前面七个字和我新的业务关系密切，压缩下来，只是一句老话，"学以致用"。由于过去看杂书多，机会好，学习兴趣又特别广泛，同时记忆力也还得用，因此在博物馆沉沉默默学了三十年，历史文物中若干部门，在过去当前研究中始终近于一种空白点的事事物物，我都有机会十万八万的过眼经手，弄明白它的时代特征，和在发展中相互影响的联系。特别是坛坛罐罐花花朵朵，为正统专家学人始终不屑过问的，我却完全像个旧北京收拾破衣烂衫的老乞婆，看得十分认真，学下去。且尽个人能力所及，加以收集。到手以后，还照老子所说，用个"为而不有"的态度，送到我较熟习的公共机关里去，供大家应用。职业病到一定程度下日益严重，是必然结果。个人当时收入虽有限，始终还学不会花钱到吃喝服用上去。总是每月把个人收入四分之一，去买那些"非文物"的破烂。甚至于还经常向熟人借点钱，来做这种"蠢事"。

因此受的惩罚也使人够受的。但是这些出于无知的惩罚，只使我回想到顽童时代，在私塾中被前后几个老秀才按着我，在孔夫子牌位前，狠狠的用厚楠竹块痛打我时的情形，有同一的感受。稍后数年，在军队中见那些杀戮，也有个基本相同的看法，即权力的滥用，只反映出极端的愚蠢，不会达到他们预期的效果。

使我记忆较深刻且觉得十分有趣的，是五×年正当文物局在北都举行一次全国博物馆工作会议时，或许全国各大博物馆文物局的负责人和专家，都出了席。我所属的工作单位，有几位聪明过人的同事，却精心着意在午门两廊，举行了个"内部浪费展览会"，当时看来倒像是很有必要的一种措施。事先没有让我参加展出筹备工作，直到有大批外省同事来参观时，我才知道这件事。因为用意在使我这文物外行丢脸，却料想不到反而使我格外开心。我还记得第一柜陈列的，是我从苏州花三十元买来明代白绵纸手抄两大函有关兵事学的著作，内中有一部分是图像，画的是些奇奇怪怪的云彩。为馆中把这书买来的原因，是前不多久北京图书馆刊正把一部从英国照回来的敦煌写本《望云气说》卷子加以刊载，并且我恰好还记得《史记》上载有卫青、霍去病出征西北，有派王朔随军远征"主望云气"记载。当时出兵西北，征伐连年，对于西北荒漠云气变化，显然对于战事是有个十分现实的意义。汉代记载情形虽不多，《汉书·艺文志》中，却有个"黄帝望云气说"，凡是托名黄帝的著述，产生时间至晚也在春秋

275

战国时已出现。这个敦煌唐代望云气卷子的重要性，却十分显明。

　　好不容易得来的这个明代抄本，至少可以作为校勘，得到许多有用知识，却被当成"乱收迷信书籍当成文物"过失看待。可证明我那位业务领导如何无知。我亲自陪着好几个外省同行看下去，他们看后也只笑笑，无一个人说长道短，更无一人提出不同意见。于是我又陪他们看第二柜"废品"，陈列的是一整匹暗花绫子，机头上还织得有"河间府织造"几个方方整整宋体字。花绫是一尺三左右的窄箍织成的，折合汉尺恰是二尺宽度。大串枝的花纹，和传世宋代范淳仁诰敕相近。收入计价四元整。亏得主持这个废品展览的同事，想得真周到，还不忘把原价写在一个卡片上。大家看过后，也只笑笑。

　　我的上司因为我在旁边不声不响，也奉陪笑笑。我当然更特别高兴同样笑笑。彼此笑的原因可大不相同。我作了三十年小说，想用文字来描写，却感到无法着手。当时馆中同事，还有十二个学有专长的史学教授，看来也就无一个人由此及彼，联想到河间府在汉代，就是河北一个著名丝绸生产区。南北朝以来，还始终有大生产，唐代还设有织绫局，宋、元、明、清都未停止生产过。这个值四元的整匹花绫，当成"废品"展出，说明个什么问题？结果究竟丢谁的脸？快三十年了，至今恐还有人自以为曾作过一件绝顶聪明，而且取得胜利成功伟大创举。本意或在使我感到羞愤因而离开。完全出于他们意外，就是我竟毫不觉得难受。并且有的是各种转业机会，却都不加考虑放弃了。竟坚决留下来，和这些人一同共事卅年。我因此也就学懂了丝绸问题，更重要还是明白了一些人在新社会能吃得开，首先是对于"世故哲学"的善于运用。这一行虽始终是个齐人滥竽的安乐窝，但一个真正有心人，可以学习的事事物物，也还够多，也可说是个永远不会毕业的学校。以文学实践而言，一个典型新式官僚，如何混来混去，依附权势，逐渐向上爬，终于"禄位高升"的过程，就很值得仔仔细细作十年八年调查研究，好好写出来。虽属个别现象，同时也能反映整个机构的……

附录：沈从文自订年表 [a]

出生年月日：	一九〇二年十二月二十八日
籍贯：	中国湖南凤凰县
性别：	男
笔名：	岳焕，懋琳，上官碧，窄而霉斋主人，甲辰，小兵
父：	沈宗嗣，医生
母：	黄英
配偶：	张兆和
结婚年月：	一九三三年九月九日
子：	沈龙朱。一九三四·十一·二十
次子：	沈虎雏。一九三七·五·三十一
学历：	仅受小学教育，无任何学位，无党派，无宗教信仰
住址：	北京前门东大街三号五〇七室

278

---

a 本文选自《沈从文全集》第十三卷，原无标题，由张兆和记录整理。1989 年 5 月 12 日台湾《联合报》首次发表。

工作单位地址：　　　北京建国门内大街五号中国社会科学院
　　　　　　　　　　历史研究所
文学代理人：　　　　中国社会科学院历史所

简　历

一九一七～一九二二：　　当兵

一九二四～一九二八：　　写作（职业）

一九二八～一九三〇：　　（吴淞）中国公学讲师

一九三〇下半年：　　　　武汉大学讲师

一九三一～一九三三：　　青岛大学讲师

一九三四～一九三九：　　（北京）编中小学国文教课书

一九三九～一九四七：　　（昆明市）西南联合大学副教授、
　　　　　　　　　　　　教授

一九四七～一九四九：　　北京大学教授

一九二八～一九四七：　　业余写作，曾编《大公报》《益
　　　　　　　　　　　　世报》等文艺副刊

一九五〇～一九七八：　　（北京）历史博物馆文物研究员

一九七八～：　　　　　　中国社会科学院历史所研究员

会籍：　　　　　　　　　国际笔会北京分会会员，中国
　　　　　　　　　　　　作家协会，美术家协会，历史
　　　　　　　　　　　　学会会员

文学著作

鸭子	北京北新书局	一九二六
蜜柑	上海新月书店	一九二七
入伍后	北京北新书局	一九二七
老实人	上海现代书局	一九二八
好管闲事的人	上海新月书店	一九二八
不死日记	上海人间书店	一九二八
阿丽思中国游记一卷	上海新月书店	一九二八
阿丽思中国游记二卷	上海新月书店	一九二八
雨后及其他	上海春潮书店	一九二八
篁君日记	北平文化学社	一九二八
神巫之爱	上海光华书局	一九二九
旅店及其他	上海中华书局	一九三〇
男子须知（一名"在别一个国度里"）		一九三〇
一个天才的通信	上海光华书局	一九三〇
沈从文甲集	上海神州国光社	一九三〇
旧梦	上海商务印书馆	一九三〇
石子船	上海中华书局	一九三一
从文子集	上海新月书店	一九三一
一个女剧员的生活	上海大东书局	一九三一
记胡也频	上海光华书局	一九三二
泥涂	北京星云堂书店	一九三二

281

文物论著

现正在写作中：　　　中国扇子发展

个人兴趣：　　　　　爱好中国文物书画艺术品，西洋古典音乐，
　　　　　　　　　　不懂英语

介绍本人文章：　　　黄永玉　太阳下的风景　　"花城"
　　　　　　　　　　一九八〇年第五集（黄永玉文附在中国文
　　　　　　　　　　学杂志社英译沈从文 "The Border Town
　　　　　　　　　　and Other Stories" 后译为 "My Uncle
　　　　　　　　　　Shen Congwen"）。